개새끼의 변명

# 개새끼의 변명

한보영 소설집

도화

# 차 례

작가의 말

'두 얼굴'이란 말이 있다. 긍정적인 면과 부정적인 면의 양면성을 뜻한다. 달리 얘기하면 앞과 뒤가 그렇게 판이할 수 없다는 이중성으로도 통한다.

'여러 얼굴'은 어떨까? 그 역시 좋은 평판을 듣기엔 싹수가 노란 프레임이다. 좀처럼 그 속셈을 알 수 없다는 게 주된 이유일 게다.

나라는 사람이 그렇다. 두 얼굴, 아니다. 여러 얼굴이란 생각이 불쑥불쑥 머리를 들 때가 있다. 종잡을 수 없는 사념思念에 빠졌을 땐 나도 모르게 회의懷疑하고, 종래는 자조自嘲, 자학自虐까지 서슴지 않는다. 청소년시절에는 그래서 자살유혹을 교과서처럼 끼고 지낸 적도 있다. '나는 누구인가?'라는 의

문으로 방황하고 갈등한 탓이다.

그나마 나를 지탱해준 건 운동이었다. 중고교시절 특대우를 받는 배구선수가 되기 위해 쨍쨍한 뙤약볕과 싸웠다. 내 글재주를 눈여겨 본 국어선생이 '평생을 읽고 써도 모자라는 판에 웬 뙤약볕이냐' 안타까워했지만, '그늘보다는 뙤약볕이 백 번 낫다'며 운동장을 떠나지 않았던 일이 엊그제 같기만 하다.

어떻게 보나 지각 데뷔다. 청소년시절, 여러 색깔로 방황하고 갈등했던 '끼'가 도진 때문인지 모른다. 두 번 다시 안 쓰겠다던 소설을 끼적인 게 자그마치 50년만이 아닌가. 무슨 바람이 불어 내일도 기약키 힘든 늘그막에 와서야 이 짓인지, 내가 생각해도 참으로 웃기는 일이 아닐 수 없다. 단언컨대 미친 짓인 게 분명하다. 하지만 꾸역꾸역, 어느새 10편의 단편을 내놓았고, 낯간지럽게 더럭, 이렇게 한 권의 책으로 엮는 욕심까지 생기고 말았다.

여기 수록한 10편의 단편은 모두 문학지에 발표된 작품이다. 과연 작품이라고 내세울 수 있는지는 이제 독자들 몫이다. 데뷔하고 1년 만에 불의의 간암수술을 받는 바람에 다소 질척거리긴 했지만, 그런대로 꾸준히 써왔다고 볼 수 있다. 쓰고 싶은 게 많지만 갈 때까지 간 늙다리에겐 그렇듯 시간이 넉넉하지 않다. 언제까지 온전한 몸과 맘을 지탱할 수 있을지도 의문이다.

어차피 시작한 일이다. 마음 같아서는 정신이 온전한 한 쓰고 싶다. 단편 뿐 아니라 중편, 장편도 손대고 싶다. 엿장수 맘대로 될지 어쩔지는 모른다. 하지만 이왕 저지른 짓이 아닌가. 되든 안 되든 글쓰기는 결코 멈추지 않을 것이다.

소설을 한데 엮어 세상에 내놓는데 적잖은 분들의 도움이 컸다. 물심양면으로 협조를 마다하지 않은 동료, 후배들과 특히 표지그림을 보내준 고교동창 尹明老 화백과 스케치를 기꺼이 맡아준 김도마 화백 그리고 책을 출간하는데 노고를 아끼지 않은 도화출판사에게 지면으로나마 고마움을 전한다.

2019년 9월

송추 寓居에서  無一堂 한 보 영

# 개새끼의 변명

김민아가 죽었다고 이선화가 전화로 알려왔다. 민아가 죽었다고? 순간, 머리가 쭈뼛 곤두선다. 왜 죽었지? 자살이란다. 그것도 비관 자살 같단다. 실연의 아픔을 견디다 못해 스스로 목숨을 끊은 것 같다고 선화가 덧붙였다. 화장실에서 목을 매어 30대 초반의 젊음을 미련 없이 내던져버렸다는 민아. 유서는? 선화에게 물었다. 개새끼! 죽기 전날 밤, 민아는 선화에게 전화를 걸어 그 말만을 남겼다던가. 누구에게? 나는 다시 물었다. 선화는 선뜻 대답을 못한다. 사실대로 말할까 말까를 망설이는 눈치다. 누구한테 한 말이냐니까, 개새끼라고 한 그 말? 나도 모르게 목소리가 커졌다. 몰라서 묻는 거예요? 바로 류치한 선배, 당신에게 전해 달랬어요, 개새끼! 라고. 선화의 가시 돋친 말이 수화기를 타고 사정없이 귀청을 때렸다. 개새끼…,

나는 더 할 말이 없었다.

민아는 요즘 따라 이상할 만큼 짜증이 심했다. 평소의 민아답지 않았다. 내게 대놓고 그러는 건 아니었다. 얘기 중 사회적으로 부적절한 인물이 화제에 오르면 민아는 전에 없이 세상에는 속물들이 너무너무 많다니까! 흥분을 가누지 못했다. 나와 선화가 있는 자리건 어디건 때와 장소를 가리지 않았다. 눈에 핏발을 세우기까지 하며 나를 쏘아보는 눈빛이 심상치 않았다. 마치 나를 두고 그러는 것 같아 마주보기가 거북할 만큼. 왜 갑자기 민아가 그러는지, 처음은 좀 의아하고 황당했다. 그럴 때마다 무반응으로 넘겨버렸지만 마음은 편치 않았다. 솔직히 그 뒤부터 민아를 만나는 것조차 민망하고 껄끄러웠다.

그동안 나는 민아와 선화, 그렇게 셋이 참 편하게 지냈다. 복잡하게 얽혀있는 걸로 따지면 금세 우리는 시샘하고 질투하고 할퀴는 관계임이 분명하다. 선화가 나와 민아의 관계를 모르고 있을 리 없었다. 민아도 나와 선화의 관계를 전혀 눈치채지 못할 리 만무했다. 하지만 지금껏 그 어떤 이상한 기류도 우리 사이를 헤집어놓은 일은 없었다. 늘 만나면 웃고, 떠들고, 마시고 즐겼다. 스스럼없이.

선화는 민아와는 절친이다. 선화를 내게 소개한 것도 민아였다. 그들은 같은 여고를 다녔다. 여고시절 둘 다 중간 정도의 실력 탓인지, 뾰족한 경쟁의식 같은 게 없었고, 그러다 보니 그냥저냥 편하게 지내온 사이가 된 것 같았다. 진학도 둘 다 서울의 대학에 들어가지 못하고 천안에 있는 대학을 다녔다. 같은 대학은 아니지만 공교롭게도 같은 소재의 지방대를 다닌 다는 게 동병상련으로 통했는지, 그들은 대학을 졸업한 뒤에 도 변함없이 마음을 열고 사귀고 있는 듯했다.

나는 견디기 힘들 만큼 고뇌에 빠진다. 아무리 머리를 굴려도 도무지 민아의 갑작스런 죽음이 손에 잡히지 않는다. 신변에 무슨 일이 있었기에 그처럼 목숨을 끊어야 했을까? 그 실마리를 어디서부터 찾아야 할지 막막하고 답답했다. 나는 황급히, 조금 전 민아의 죽음을 알려준 선화에게 전화를 걸었다. 야, 좀 만나자. 뭐가 궁금한 건데요? 비아냥대는 선화의 말투가 곱지 않았다. 알고 싶어, 왜 나한테 개새끼라고 했는지를, 내 억양도 자못 튀었다. 이 마당에 그걸 알아서 어쩔 건데요? 선화는 여전히 곱지 않은 말투로 민아의 빈소에서 봐요, 그 말만 남기고 그냥 전화를 끊어버렸다.

민아의 빈소는 신촌 모 대학병원 장례식장에 마련되었다. 몇 번을 망설인 끝에 장례식장에 코끝을 내민 건 오후 7시쯤이었다. 내가 나타나자 선화가 득달같이 다가온다. 아까 통화를 했을 때와는 사뭇 다른 태도다. 빈소는 썰렁했다. 빈소를 지키는 가족도 눈에 띄지 않았다. 일단 선화가 시킨 대로 빈소에 마련된 국화 한 송이를 영전에 바치고 예를 갖췄다. 차마 나는 민아의 영정에 눈길을 보낼 수 없었다. 고개를 숙인 채 영전을 비켜서려는데 선화가 빈소에 나타난 웬 소복한 부인에게 나를 소개한다. 어머니, 민아의 선배예요. 민아에게 남자 선배가…? 순간, 민아 어머니의 표정이 일그러진다. 나를 쏘아보는 눈빛도 예사롭지 않다. 마치 나와의 관계를 탐색하려는 듯. 얼굴이 화끈거렸다. 그때 류 선배도 일손 좀 도와줄 거지, 그 광경을 옆에서 보고 있던 선화가 잽싸게 나를 조문객 접대식당으로 끌었다.

자정이 가까워오자 가뜩이나 조문객이 뜸한 빈소는 더욱 을씨년스러웠다. 빈소를 지키는 건 그나마 선화와 나, 어머니 쪽 친척인 듯싶은 몇몇 부인네가 고작이었다. 도무지 남자라곤 눈 씻고 찾아봐도 보이지 않은 게 이상했다. 아버지도 그렇고, 남동생은커녕 언니나 여동생도 눈에 띄지 않았다. 무남독녀야, 민아는? 답답한 나머지 나는 소주잔을 홀짝이다가 선화에게 지나는 말처럼 물었다. 아냐, 오빠도 하나 있고, 밑으로 두 살 터울인가 하는 여동생도 있대나 봐. 근데 왜 안 보이지? 나는 다시 물었다. 둘 다 미국에 가 있다든가 그랬어. 미국? 나의 의문이 이어졌다. 얼핏 들으니까 동생은 대학원에서 박사코스 중이고, 오빠는 미국 굴지의 회사에서 잘나가는 연구원이라는 것 같더라고. 그럼, 아빠는? 내 궁금증은 한도 끝도 없었다. 아빠에 대해선 나도 잘 몰라, 민아가 아빠 얘기는 한사코 말하기 꺼리는 눈치여서 꼬치꼬치 묻기가 좀 그랬어, 선화가 귀찮은 듯 대답을 얼버무렸다.

나는 그동안 민아에게 가족 얘기를 한 마디도 물어보지 않은 걸 좀 후회했다. 지나는 말이라도 엄마아빠를 비롯한 식구들 얘기를 왜 한 번도 안 물어봤을까. 별로 궁금하지도 않았지만 그만큼 민아를 특별히 마음에 두고 있지 않았기 때문인지 모른다. 나는 단 한 번이라도 민아를 내 여자라고 생각해본 적이 있었던가. 죽은 민아에게는 미안하지만 솔직히 사랑을 입에 올릴 정도의 감정을 느껴본 적은 아무리 기억을 더듬어도 그 흔적이 쉽게 떠오르지 않았다.

내가 민아를 처음 만난 건 종로 2가의 어느 호프집이었다. 갑자기 목이 말라 지나다 들렀다. 초저녁이라 그런지 손님이라곤 달랑 민아 혼자뿐이었다. 나는 호프를 중간치로 한 조키 시켜 들고 앉을 자리를 찾았다. 왜 하필이면 민아가 앉아있는 자리를 지났는지는 기억이 안 난다. 다만 그 옆을 지나다 발을 헛디뎌 보기 좋게 꽈당, 넘어졌던 건 지금도 생생하다. 다친 데 없어요? 소스라치게 놀란 민아가 호프를 뒤집어쓰고 널브러진 나를 순발력 있는 동작으로 일으켜 세웠던 게 아직 머리에 그대로 남아있다.

나는 자연스럽게 민아가 앉아있는 테이블 맞은편에 앉았다. 그리고 딱히 할 말도 생각나지 않아 무심코 호프 한잔하겠느냐? 물었다. 그때까지도 민아는 아무것도 주문하지 않은 듯 테이블이 텅 비어있었다. 민아는 고개를 가만히 끄덕였다. 가로 저은 게 아니고 분명 위아래로 움직였다. 싫지 않다는 의사로 받아들인 나는 내가 시킨 호프와 똑같은 사이즈를 하나 더 주문하고, 비로소 민아의 얼굴을 유심히 살폈다. 첫눈에 확 들어오는 얼굴은 아니었다. 하지만 어딘지 그늘이 드리운 듯 애수에 젖은 눈빛은 무척 외로워 보였다. 외로워 보이네요, 느낀 그대로 나는 불쑥 말을 걸었다. 순간, 민아는 마치 비밀이라도 들통 난 듯 멋쩍은 몸짓을 하나싶더니, 앞에 놓인 호프 잔을 단숨에 들이켜 버리는 게 아닌가.

한 마디로 민아는 내성적인 편이었다. 말수가 적고, 의사표현도 좀 서툴렀다. 내숭이 아닌지 의심이 갈 만큼. 하지만 민아는 잠자리에서만은 전혀 다른 모습을 보였다. 소매를 끌기 무섭게 서슴없이 모텔로 따라 들어왔고, 침대에 눕히기 무섭게 가슴을 파고들었다. 뭐가 그토록 목말랐는지, 능동적이라는데 나는 적이 놀랐다. 그렇다고 민아가 섹스에 능수능란하다는 얘기는 아니다.

선화는 민아와 달리 매사에 적극적이었다, 감정을 감추려 들지 않고 쉽사리 겉으로 드러낼 만큼 솔직한 편이었다. 어쩌다 대화 중에 섹스 얘기를 들먹여도 선화는 민아와 달리 얼굴빛 하나 변색하지 않고 주저 없이 끼어들었다. 그래서 나는 선화와의 잠자리도 쉽게 생각한 나머지 어느 날 밤, 디스코텍에서 춤을 추다 슬그머니 선화를 모텔로 유혹한 적이 있다. 하지만 선화는 나쁜 자식, 그렇게 쏘아붙이고 택시를 잡아타고 뒤도 안 돌아보고 사라졌다.

나는 두 번 다시 선화를 찝쩍대지 않았다. 남녀관계에 관한 한 나는 좀 자유스런 편이었다. 거부하는 여자에게 추태를 부리는 게 체질적으로 안 맞았다. 여자를 꼬드기는 게 다분히 충동적이랄까. 손을 내밀었다 상대가 거북해하거나 지나치게 빼는 눈치를 보이면 미련 없이, 뒤도 안 돌아보고 물러서버린다. 선화에게도 마찬가지였다. 그 뒤부터 아예 본능적인 관심에서 그 이름을 지어버렸으니까.

오히려 나를 꼬드겨온 건 선화 쪽이었다. 그날 밤도 선화와 나는 야근을 한 뒤 피로해진 심신을 풀기 위해 디스코텍을 찾았다. 좀 흔들다 집에 돌아가면 잠이 잘 오겠지. 한데 리듬이 블루스로 바뀌자 선뜻 자리에서 일어선 선화가 내게 손을 내밀었다. 우리는 그동안 디스코텍에서 흔들어대는 춤 말고 그처럼 붙들고 내밀한 춤을 춘 적은 거의 없었다. 더구나 선화가 먼저 손을 내밀 줄이야. 나는 망설였다. 내겐 아직도 지난번 일이 머리에 고스란히 남아있었다. 안 일어날 거예요? 선화는 버럭, 화를 냈다. 마지못해 일어선 나는 선화의 손을 잡고 포즈를 취했지만 될 수 있는 한 아랫도리가 밀착되지 않도록 조심스럽게 스텝을 밟았다. 이 바보 선배양반아, 왜 그리 눈치코치가 없어요, 지난번은 달거리 중이었단 말예요. 선화가 내 서툰 리드스텝에 매달리며 귀가 간지럽도록 속삭였다. 달거리? 나는 선뜻 달거리가 뭔지 잘 몰랐다. 그것도 몰라? 여자들이 매달 하는 거 있잖아. 내가 달거리가 뭔지 모르는 듯하자 선화가 알아듣게 살을 붙였다.

드디어 그날 밤 선화와 나는 몸을 섞었다. 디스코텍을 나오자 그냥 갈 거예요? 선화가 브레이크를 걸었고, 근방 모텔이 눈에 띄자 주저 없이 먼저 안으로 들어갔다. 전혀 예상 밖이라 들어갈까 말까 망설였지만 결국 나는 맨홀에 빨리 듯 모텔 안으로 따라 들었다. 선화의 잠자리는 예상외로 민아와는 딴판이었다. 매사에 적극적인 성격과 달리 선화는 그저 내가 하는 대로 몸을 내맡겼다. 심지어 오르가즘이 정점에 다다를 때도 선화는 전율적 숨소리를 될 수 있는 한 죽이려고 안간힘쓰는 게 느껴질 정도였다.

선화와 민아의 공통점이 있다면 나와 섹스에 빠졌을 때 일체 쓸데없는 말을 입에 올리지 않는다는 점이다. 선화도 민아도 섹스가 끝나면 아무 말 없이 흐트러진 옷을 찾아 입었고, 이런저런 말 한마디 없이 잽싸게 먼저 방문을 열고 나가버렸다.

선화는 나와 민아의 관계를 전혀 모를 리 없었다. 민아도 나와 선화의 관계를 눈치채지 않을 리 만무했다. 하지만 단 한 번도 두 여자는 서로 가시를 내보이며 질투를 한다든가 하는 과민반응에 매달리는 것 같지 않았다. 그 때문인지 모른다. 분명 삼각관계임에도 우리 셋은 별 변고 없이 지금껏 우정을 지속해온 거 아니었던가.

어느새 자정이 훌쩍 넘었다. 가뜩이나 조문객이 없는 빈소와 접대식당도 더더욱 썰렁하다. 선화와 나는 썰렁한 빈소를 빠져나가기가 좀 그랬다. 그냥 엉덩이를 붙인 채 접대식당에 뭉개고 앉아 술을 홀짝이고 있는데, 민아 어머니가 우리가 있는 쪽으로 다가온다. 왜 밤을 새우려고? 선화 옆에 풀썩 주저앉은 어머니는 선화에게 소주잔을 내민다. 한잔하지 않곤 못 견디겠다는 듯. 나는 냉큼 선화보다 먼저 소주병을 들었다. 그리고 선화에게 내민 민아 어머니의 술잔에 두 손을 모아 공손히 술을 따랐다. 단숨에 술을 마신 어머니는 나를 빤히 쳐다보며 묻는다. 민아와는 어떤 사이야? 죽자 살자 그런 관곈 아니었겠지? 죽은 민아 어머니의 말에 나는 분명 아니다! 말하고 싶었다. 하지만 쉽사리 입이 떨어지지 않는다. 얼굴이 화끈거리고, 안절부절 몸 둘 바를 모르고 있는 그때 그냥 허물없는 선후배 사이예요, 어머니, 선화가 잽싸게 끼어들었다.

민아 어머니는 말없이 연거푸 소주잔을 기울였다. 선화마저 별다른 말을 하지 않는다. 기분 나쁜 침묵이, 그렇지 않아도 썰렁한 분위기에 찬물을 끼얹은 듯 을씨년스럽기 그지없다. 그냥 허물없는 선후배 사이다…, 한참 만에야 민아 어머니 입에서 나온 구시렁거림이 서먹한 침묵을 흔들어 깨운다. 순간 나는 철렁, 가슴이 내려앉았다. 민아 어머니의 구시렁거림이 비수처럼 달려들었기 때문이다. 내 딸이 자살한 건 다 네놈 탓이다! 그처럼 나를 의심하는 것 같아 오금이 다 저려왔다.

　하지만 민아 어머니는 더 이상 '남자선배'를 물고 늘어지진 않았다. 마치 체념이라도 한 듯 혀 꼬부라진 소리로 민아 어머니의 입에선 긴 넋두리가 쏟아져 나왔다. 걔를 죽음으로 몰아간 건 이 어미의 무관심이 더 컸어, 오빠와 동생은 죽기 살기로 공부에 매달리는데 반해 쟤만은 유독 공부에 재미를 못 붙이더라고. 쟤 오빠와 동생은 초·중·고·대학에서 전교수석을 놓친 일이 없었지, 장학생으로 집안 돈 한 푼도 축내지 않고 미국유학을 간 거 아니냐고. 그러지 말아야지, 하면서도 왜 그처럼 걔가 미웠는지 몰라, 나중엔 숫제 관심마저 끊게 되더라고. 밖에서 무슨 짓을 하고 다니든 말든 내 알 게 뭐야, 근데 말이야…, 민아 어머니는 뭔가 하려던 말을 꿀꺽, 삼켜버린다. 그리고 조용히 일어서더니 고생들 해야겠네, 맥 빠진 말을 남기며 비틀비틀 부인네들이 앉아있는 데로 가버렸다.

근데 말이야…, 민아 어머니가 하려다 말고 꿀꺽 삼켜버린 말의 정체를 내가 안 건 장례식이 끝나고 한 달이 훨씬 지나서였다. 선화도 처음은 내게 대놓고 그 얘기를 해줄지 말지 망설인 듯 시간을 끌었다. 그러다 무슨 생각을 했는지 선화는 결심한 듯 어느 날 저녁 호프집에서 나를 만나자 사실은 말이야, 죽은 민아가 애를 배고 있었다지 뭐야, 끝내 그 말을 내게 꺼내고 말았다. 장례식이 끝난 뒤 민아 어머니가 전화를 걸어와 도와줘서 고맙다는 말끝에 넌지시 일러준 거란다. 충격이었다. 하지만 얼른 나는 선화의 눈치부터 살폈다. 어쩌면 선화가 나를 놀려주기 위해 일부러 그런 거 아닌가 해서다. 아니다. 장난이기를 바라는 마음이 그만큼 강렬했기 때문인지 모른다. 선화는 그런 내 감정 따위는 아랑곳하지 않았다. 묻지도 않은 말까지 들먹이며 쫑알댔다. 민아 어머니는 선배를 의심하는 눈치는 아니었어요, 이미 세상을 등진 딸 뱃속의 아이가 누구의 아이인들 지금에 와서 무슨 소용인가 체념한 듯싶었어요. 그러니 가책 같은 거, 멍에처럼 짊어질 것까진 없다고 봐요. 오히려 나를 위로하려 드는 선화의 말투에 나는 되레 기분이 잡쳤다. 민아의 뱃속 아이가 내 아이라는 걸 기정사실화하는 것처럼 들렸기 때문일까.

　나는 진저리를 쳤다. 하지만 어느새 나는 민아 어머니가 들려준 얘기와 달리 잠재력이 남달랐던 민아를 떠올렸다. 민아는 워드 프로세서를 다루는 솜씨가 뛰어났다. 민아 어머니의 말대로 공부에는 별 재미를 못 붙였는지 모른다. 그렇지만 민아는 워드 프로세싱 능력만은 혀를 내두를 만큼 능수능란했다. 워드뿐이 아니다. 다른 일도 시키면 시간 안에 거뜬히, 그것도 깔끔하게 해냈다. 호프집에서 우연찮게 만난 민아를 계속해서 만날 수밖에 없는 이유이기도 하다. 나는 제법 큰 출판사에 몸담고 있었다. 기획·편집 총괄부장으로서 때로 기한 내 책을 출간해야 하는 시간에 쫓길 때가 잦았다. 그럴 때마다 나는 직원 외의 워드에 능숙한 알바를 임시 고용해서 쓰곤 했다. 급한 김에 나는 민아를 만나자 워드 할 줄 알아? 지나는 말처럼 물었다. 민아는 의외로 워드 프로세서 말인가요, 물론 할 줄 알죠! 무척 반기는 얼굴이었다. 일손이 달린 때라 이것저것 가릴 새가 없던 나는 일단 민아에게 일감을 맡겨봤다. 결과는 내 기대를 훨씬 뛰어넘었다. 워드를 할 줄 안다는 선화를 끌어들인 것도 민아였다. 하지만 선화는 빈틈없고 스피디한 민아와는 달리 좀 덜렁댈뿐더러 느려빠졌다. 그나마 민아의 세심한 보살핌 덕으로 두 사람은 내게 있어서 든든한 지원군마로 자리매김 할 수 있었지만.

그게 삼각관계로 엉킬 줄은 정말 몰랐다. 게다가 민아의 비관자살이 다름 아닌 임신 때문이라는 건 그 누가 예감했을까.

비록 삼각관계이긴 해도 그동안 나는 두 여자와 참 편하게 지냈다. 들이대고 시샘하거나 질투하는 일이 없었으니 특별히 신경 쓸 까닭도 없었다. 나는 독신주의 신봉자는 아니다. 하지만 여자와 엮이는 건 죽어라고 싫었다. 따지고 보면 그건 아버지의 영향 때문인지 모른다. 아버지는 내가 두세 살 땐가 어머니와 헤어졌다. 좋게 말해서 헤어진 거지, 실은 어머니가 다른 남자와 눈이 맞아 도망간 거였다. 아버지는 시종일관 어머니에 관해서만은 입도 뻥끗 안 했다. 하지만 성장한 뒤 결국 삼촌 등 친척을 통해 어머니의 민망한 행실을 확인한 나는 그때 분명 내 자신에게 다짐했던 기억이 또렷하다. 절대로 여자와 지저분하게 엮이지 않겠다! 고. 그래선지 그동안 나는 단 한 차례도 여자와의 복잡한 치정관계로 옥신각신한 일을 벌인 적이 없었다.

그렇다고 여자와의 접촉을 원천적으로 차단해온 건 아니다. 여느 여자와도 만남 자체를 경계하지 않았다. 마음을 끄는 여자가 나타났다 해도 쉽게 마음을 열고 사랑을 입에 올리며 찝쩍대거나 꼬드기지 않았다. 직장 여자들과도 나는 스스럼없이 디스코텍을 드나든다. 민아 선화와 그런 것처럼. 그리고 민아 선화한테 그런 것처럼 몸이 뜨거워지면 더러 모텔로 끈 일도 있다. 하지만 거기까지다. 룸으로 들어가긴 해도 여자가 선뜻 내켜 하지 않으면 나는 주저 없이 없던 일로 하자, 여자를 돌려

22

보낸다. 무슨 일이건 억지로 밀어붙일 경우 부작용이 따르기 마련이라는, 나 나름의 개똥철학을 지켜온 덕이다. 어쩌면 평생 혼자 살아오면서 불편해하지 않은 아버지의 의연한 생활태도를 닮아가려는 건지 모른다.

아버지는 내가 대학까지 마치고 직장생활을 시작하자 독립을 권유했다. 사내라면 성인이 되면 자립하는 게 떳떳하다, 일찌감치 세상과 부대끼며 살아가는 방법을 터득해 보라, 망설인 것 같은 아들을 달랬다. 나는 아버지의 설득에 솔깃했다. 또 누구의 간섭도 받고 싶지 않던 시기였다. 나는 아버지의 말을 못이긴 채 받아들였다. 홀로 말년을 보내는 아버지를 떠나 사는 게 좀 미안하긴 했지만 아버지가 바라던 일이었다. 나는 아버지가 얻어준 오피스텔에서 드디어 독립생활을 시작했다. 생각했던 대로 그렇게 마음이 편할 수 없었다.

아들이 독립하자 아버지도 기다렸다는 듯 서울을 떠났다. 마치 그동안 아들 때문에 머뭇거렸다는 듯 미련 없이 서울을 빠져나갔다. 벌써부터 아버지는 양평에 조그만 땅을 사놓은 모양이었다. 의외로 아들이 빨리 독립을 받아들이자 부리나케 사놓은 땅에 집을 짓나 싶더니, 채 몇 개월이 걸리지 않아 아담한 전원주택이 만들어졌고, 아들이 독립하기 무섭게 아버지도 선뜻 그리로 옮겨 앉았다. 아버지는 직장에 있을 때부터 원예에 남다른 취미를 붙이고 살았다. 경영진으로 자리가 높아지자 다소 여유가 생긴 듯 아버지는 집안을 온통 꽃과 분재화분으로 치장할 만큼 더욱 원예에 정성을 쏟았다. 양평의 보금자리에 온실이 만들어진 건 당연했고, 텃밭에 온갖 꽃들과 나무들로 꽉 들어찼다. 소득도 짭짤하게 올리는 듯싶었다. 용의주도한 아버지는 은퇴 후의 노년생활을 은근히 준비해온 것 같았다.

아버지는 내가 두어 살 적부터 홀몸이 되었다. 그리고 두 번 다시 여자를 집에 들이는 일은 없었다. 결코 새장가를 가지 않겠다는 의지였다. 40여 년 가까운 홀아비생활, 그러나 조금도 아버지는 불편해하는 내색 없이 혼자서 나를 길렀고, 아들이 성인으로 자라자 주저 없이 독립시켰다. 처음은 독립한다는 해방감 때문인지 아버지의 권유를 나는 별생각 없이 받아들였다. 하지만 더러 본의 아니게 여자와의 본능문제에 맞닥뜨릴 때마다 나도 모르게 아버지의 처지, 과연 그 장구한 세월을 아버지는 성충동을 어떻게 처리해왔을까? 문득문득 의문이 떠올랐다. 아버지는 정말 수도승처럼 여자를 멀리해온 걸까? 아니, 어쩌면 아버지도 지금의 아들처럼 책임지지 않은 본능문제를 해결해왔을 거라는 생각이 좀처럼 머리를 떠나지 않았다.

아들이 사춘기에 접어들자 아버지가 남녀에 관한 얘기를 슬그머니 꺼냈던 일도 생각났다. 좋아하는 여학생이 있느냐, 연애편지를 써봤느냐, 심지어 야동을 본 경험이 있느냐고 물은 적도 있다. 야동을 본 다음 어떻게 했느냐고 물었을 때는 쥐구멍이라도 들어가고 싶을 만큼 소년은 몸 둘 바를 몰랐다. 허겁지겁 빳빳해진 심벌을 매만졌던 기억이 떠올랐기 때문이다. 그랬을 거야, 아버지는 그런 아들을 꿰뚫어본 듯 부끄러워할 거 없다, 너만 할 때 이 아비도 그랬으니까, 지나치게 본능을 억제하는 거, 정신건강에도 별로더라. 사춘기의 호기심도 하나의 자연현상에 지나지 않을 뿐이야, 격의 없이 말해주던 아버지.

처음에 나는 아버지가 여자를 가까이 안 한 건 어머니의 배신 탓이라 여겼다. 어린 자식도 헌신짝 버리듯 딴 남자와 야간도주 한 어머니에 대한 충격이 얼마나 컸으면 재혼은커녕 아예 여자의 근처도 얼씬대지 않았을까, 아버지가 안타까운 반면 존경스럽기도 했었다. 하지만 아버지가 사춘기 때 아들에게 들려준 얘기나, 주말 양평에서 아버지가 지어준 저녁을 먹으며 반주삼아 마신 술기운으로 주고받았던 대화를 떠올리면, 아버지는 절대 금욕주의자는 아니었다. 나는 술기운을 빙자해서 아버지에게 넌지시 물었다. 아버지는 어머니와 헤어진 뒤 단 한 차례도 여자를 가까이 한 적이 없었나요? 미친 녀석, 아버지는 실소를 금치 못했다. 본심도 숨기지 않았다. 인마, 이 아버지가 신부라도 되는 줄 아냐, 아버지가 그렇게 고리타분해 보여, 아버지도 단순한 인간에 불과해, 자연현상을 뭣 땜에

꽁꽁 묶어두겠냐, 말을 마친 아버지는 호쾌하게 웃었다. 나는 아버지가 그처럼 마음 놓고 웃는 건 처음 보았다. 꼭꼭 숨겨둔 아버지의 비밀을 알게 된 것 같아 적이 당황스럽기도 했던 일이 어제 일처럼 생각났다.

어떻게 보아도 아버지는 자유주의자인 게 분명하다. 아들을 단 한 번이라도 구속하려거나 강요하려 들지 않았다. 뭐든 네 하고 싶은 대로 하렴, 그런 식이었다. 그렇지 않고야 서른이 훨씬 넘긴 아들에게 아버지는 지나는 말이라도 장가는 왜 안 가니? 묻지 않을 리 없었다. 술에 젖은 아버지 입에서 곧잘 여자는 자유를 구속하는 존재일 뿐이지, 말하곤 했던 것을 되새겨보면 아버지도 죽어라고 여자에게 매어지내기 싫은 게 틀림없었다. 그게 다 어머니의 배신이 가져다준 후유증이라고 나는 굳게 믿고 있었다.

하지만 아버지가 공창제도를 입에 올린 건 좀 뜻밖이었다. 주말에 양평 아버지의 집에 갔을 때였다. 신문을 보다 말고 아버지는 흥분을 가누지 못했다. 평소의 아버지답지 않은 흥분에 나는 왜 그래요, 아버지? 조심스럽게 물었다. 아버지의 이야기는 그랬다. 성폭행사건이 저렇듯 빈번하게 일어난 이유가 뭔지 아냐, 뻗치는 에너지를 마음대로 풀 데가 없어서야, 아버지는 주먹을 쥐어 보이면서까지 열변을 토했다. 왜 아버지가 그처럼 성폭력에 흥분을 감추지 못하고, 공창제도의 필요성을 역설한 걸까? 아버지도 겉으론 태연한척하지만 어쩌면 뻗치는 본능을 해결하기 그리 수월하지 않았던 건 아니었을까? 쉽사리 풀려지지 않은 의문이기도 했다.

밤늦게 선화한테 전화가 걸려왔다. 다짜고짜 선화는 왜 절 만나는 걸 피하는 거죠? 거칠게 몰아붙였다. 그냥…, 특별히 할 말이 없는 나는 말을 더듬었다. 왜 그래요? 민아의 충격에서 아직도 못 벗어난 거예요? 선화는 또 민아 얘기를 꺼냈다. 아마도…, 나는 떨떠름히 말을 흐렸지만 부인은 하지 않았다. 따지고 보니 선화를 못 만난 게 벌써 보름이 지났다. 선화는 전처럼 만나길 바랐다. 전보다 간곡히, 더 적극적으로 말이다. 하지만 내 마음은 그러지 못했다. 왠지 전처럼 선화를 만나는 게 당기지 않았다. 뭐가 두려운 거죠? 드디어 선화는 정곡을 찔려온다. 솔직히…, 나는 불편한 심경을 숨기고 싶지 않았다. 선화도 민아처럼 아이를 갖지 말라는 법은 없지 않은가, 죽어라고 따라붙는 의문을 끝내 나는 떨쳐낼 수 없었다. 책임을 추궁하는 사람도 없는데 왜 그러냐구? 선화는 참을 수 없다는 듯 악을 쓴다. 순간, 온몸에 소름이 퍼지면서 하나의 의구심이 화살처럼 머리에 꽂혔다. 선화가 저렇듯 악을 쓰며 집요하게 나를 쫓는 저의가 뭘까? 그럴만한 곡절이 생긴 때문은 아닐까? 어쩌면 선화도 민아처럼…? 와락, 그럴지도 모른다는 생각이 파도처럼 덮쳐왔다. 그래, 만나! 만나서 얘기하자! 나는 다급하게 핸드폰을 으스러지도록 움켜쥐고 소리를 질렀다. 몸이 사시나무처럼 마구 떨려온다. 얼마나 정신이 흔들렸으면 내려야 할 전철역을 두어 역 지나쳐버렸을까. 다시 되돌아오면서 나는 다짐했다. 두 번 다시 실수하고 싶지 않겠다고. 그렇다. 선화를 만나면 나는 분명 내 태도를 밝힐 거다. 모든 문제는 아이를 낳은 뒤에 의논하자! 고.

선화는 약속장소에 미리 나와 있었다. 내가 들어서자 선화는 예상했던 것과 달리 활짝 웃으며 반겼다. 얼굴 좀 펴요, 선화는 내가 자리에 앉기 무섭게 내 눈치부터 살피는 듯싶었다. 하지만 나는 눈치코치 볼 여유가 없었다. 숨김없이 얘기해봐, 선화를 노려보며 사정없이 다그쳤다. 뭘 얘기하라는 건데요? 선화는 여전히 딴청을 부렸다. 너도 민아처럼 그런 거야? 폭발음처럼 큰 목소리가 터져 나왔다. 민아처럼요? 선화의 반문에 더욱 열 받은 나는 그래, 민아처럼 너도 아이를 밴 거냐고? 끝내 내 입에서 나를 괴롭혀온 의문의 정체를 발설하고 말았다. 그제야 상황을 파악한 선화는 갑자기 재미있다는 듯 깔깔대고 웃어 제켰다. 하지만 곧 진지한 모습으로 되돌아간 선화는 주저 없이 할 말을 쏟아놓았다. 난 민아와 달라요, 민아가 아이를 가진 건 선배를 사랑했기 때문일 거예요, 여자라면 누구나 사랑하는 남자의 아이를 갖고 싶은 모성본능이라는 게 있어요. 모성본능? 나는 순간, 생전 듣지도 못 본 어떤 얼굴을 떠올렸다. 어쩌면 그 얼굴은 어머니의 환상일 거라는 생각이 휙 머리를 스친다. 나는 선화의 얼굴을 뚫어지듯 쏘아본다. 결국 선화도 나를 사랑하게 되었다는 얘기인가.

괜히 화가 치민다. 사랑이 그처럼 소중하다는 거야 뭐야, 자신에 대한 반발심에 또 소리를 지르고 싶은 걸 나는 가까스로 참았다. 선화에게 향한 화풀이는 아니다. 뜻밖의 환상, 어머니라는 존재가 슬그머니 다가오자 치민 울화다. 아니다. 내가 사랑에 관한 한 얼마나 무지한가를 깨달았기 때문인지 모른다. 하지만 선화는 내 험악한 갈등일랑 몰라라, 또렷한 어조로 하고 싶은 말을 마저 내뱉었다. 나는 민아와 달라요, 선배는 혹시 내가 아이를 가진 게 아닌지 지레 겁먹은 것 같지만요, 설령 아이를 가졌다 해서 매달리는 일은 없을 거예요, 단연코. 또 민아처럼 목숨까지 거는 그런 바보짓도 안 할 거구요. 낳아서 당당하게 길러야죠, 내가 선택한 거니까, 알겠어요, 맹꽁이선배님! 열변에 가까운 선화의 말에 어느새 내 몸은 조그맣게 움츠러들었다. 작아지다 못해 아예 벌레처럼 미생물이 돼버리는 건 아닐까, 두려울 만큼.

아아, 저절로 탄식이 터져 나왔다. 선화의 집요한 얼굴 위에 죽은 민아의 얼굴이 포개진다. 또 그 얼굴을 웬 낯선 여자의 얼굴이 덮씌운다. 대번에 그 낯선 얼굴은, 내가 두어 세 살 때

사라진 어머니일 거라는 생각이 퍼뜩 떠오른다. 비릿한 게 역류하면서 비위가 뒤틀려온다. 왜 하필 이때 어머니라는 존재가 밀물처럼 다가오는가. 모정을 아들에게 안겨주지 못한 이기적 부성애도 화를 부채질한다. 나는 자리에서 벌떡 일어났다. 도무지 그냥 앉아 뭉개는 게 답답하고 숨이 막혔다. 나는 도망치듯 밖으로 내달았다.

밖으로 치달으면서 갑자기 어머니가 어떻게 생겼는지 궁금해진다. 예뻤을까? 딴 남자와의 정분으로 아버지와 아들을 헌신짝 버리듯 떠난 뒤 단 한 번도 아들을 찾아 나선 일 없는 어머니. 그 어머니 품에 내가 조금이라도 안겨봤더라면 민아의 눈빛에서 사랑의 낌새는 감지할 수 있었을까? 어머니! 나도 모르게 그 생소한 이름이 입속을 맴돌았다. 얼굴은커녕 눈곱만치의 정도 모르고 자란 내 입에서 민아도 선화도 아닌, 그 낯선 이름을 불러보리라고는 전혀 뜻밖이다. 두말할 것도 없이 나는 한심한 놈인 게 분명하다. 민아가 죽으며 남긴 '개새끼'란 말이 변명의 여지가 없을 만큼.

에로스의 화살

그는 아침 일찍 집을 나섰다. 그리고 구파발역에서 지하철을 탔다. 출근시간이어서 전철 안은 콩나물시루가 무색할 만큼 사람들로 빼곡하다. 발을 옮기고 몸을 움직이기조차 어려울 지경이다.

사람들 틈에 파묻혀버린 그는 몸에 힘을 빼고 눈을 감았다. 사람냄새는 그런대로 견딜만하다. 하지만 그는 사람들 틈에 끼여 부대끼는 거, 여자 틈에 끼이는 건 질색이다. 살얼음 위를 걷는 것처럼 조바심으로 몸살을 앓아야 하기 때문이다.

그가 그처럼 아침 일찍 집을 나선 건 딴 게 아니다. 퇴계로 3가에 있는 대한극장으로 영화를 보러 가는 길이었다. 조조할인을 받으려면 서두를 필요가 있었다. 출근시간과 맞닥뜨릴 거라고는 미처 예상 못했지만.

그는 재직하던 여중학교를 때려치우고 며칠은 그런대로 잘 지냈다. 하지만 집에 죽치고 있는 시간이 무료해지면서 그는 적절한 바깥생활의 필요성을 느꼈다. 영화도 보고, 미술전시회장도 들리고, 여행도 가는 등의 여가선용에 취미를 붙여야 한다고. 그래야 무료해지면 곧잘 빠지는 그 짓, 차마 입에 올리기 거북한 그 손버릇을 조금이나마 비켜갈 수 있다고 생각했다. 하필이면 그 첫 시도가 아침 러시아워에 걸려들 줄이야.

사람들 틈바구니에서 그렇게 10분쯤 지났을까. 그러니까 녹번역을 막 지나서였다. 그는 갑자기 아랫도리가 묵직해오는 것을 느꼈다. 대번에 그는 직감한다. 고놈의 증세, 아까부터 조바심하던 불안이 드디어 도졌다 싶다고.

그는 감았던 눈을 떴다. 예감은 틀림이 없었다. 가슴팍을 등진 어떤 여자의 엉덩이에 빳빳한 그의 페니스가 거머리처럼 달라붙어 있잖은가. 소스라쳐 놀란 그는 본능적으로 몸을 비틀었다. 여자의 엉덩이에서 조금이라도 비켜설 생각이었다. 하지만 안간힘은 마음먹은 대로 통하지 않는다. 그럴수록 화가 난 그의 성기는 여자의 엉덩이에서 가쁜 숨을 몰아쉬었다.

지하철이 홍제역에 가까워질 때, 드디어 여자의 괴성이 터져 나왔다. "여기, 이상한 짓 하는—." 미처 못들은 뒷말은 얘기하나 마나 '놈'이었으리라. 몸은 움쩍할 수 없지만 여자의 소리, 앙칼진 목소리는 후덥지근한 열차 안을 확 뒤집어 놓기에 충분하다.

그는 홍제역에서 지하철이 정차하자 허겁지겁 사람들 틈을 비집고 내렸다. 워낙 사람들로 빽빽이 들어찬 열차 안이었다. 몸을 빼서 빠져나오기도 수월치 않은 혼잡스러움 때문인지, 앙칼진 괴성의 여자가 목덜미를 붙잡는 일도, 어느 시민정신 투철한 열혈청년이 낚아채는 일도 벌어지지 않았다.

후유, 그는 지하철 안을 빠져나오자 플랫폼에 늘어선 의자에 털썩 주저앉아 이마에 송골송골 맺힌 땀을 훔쳐낸다. 얼른 밖으로 빠져나오고 싶지만 걷기가 거북하다. 좀 전 망신당할 뻔한, 놀란 가슴 때문이 아니다. 화난 페니스가 좀처럼 고개를 숙이지 않고 뻗대기 때문이다. 그게 뻗대고 있는 한 한걸음도 떼놓기 힘들었다.

시간이 꽤 지났는데도 뻗댄 페니스는 수그러들 기미를 보이지 않는다. 그는 조심스럽게 일어섰다. 그리고 왼손을 바지주머니에 넣고 뻗대는 놈을 움켜쥔 다음 엉기적엉기적, 느린 걸음으로 개표구를 기어 나와 곧장 화장실로 달려갔다.

화장실을 다녀와서야 그는 겨우 안정을 되찾았다. 금세 비를 쏟아낼 것 같은 먹구름 낀 그의 얼굴에 화색이 돌았고, 구부정한 허리도 어느새 꼿꼿해졌다. 쫓기는 도망자가 추적자를 따돌린 뒤의 안도감이 그의 몸에 아침 햇살처럼 쫙 퍼진다. 마스터베이션, 그렇다. 그 짓이 그에게 있어선 칭얼대는 어린애를 잠재우는 자장가나 다름없었다.

병일까? 그는 하루에도 수없이 회의하고 괴로워했다. 답답하고 두려운 나머지 병원에 가서 상담도 받았다. 하지만 의사는 지나치면 몸이 축갈 수 있다, 그것만 좀 조절하라, 그랬다.

그러나 그는 끝내 지난주 재직 중인 여중학교를 휴직하고 말았다. 무엇보다 자신을 믿을 수 없었다. 아차, 하는 순간 자신이 무슨 일을 저지를지 몰랐다. 때마침 터진 초등생 성폭행 사건이 그의 결심에 쐐기를 박았다. 성폭행사건이 신문방송에 떠들썩하게 취급되는 그날부터 그는 악몽에 시달렸다. 걸핏하면 꿈에 '육질도 교사, 여중생 제자를 성폭행 구속되다'라고 대서특필된 신문이 너풀너풀 춤을 추며 공중에 떠다녔다. 그는 도저히 악몽을 견뎌내기 힘들었다.

결국 그는 휴직원을 교감에게 내밀었다.

"휴직? 갑자기 왜?"

교감은 육 교사의 속내를 헤아리듯 눈을 가늘게 뜨며 물었다.

"몸이 좀…."

육 교사는 말을 더듬었다.

"하긴, 요즘 육질도 선생 안색이 안 좋다 했어요."

교감은 여전히 눈을 가늘게 뜨고 육 교사의 얼굴을 뚫어지게 들여다보았다.

"아, 예. 그래서 종합검사도 받고 조금 쉬어보려고요."

육 교사는 무 뽑다 들킨 사람처럼 멋쩍게 뒤통수를 긁었다.

악몽에서처럼 언제 야수로 돌변할지 모르는 그는 그렇게 여중학교 선생님이란 가시굴레를 벗어났다. 만세! 외치고 싶을 만큼 해방감을 만끽했지만 그 짓, 중독이 되다 싶은 마스터베이션에서 그는 여전히 자유롭지 못했다. 무료한 시간일수록 그 짓의 유혹이 그의 머리를 짓눌렀다.

그가 그 짓, 수음이란 것에 처음 눈뜬 건 초등학교 5학년 때였다. 덩치 큰 동네 형아에게 끌려 뒷동산에 올랐다가 엉겁결에 형아가 시킨 대로 그 짓을 배웠다. 숨소리가 가파르게 오르면서 몸이 점점 풍선처럼 부풀어 올랐던, 아 날아갈 듯싶은 그 기분. 꼬맹이는 그 순간, 죽어도 좋다는 전율이 번개처럼 온몸을 휘감았던 느낌을 두고두고 잊지 못했다.

그때가 불과 12살이었다. 어른이나 하는 짓을 했다는 놀라움이 그를 흥분시켰다. 아니, 해선 안 되는 짓을 했다는 부끄러움과 수치심도 꼬맹이의 마음 한구석에 자리 잡았다.

3호선 전철은 금세 충무로역에 도착했다. 에스컬레이터를 두 번 연거푸 올라가면 바로 지하1층 영화관으로 가는 통로가 나온다. 그는 댓바람에 매표소에 달려가 제일 빠르게 볼 수 있는 영화의 상영시간부터 알아본다. 때마침 우리 영화 '곡성'이 10시 40분에 상영된단다. 그는 얼른 그 영화의 관람권을 사들고 지체 없이 영화관으로 들어갔다.

나홍진 감독의 '곡성'은 '국제시장'에서 뜬 황정민의 무속연기에, 곽도원의 거칠고 광기 넘친 연기가 시종일관 관객의 숨통을 쥐고 흔든다. 귀신들을 좌지우지하는 무속인간의 힘겨루기, 연쇄살인사건의 추리적 줄거리와 반전을 거듭하는 으스스한 장면들로, 그는 영화가 끝날 때까지 숨죽인 채 긴장감을 늦추지 못했다.

그는 언뜻, 긴장감으로 숨도 크게 쉬지 못했던 어렸을 때가 생각났다. 그는 엄마아빠가 마흔다섯을 넘긴 뒤에 낳은 막내아들이었다. 적어도 여덟 살까지 엄마아빠와 한 방에서 기거를 한 그는, 한밤중 엄마아빠의 가쁜 숨소리에 설핏 잠을 깰 때가 떠올랐다.

어린 그는 아빠가 엄마의 배 위에서 왜 그리 숨을 가빠하는지를 몰랐다. 마음 같아서는 벌떡 일어나 엄마 배 위에서 씩씩대는 아빠를 밀쳐버리고 싶었지만 마음뿐이었다. 웅크린 채 숨을 죽였던 기억이 아직도 생생하다.

문제는 엄마였다. 아빠가 배 위에서 그렇게 찍어 누른데도 엄마는 이튿날 아침 아무 일 없는 듯 아빠를 대했다. 그것도 깍듯이. 엄마의 그 뻔뻔함이 그는 가시처럼 마음에 걸렸다. 어쩌면 그의 대인기피증, 아니 여혐증이 머리를 든 건 그 무렵부터인지 모른다. 어떤 여자 앞에서건 뻔뻔한 엄마의 얼굴이 그의 눈앞을 파도처럼 덮쳐버렸다.


　해가 서녘에 걸쳤다. 영화를 보고 집에 들어온 그는 저녁 걱
정에 머리를 긁적였다. 그때 전화벨이 울린다. 학교를 휴직하
고 석 달이 가까워 오도록 거의 울려본 적 없는 전화벨 소리.
사람들과의 접촉을 달가워하지 않았던 그는 그동안 형들이나
누나들, 친척들한테도 거의 소식을 끊고 살았다.
　"육 선생?"
　수화기를 들자 대뜸 들려오는 목소리. 낯설지 않은 그 목소
리는 결혼 전까지 바로 이 집에서 하숙을 같이했던 룸메이트
공정식 생물선생이다.
　"신혼인데, 무슨 바람이지?"
　"오늘 저녁, 나올 수 있어?"
　공 선생의 말투는 왠지 심드렁하다.
　"막 저녁을 걱정한 참인데."
　"그럼, 나와."
　"어디로?"
　"무교동 그 집."
　그 집이라면 모둠전과 추어탕이 구미를 끄는 음식점이다.
그는 전화를 끊고 외출준비를 서두른다. 외출준비랄 것도 없
다. 영화를 보고 온 뒤라 외출복 차림 그대로였다. 그냥 나가

면 그만이었다.

　동료 교사인 공 선생은 얼마 전에 결혼했다. 그는 공교롭게도 공 선생이 결혼하고 신혼여행 중 휴직원을 내고 학교에 나가지 않았다. 달라진 게 있다면 공 선생과 같이 있을 때 하숙을 하던 이 집에서 지금은 자취를 하고 있다는 것뿐이다. 일정한 수입이 없으니 지출도 줄여야 했으니까.

　"왜 혼자야? 같이 오지 않고."

　그는 먼저 와있는 공 선생의 맞은편에 앉으며 물었다.

　"불편해할 것 같아서. 육 선생이."

　"내가 왜?"

　"육 선생의 그 여혐증 땜에."

　그래, 안 데려오기 잘했다, 쏘아붙이려다 그는 입을 다문다. 공 선생의 말이 틀린 말 같지 않기 때문이다.

　추어탕과 모둠전을 시켜놓고 공 선생은 소주를, 그는 막걸리를 마셨다. 자연 화제는 공 선생의 첫날밤이 도마 위에 올라야 마땅하다. 하지만 공 선생은 첫날밤의 그 은밀한 러브스토리는 제쳐둔 채, 갑자기 휴직원을 낸 육 선생의 돌발행위를 더 따져 들었다.

　"쫓기듯 휴직원을 낸 까닭이 도대체 뭐야?"

　"두려웠고 무서웠어. 나 자신이."

　"뭘 죄지었다고?"

"죄지을까 봐서."

"뭐라고?"

공 선생은 어처구니가 없는 듯 언성을 높였다.

그는 그 무렵 어느 교사의 여초생 성폭행사건을 들먹였다. 그 사건 이후 악몽에 시달렸던 사실도 들먹였다. 그런 일이 내게 닥치면 어쩌나 하는 강박관념으로 괴로워했던 것도 그는 들먹였다.

"도망친 거지. 생각해봐. 우리 학교가 어떤 학교야. 여중학교 아니냐고. 일단 피하고 보자, 뭐 그런 심정이랄까."

"겁쟁이군. 육 선생은."

성폭행교사로 손가락질받고 싶지 않았단 말이야! 그렇게 강변하려다 그는 입을 다문다. 과연 공 선생이 그의 위기의식을 얼마만큼 이해할까, 의문이 들었기 때문이다. 둘은 한때 같은 방에서 지내며 페니스를 꺼내 그 크기를 비교할 만큼 스스럼없는 사이였다. 하지만 그는 공 선생이 그런 속 깊은 것까지 헤아려 주리라고는 생각하지 않았다.

"육 선생!"

공 선생은 작심한 듯 열변을 토했다.

"여자를 알면 그 위기라는 것도 눈 녹듯 스러진다고. 전에도 얘기했던가. 군에 가서 외출 나갔다가 엉겁결에 여자를 경험했다고. 마스터베이션, 백번 해도 소용없어. 그건 그저 배출에 불과해. 사랑이라는 게 필요하다고. 하와가 에덴의 동산에서 따먹은 건 원죄의 열매가 아닌 사랑의 열매였다고. 동물들도 인간처럼 마스터베이션을 할까? 육 선생의 그 여혐증은 병이야. 여자를 아는 길밖에 그 치료방법이 없다고 봐. 내 말 틀려?"

공 선생의 입에서 사랑이란 말이 나온 건 뜻밖이었다. 하와가 따먹은 게 원죄의 열매가 아니고 사랑의 열매라는 말도 그에게는 생소하게 들렸다. 하지만 그 말이 기분 나쁘게 들리지 않았다.

공 선생과 헤어지고 돌아온 그 날 밤, 그는 몽정을 했다. 꿈속의 여자에게 대담하게 치마를 들쳐 팬티를 끌어내리고 배 위에 올라가는 데는 성공한다. 하지만 그는 욕동欲動의 깃발을 원죄의 기름진 땅에 꽂지 못하고 무지 헤맨다. 오랜 방황 끝에 아, 죽어도 좋을 그 순간을 맞는다. 비록 꿈속이지만, 여자의 배 위에서 사정했다는 기분만은 그리 싫지 않았다. 마스터베이션을 할 때와는 그 느낌이 전혀 달랐다.

이튿날 아침 그는 가벼운 마음으로 일어났다. 새벽녘에 그런 일이 있은 다음 금세 잠에 빠져들었고, 숙면을 즐겼다. 불과 세 시간 정도의 잠자리였지만 몸도 맘도 날아갈 듯 가뿐했다. 여자를 알라, 언뜻 공 선생이 하던 말이 머리를 스쳤다.

그는 시계를 본다. 10시가 조금 넘었다. 오늘은 뭘 한다? 그는 일단 토스트와 진한 커피로 아침을 대신하며, 언젠가 한 번 타보려 한 서울시티투어버스를 생각해냈다. 그래, 오늘은 그걸 타고 서울 시내를 한 바퀴 돌아보자.

서울시티투어버스는 광화문 동화면세점 앞에서 출발한다. 코스도 무려 다섯 갈래다. C코스와 D코스는 야간투어, E코스는 강남투어다. 결국 강북을 두루 관광하는 코스는 A와 B 두 군데인데, 그중 남산타워를 돌아 나오는 A코스가 그의 구미를 당겼다. 그는 만 이천 원을 내고 A코스 탑승권을 구매했다. 때마침 11시 출발의 투어버스가 길가에 대기 중이었다.

A코스는 광화문에서 출발, 덕수궁→남대문시장→서울역→전쟁기념관→용산역→국립중앙박물관→이태원→명동→남산골한옥마을→그랜드앰버서더호텔→신라호텔을 거쳐 남산서울타워까지 오르고, 남산에서 내려오는 길은 하얏트호텔→동대문디자인플라자→대학로→창경궁→창덕궁→인사동→청와대앞→경복궁·민속박물관→세종문화회관에서 광화문 출발점으로 되돌아온다. 소요시간은 2시간 정도. 하지만 중간중간 어느 정류장에서나 내려 그 주위를 관광하고 다음번 투어버스를 이용해도 되는, 아주 편리한 운영방식이다.

그는 일단 중간, 머물다 올 두 군데의 장소를 점찍었다. 남산타워까지 오를 때는 국립중앙박물관을, 내려올 때는 경복궁

민속박물관에 들러 우리 조상의 숨결을 눈요기해볼 심산이었다.

출발 10분 전쯤 버스에 올라탔다. 버스에는 어느새 십여 명의 남녀관광객이 좌석을 차지하고 있다. 내국인보다 외국인들이 더 많은 것 같다. 외국인 중에는 주고받는 말소리로 보아거의가 유커, 중국관광객인 듯하다.

티켓은 좌석이 지정되지 않았다. 그는 버스 중간 오른편에 비어있는 이인용 좌석의 창가 쪽에 붙어 앉았다. 버스는 시간이 되자 지체 없이 출발한다. 그는 턱을 괴고 한가로운 마음으로 창밖에 스치는 풍경에 시선을 내맡겼다.

투어버스는 눈 깜짝할 사이 용산역에 도착한다. 하차하는 관광객은 하나도 없지만 네댓 명의 사람들이 버스에 올라탔다. 그는 여전히 차창밖에 시선을 내맡긴 채 막연한 상념을 씹고 있었다.

"여기, 앉아도 될까요?"

그때, 바로 옆에서 들려오는 여자 목소리. 그는 반사적으로 얼굴을 돌렸다. 거의 동시에 그의 눈은, 허리를 반쯤 굽히고 그를 바라보는 여자의 눈과 마주친다. 여자의 목소리는 허스키했지만 눈빛은 의외로 영롱했다. 딴 때 같으면 그는 이미 마음으로부터 삼십육계 줄행랑을 칠 터였다. 그토록 껄끄러워하던 여자와의 눈 맞춤이 아닌가.

"아, 네. 빈자립니다."

그는 의외로 침착했다. 그럼, 여자는 스스럼없이 그의 옆 빈 자리에 앉았다.

"내국인인가요?"

여자가 물었다.

"네, 순수 국산입니다."

그는 의외로 더듬지 않고 대답했다.

"유머가 풍부한 분 같네요."

"유머요….."

그는 얼굴을 붉힌다. 하지만 그는 곧 다시 말을 잇는다. 모처럼 튼 말문을 잘리고 싶지 않았다.

"미국 쪽인가요? 아님 일본?"

"해외교포가 아닌지, 그게 궁금한 거죠?"

여자는 눈치가 빨랐다. 여자는 말을 계속한다.

"나도 순수 국내산이죠. 국내산이 왜 서울관광버스를 탔느냐, 그게 더 궁금한 거죠?"

"전 실업자나 진배없지만…."

"나는 분명한 목적이 있어요."

"목적이?"

"보이 헌팅!"

"…?"

순간, 그는 말문이 막힌다. 여자는 잠시 뜸을 들인다. 하지만 곧 자신을 드러내 놓는데 거침이 없다.

"나는 성불구 남편을 둔 유부녀예요."

그는 또 한 번 놀란다. 만난 지 불과 한 시간도 안 된 사이다. 외간남자에게 어찌 그토록 신상 얘기를 털어놓을 수 있는지 당황스럽기 짝이 없다. 맛이 좀 간 여자가 아닌가, 의심이 갈 만큼.

여자는 너무 당당하다. 아니, 자기주장이 뚜렷한 것 같다. '사랑도 소중하지만 섹스도 중요하다'는 말도 거침없이 쏟아냈다. 섹스라면 마스터베이션밖에 모르는 그는 모든 게 경외의 마음이 들었다.

여자는 40대 초반처럼 보인다. 어쩌면 그보다 더 나이를 먹었는지 모른다. 피부는 팽팽하지 않지만 세련미가 몸에 흘렀다. 거기에 영롱한 눈빛은 남자를 끄는 힘이 느껴졌다.

투어버스는 남산 정상에 도착했다. 국립중앙박물관에 들러 잠시 시간을 보내기로 한 계획은 이미 그의 머리에서 꼬리를 감췄다. 어느새 그는 여자와 데이트를 하고 있다는 착각에 빠졌다. 아니, 여자를 연인으로 생각하는 건지도 몰랐다. 버스에서 내리자 둘은 약속이나 한 듯 나란히, 성곽을 따라 서울 시내를 내려다보며 걸었다.

"남산에 오르면 온갖 시름은 일단 내려놓게 돼요."

여자가 혼잣말하듯 중얼거린다.

"이런 기분, 저로선 첫 경험입니다."

그는 한껏 들뜬 기분으로 역시 혼잣말하듯 중얼거렸다.

"첫 경험이라….."

여자가 '첫 경험'이란 말을 음미하듯 되뇌었다.

"비웃는 건 아니죠?"

"비웃긴. 옛날 생각이 나네요."

"옛날 생각?"

"처음으로 순결을 빼앗겼던 그때가."

여자는 여전히 거침없었다. 그는 덩달아 달아올랐다.

"순결을 뺏겨요?"

"도둑맞은 거지. 그것도 여고시절. 하지만 그 첫 경험은 치욕이라기보다 여자로 눈뜨게 한 소중한 추억이 되었죠."

그는 입을 다문 채 힐끗, 여자의 표정을 살핀다. 구김살 없는 밝은 얼굴. 여고시절 순결을 잃었다는 아쉬움은 어디 한군데 찾아볼 수 없다. 아마도 성을 눈뜨게 한 그 황홀함을 잊을 수 없다는, 그런 표정이 아닌가.

어느덧 정오가 훨씬 넘었다. 여자와 그는 성곽을 한 바퀴 돈 다음 서울타워로 가서 곧장 엘리베이터를 타고 1층으로 내려갔다. 출출해진 배를 채우자는 그의 제안에 여자도 순순히 동의했다.

하지만 여자는 스테이크를 먹자는 그의 제안에 고개를 저었다. 점심點心은 한자의 뜻 그대로 '마음의 점'이 아니냐며, 그녀는 스테이크하우스 바로 옆 고로케점의 진열대를 기웃거렸다. 그리고 주저 없이 야채고로케 두 개를 오더한다. 감자고로케를 시키려던 그도 덩달아 야채고로케 두 개를 추가 주문하고 만다. 도무지 그에게 계산할 틈을 주지 않은 여자는, 아예 아메리카노 커피 두 잔까지 시켜, 그를 남쪽 전망 좋은 테이블로 끌고 가 자리를 잡았다.

제3한강교에 잇대어 환히 뻗어있는 경부고속도로가 한눈에 들어온다. 커피를 마시며 여자는 그에게 뜬금없이 물었다.

"성경험, 해본 적 있어요?"

그의 얼굴은 금세 빨개진다. 그에게 여자와의 잠자리 경험이 있는지를 여자가 묻고 있는 게 분명하다. 그는 쥐구멍이라도 찾는 듯 주위를 두리번댄다. 서른이 넘도록 수음밖에 모르는 숙맥인 걸 여자가 눈치챈 건 아닐까?

"내 예감이 틀리지 않다면 그쪽, 아직 허물을 못 벗은 거, 맞죠?"

"버진인 거…."

그는 모깃소리로 말끝을 흐렸다.

"그 허물, 오늘 내가 벗겨줄 수 있어요. 어차피 나는 남자가 필요하다는 거, 짐작했을 거예요. 성불구 남편과 헤어질 순 없지만 그렇다고 성본능, 리비도적 욕동을 마냥 방치할 수 있는 석녀, 성녀는 못 돼요. 남편도 이해하고 있어요. 그럴 수밖에 없죠. 내가 자기를 버리는 걸 더 두려워하고 있으니까. 타협이죠. 어차피 한 남자로부터 다 얻지 못한 본능을 두 남자로부터 나눠 취하는 현실을 받아들인 거죠."

말을 마친 여자의 얼굴에 언뜻 그늘이 스친 것 같다. 말은 그리하고 있지만 마음은 편치 않아서일까. 하지만 여자는 금세 밝은 표정으로 돌아온다. 그리고 방금 전에 말한 리비도적 욕동을 합리화하려는 듯 에로스의 화살을 들먹였다.

"그리스신화에 이런 얘기가 있어요. 에로스의 금 화살은 '욕정'을, 납 화살은 '혐오'를 불러일으킨다고. 이왕이면 혐오, 증오보다 욕정, 애욕의 화살을 바라는 건 신이나 인간이 다를 게 없대나 봐요. 통제 불가능하다는 점에 있어서도. 그런 점에선 우리 남녀관계도 마찬가지라고 생각해요. 뭔가 부족함을 상대로 하여금 채우려는 욕망, 그게 바로 에로스의 정체가 아닐까요."

여자는 잠시 뜸을 들였다. 얘기를 길게 하다 보니 목이 마를 법도 하다. 여자는 모르는 게 없는 것 같다. '리비도적 욕동'과 같은, 프로이트의 정신분석학에서나 나옴 직한 용어가 튀고, 신화 얘기도 거침없이 쏟아낸다. 커피로 입술을 적신 여자는 다시 말을 계속했다.

"만나고 싶지만 책임지고 싶지 않다, 원하지만 얻기에 골치 아프다, 결국 그런 갈등을 겪는 사이 자신들도 모르게 생겨난 트렌드가 뭔지 알아요? 원 나이트 스탠드─."

하룻밤 사랑이라니, 그는 여자가 하는 얘기를 선뜻 이해하지 못했다. 솔직히 무슨 속셈으로 그런 얘기를 하는지, 그 말뜻을 헤아리기 쉽지 않았다. 여자의 진심이 어디서 어디까지인지, 더럭 의심도 나고 헷갈렸다. 그의 얼굴은 어느새 벌겋게 달아 올랐다.

그는 곧 다른 갈등에 휩싸인다. 어쩌면 여자는 내게 원 나이트 스탠드를 바라는 건 아닐까? 그의 갈등은 여자가 끄는 대로 따라나서느냐, 마느냐로 비약한다. 투어버스를 다시 타고 남산에서 내려갈 때도, 그는 여자가 끄는 대로 못 이긴 채 따라나서냐 마느냐로 고민을 거듭한다. 그래, 오늘은 그놈의 거추장스런 버진의 딱지를 떼버리자! 그는 뒷걸음치려는 자신을 붙들어 매듯 꼴깍, 소리가 날 정도로 침을 삼킨다. 어느새 시계는 오후 4시를 가리키고 있었다.

남산을 내려가는 투어버스에서 여자는 이상하게 별말이 없다. 가파른 커브로 몸이 몹시 흔들려서일까? 하지만 그의 마음은 뭔가에 쫓긴 듯 초조하다. 여자가 입을 다물자 더욱 마음은 방망이질이다. 따라나서느냐 마느냐, 그게 문제인가. 좌석이 왜 이렇게 불편하다지? 버스가 산길을 다 내려가 일반도로에

닿을 때까지, 하얏트호텔을 지날 때까지도 불안하기 그지없는 침묵이 계속 이어졌다.

그는 초조한 나머지 힐끗, 옆자리의 여자를 본다. 여자는 너무도 태연하다. 창밖을 내다보는 그 모습은, 아까 남산에서 얘기를 나눴을 때의 그 촉촉한 분위기는 어디 한 군데 찾아볼 수 없다. 왜 그처럼 표정이 굳어진 걸까. 여자는 잠깐 사이 너무도 다른 사람이 돼버렸다. 그러거나 말거나 투어버스는 신라호텔을 지나 정해진 코스를 거침없이 달려 나갔다.

버스는 동대문디자인플라자 정류장에 정차했다. 여자는 뭔가에 놀란 듯 벌떡 자리에서 일어났다. 그리고

"오늘, 즐거웠어요."

황급히 그에게 손을 내밀었다.

그는 엉거주춤 엉덩이를 들었다. 그의 손이 여자의 손을 쉽사리 놓아주지 않자 여자는 잠깐요, 운전기사에게 양해를 구한 뒤,

"너무 겁먹지 말아요. 여자는 그저 여자일 뿐이니까."

여자는 말뜻을 강조하듯 웃음을 흘렸다. 여자의 손이 그의 손아귀에서 미끄러지듯 빠져나간다. 여자는 서둘러 버스를 내렸다.

막 버스가 출발하려 하자

"잠깐!"

그도 큰소리로 버스를 세운다. 여자를 따라 내려야 한다는 절박함이 그를 부추긴다. 하지만 그는 멈춰 선 버스 문 쪽을 향해 선뜻 내닫지 못했다.

예수는 요한복음에서 '나는 문이다'(10장9절)라고 말했다. 누구든지 그리스도를 통해 들어가면 구원을 받는다는 저 문. 그 문이 거기 열려있다고 생각하면서도 그는 움쩍달싹 못하고 엉거주춤 서있기만 한다.

왜 따라나서지 않느냐? 무엇 때문에 망설이느냐? 또 다른 목소리가 등을 밀치고 윽박질렀다. 하지만 그는 여전히 엉거주춤 서있는 채, 허리에 잔뜩 들어간 힘을 끝내 풀지 못한다. 차라리 그는 그렇게 굳어버리고 싶다. 석고상처럼.

그는 살아있었다

그는 살아있었다.

그날 아침에도 나는 일찍 일어났다. 여느 날과 다름없이 일찍 일어나자 조간신문을 들고 화장실부터 달려갔다. 우선 신문을 훑으며 볼일을 본 다음 이빨을 닦고, 면도를 하고, 세수를 하고 다시 방으로 돌아온 나는 외출복을 갈아입으며 출근 채비를 서둘렀다.

매일 아침 다른 게 있다면 식탁에 앉아있을 때의 입맛이었다. 전날 저녁 한잔 걸쳤을 때는 콩나물국이나 시라기국이 꿀맛이었다. 그렇지 않은 날은 컨디션에 따라 입맛이 달랐다. 도무지 숟갈조차 들기 싫은 날이 있는가 하면, 갑자기 계란프라이가 생각나 차려놓은 밥상을 마다하고 급조한 에그 프라이를 후루룩 들이마시고 일어난 날도 있었다. 우유만 한잔 마시고

부랴부랴 집을 나서는 날이 더 많았다.

버스를 타고 직장으로 가는 것도 매일 똑같았다. 운이 좋은 날은 정류장에 당도하자 곧 기다리던 방향의 버스가 도착, 탑승했는가 하면 어떤 날은 적어도 7~8분을 기다리다 버스를 타는 때도 있었다.

그날 아침은 버스정류장에 다다랐을 때 막 타려던 버스가 떠나버렸다. 별수 없이 나는 다음 버스를 기다렸다. 여러 방향의 버스가 밀려오고, 사람을 싣고 떠나는 것을 바라보며 서성거리고 있을 때였다. 막 도착한 다른 버스 차창에서 이쪽을 보고 있는 얼굴 하나가 눈에 들어왔다. 어디서 많이 본 듯싶은 얼굴인데? 고개를 갸웃했을 때는 이미 그 낯익은 얼굴은, 떠나는 버스가 싣고 내 시야에서 사라졌다. 뒤미처 기다린 버스가 도착하는 바람에 의문의 그 얼굴도 곧 뇌리에서 스러져버렸다.

그것으로 그만이었다. 회사는 당장 해결해야 할 일이 줄을 이었다. 게다가 승진, 인사시기인지라 사무실의 분위기는 자못 들떠 있었다. 일보다 솔직히 눈치 살피기에 더 신경이 바쁘게 움직였다. 잠깐 스쳐간 그 얼굴에 대해서도 더 생각할 겨를이 없었다.

그날도 나는 하루 일과를 마치고 집으로 돌아가기 위해 버스정류장으로 나갔다. 다른 방향의 버스가 도착했다. 나는 무심코 버스 차창에 눈길을 보냈다. 차창에 비친 여러 얼굴들이 눈에 들어온다. 순간, 아침 출근할 때 버스 차창에 비친 그 얼굴이 나를 뚫어지게 보고 있다. 아니, 저 사람? 분명 아는 사람 같은데 여전히 감이 오지 않는다. 머리를 굴리는데 때마침 집 방향의 버스가 도착한다. 부랴부랴 만원버스에 비집고 들어가느라 금세 그 얼굴은 또다시 수면 밑으로 갈았았다.

"여보, 웬 잠꼬대가 그리 심해요?"
아내가 흔드는 바람에 나는 잠에서 번쩍 눈을 떴다.
"꿈꿨어요?"
"… "
"악몽이었어요?"
"웅, 고약한…. 물 좀."
아내가 부스스 일어나 밖으로 나갔다.
나는 곧 꿈속에서 겪은 곤욕을 떠올렸다. 그는 시퍼런 식칼을 들고 "너 죽고 나 죽자"며 덤벼들었다. 그의 입에서 배신자라는 말도 거침없이 쏟아졌다. 남의 애인을 가로채는 게 친구냐고도 다그쳤다. 나는 필사적으로 도망치며 그게 아냐! 그게 아니다! 외쳐댔다. 그는 막무가내였다. 뒷걸음치다 넘어져 이제 꼼짝 없이 죽는구나, 했는데 아내가 흔들어 깨운 것이다.
그랬다. 버스 차창에 비친 그 얼굴은, 꿈속에서 식칼을 들고 너 죽고 나 죽자고 덤빈 친구였다. 아니, 엄밀히 말하자면 친구라기보다 한 집에서 숙식을 같이한 룸메이트에 지나지 않았다. 나는 한 번도 그를 친구라고 생각한 적이 없었다.

내가 군대에 가 있을 때 그의 마지막 편지를 받았다. 그는 편지에서 '어쩌면 이 편지가 마지막이 될지 모른다'고 썼다. '기적을 믿고 폐결핵 말기에 희망을 품는 어리석음은 없을 거다'고도 그는 못 박았다. 그리고 편지 말미에 '죽음 앞에서'라는 제하의 장시를 남겼다. 그 처절한 죽음의 시를 그녀에게 전해줬으면 고맙겠다는 말도 잊지 않았다.

그가 말하는 그녀는 지금의 내 아내다. 우리, 그러니까 그와 나, 아내는 과科는 서로 다르지만 같은 대학교를 다녔다. 그는 시문학 전공이었고 아내는 미술전공, 나는 엉뚱하게도 지질학을 전공했다. 초등학교시절 부안 변산반도에 있는 채석강으로 소풍 갔을 때, 마치 수만 권의 책을 쌓아 올린 듯 신비한 퇴적암을 본 나는 끝내 그 '신비'를 머리에서 지워버릴 수 없었다.

그가 어떤 연유로 그녀를 알게 되었는지는 잘 모른다. 서로 수인사를 나눈 처지도 아니었다. 교내에서 우연히 그녀를 발견하고 한눈에 반해버린 그는 그날부터 열병을 앓았고, 그의 시, 그의 인생이 온통 그녀의 색깔로 채워져 있는 것처럼 보였다.

그는 처음부터 그녀를 직접 만나 구애하려 들지 않았다. 너 따위가 참다운 사랑의 깊이를 알아, 나는 결코 그 여자를 영원히 만나는 일이 없을 거다, 영적 사랑이지, 플라토닉하고는 또 달라, 하는 등의 헛소리를 지껄이는 것을 보면, 그가 바라는 사랑의 정체는 짝사랑일시 분명했다.

어느 날 대학을 다녀온 그는 장문의 연서戀書를 썼다. 그리고 한 집, 한 방에서 같이 기거하고 있는 나에게 강요하다시피 부탁했다. 펄펄 끓는 이 연서의 전령을 맡아 달라, 고.

한마디로 그는 이상한 놈이다. 시를 쓰는 것까지는 몰라도 광적이고 몽유병 적인 놈의 행동거지가 도무지 나는 마음에 들지 않았다. 게다가 께름칙하게도 그는 폐결핵을 앓고 있는지, 가끔 피를 토하곤 하는 눈치였다. 왜 내가 네 연서의 전령이냐, 딱 잘라 거절하고 싶었지만 내게는 그를 거절할 용기가 없었다. 거절하기 무섭게 눈을 부릅뜨고 미친 듯 덤벼들 그가 솔직히 나는 두려웠다. 두려운 나머지 결국 나는 그의 부탁을 받아들이고 말았다.

내가 그의 연서전령을 거절 못한 진짜 이유는 딴 데 있었다. 그의 부탁을 들어주지 않다가는 자칫 빈대 붙어 지낸 하숙방에서 쫓겨날 수도 있다는 불안 때문이었다. 당장 이 방에서 꺼져! 충분히 예상 가능한 그의 과격한 행동에 오금이 저린 것이다.

언뜻 보면 그와 나는 악연임이 분명하다. 하지만 사정을 들춰보면 그는 나의 하느님이었다. 대학에 입학은 했지만 자취

할 쪽방도 얻기 힘든 처지를 눈치챈 그는 구세주처럼 나를 자기 하숙집으로 끌었다. 오갈 데가 없는 모양이구나, 괜찮다면 나와 같이 지내자, 며.

밖에 나간 아내가 물그릇을 들고 들어온다. 찬물을 단숨에 들이마시고 나니 혼미한 머리가 다소 맑아진 듯하다. 담배를 피우고 싶은 마음이 굴뚝같다. 꿀꺽 참는다. 아내의 잔소리를 감내할 자신이 없어서다. 나는 다시 불을 끄고 잠자리에 든다. 잠이 올 리 만무하다. 분명 죽었다 믿었던 그 친구가 살아 있다니, 도무지 실감이 나지 않았다.

일찍 출근하려면…. 아내가 걱정스런 눈빛으로 누운 나를 살폈다. 나는 얼른 베개에 머리를 파묻었다. 아내의 근심을 덜어주기 위해서는 아니다. 죽었다고 믿은 그 친구가 살아있다는 사실을 깡그리 지우고 싶었다. 하지만 잠은 마음먹은 대로 청해지지 않았다. 여전히 그 친구에 대한 상념이 꼬리에 꼬리를 물고 늘어진다.

나는 그의 '영적 연서'라는 걸 지니고 지금의 아내가 된 미대생을 수차례 찾았다. 필사적으로 연서전령만은 피해 보려 했지만 허사였다. 솔직히 그의 말, 행동이 나는 두려웠다. 아니, 무서웠다는 게 더 옳았다. 그렇다고 그녀를 만나 선뜻 연서를 전해줄 용기도 없었다. 망설임이 계속되었다. 수강을 마치고 강의실에서 나오는 그녀를 먼발치에서 보고 돌아서는 일이 한두 번이 아니었다.

그런 어느 날, 그날따라 실비가 촉촉이 내렸다. 바짝 타는 가뭄에는 조금도 도움이 되지 않은 실비. 그 실비가 오히려 내 돌발행동을 정당화시킬 줄은 꿈에도 몰랐다. 우산을 받고 서 있는 미대생은 나를 보자 웃었다. 우산도 없이 두 시간 전부터 대학 정문에서 기다린 탓에, 생쥐처럼 비에 흠뻑 젖은 내 모습이 우스울 수 있었다. 아니, 내 처량한 모습에서 모성본능 같은 게 꿈틀댔는지 몰랐다. 그 근처 카페로 들어가는 내 뒤를 미대생은 말없이 따라왔다.


"왜, 잠이 안 와요?"

그때, 아내가 다시 조심스럽게 말을 붙인다. 바로 그 미대생이었던 아내다. 몸을 뒤척이며 좀처럼 잠을 청하지 못하는 걸 알아차린 게 분명하다. 혹 아내는 처음 자기를 만난 그때를 더듬고 있음을 눈치챈 건 아닐까. 아니다. 아내는 내가 지금 무엇에 그토록 고민하고 갈등하는지 알 턱이 없다. 아내는 다만 잠을 설치는 나에게 말동무라도 해주고 싶었으리라.

"요즘 회사에 안 좋은 일이 있어요?"

"아니. 좀 바쁠 뿐이야."

말은 그랬지만 솔직히 요즘 회사가 돌아가는 분위기는 안 좋았다. 팀장인 나는 어떻게든 이번 인사에서 과장으로 승진해야 한다. 재수 없게 이번 승진에 누락되면 다음 승진에서는 더 좁은 문이 된다는 걸 나는 누구보다 잘 알고 있다.

"혹시 여자문제로 고민 중인 건 아니죠?"

물론 아내는 웃자고 한 말이었다.

"그게 아니고…."

나는 불쑥, 그때의 비밀을 털어버릴까 하다 입을 다문다. 이제 와서 털어놓은들 아내가 이해해 주리라 생각되지 않았다. 오히려 비겁한 사내로 낙인찍힐 게 뻔했다.

"그때, 내가 무척 측은해 보였겠지?"

얼른 나는, 밑도 끝도 없이 화제를 바꾼다. 처음 아내를 만났던 실비 내린 오후 그때. 조금 전, 아내가 말을 붙이기 직전까지 몸을 뒤척이며 상념에 휩싸였던 바로 그때를.

"그때라뇨?"

"아, 내가 자기를 처음 만났던 그때 있잖아."

"처음 만났던 때?"

아내는 생각을 더듬는 눈치였다.

"교문 앞에서 흠뻑 비에 젖은 채 자기를 기다리던…."

"아, 그래요! 측은했었죠. 더구나 카페에 들어가자 다짜고짜 내민 봉투. 너무 황당했던 기억도 생생하고요."

잠시 회상에 젖은 듯, 한참을 말이 없던 아내는 그날 카페에서 있었던 일을 이렇게 들려줬다.

"내 마음입니다, 하고 내민 봉투를 받긴 했지만 선뜻 속지를 꺼내 보기가 두려웠어요. 종이에 적힌 내용이 뻔히 들여다보였죠. 고백받을 준비가 전혀 안 된 저는 다시 봉투를 되돌려 주려고 당신을 쳐다봤는데 그 순간, 당신의 눈빛에서 거역할 수 없는 그 무엇이 다가왔어요. 돌이켜 보면 아, 그게 글쎄 콩깍지 같은 게 아니었나 싶어요."

말을 마친 아내는 피식, 웃는 것 같다. 그때도 아내는 웃었다. 웃을 수밖에 없었으리라. 봉투 안에 든 속지는 아무 내용도 쓰여 있지 않은, 텅 빈 백지였으니까. 미술지망생인 아내에게는 그 하얀 여백이 던져 준 메시지가 오히려 더 감동으로 받아들였는지 모른다. 아니 충동일지 몰랐다. 지금은 거역할 수 없는 콩깍지라고 웃을 수 있지만, 그때는 한 남자에 대한 연민이 밀물처럼 다가서는 순간이 아니었을까.

나는 그때 왜, 봉투에서 그의 타오르는 연서를 꺼내고 백지를 대신 넣었는지 모른다. 먼발치에서나마 수차례 그녀를 보다 보니까 나도 모르게 뜨거운 불씨가 인 건 분명하다. 엉뚱한 불씨가.

그 친구는 끝까지 미대생과 나의 관계를 까마득히 몰랐다. 자기의 열혈연서가 처음부터 중간에 다른 사람이 아닌, 믿던 전령에 의해 묵살된 것도 전혀 알 까닭이 없었다. 아니, 알려고도 하지 않았다. 잘 전해줬는지, 반응이 어떤지에 대해서도 그는 관심이 없는 듯했다. 그의 열혈연서가 중간에 동숙자의 연정으로 둔갑됐거나 말거나 아랑곳하지 않은 채 그는 미대생과의 아름다운 사랑을 가슴에 간직하고 세상을 등지고 만 것이다.

아니다. 그는 살아있었다. 나는 버스 차창에서 분명 그의 얼굴을 보았다. 환영을 본 것일까. 아니다. 처음은 환영이겠지, 했다. 하지만 두 번째 다시 그의 얼굴을 버스 차창에서 발견했을 때는, 그가 살아있다는 확신이 어느새 슬그머니 내 마음에 들앉아버렸다.

그가 살아있다면, 그의 영적사랑 미대생이 내 아내가 된 것을 안다면 그는 어떻게 나올까? 꿈에서처럼 나를 죽이려 들까? 그의 과격한 행동, 정동장애情動障礙까지 가진 그의 성격상 무슨 일을 저지를지는 아무도 알 수 없었다. 그렇다고 아내까지 끌어들여 불안, 고통까지 공유할 필요가 있을까? 더구나 아내는 지금, 나와 처음 만났을 때의 달콤한 추억에 빠져 있다. 나는 짐짓 잠든 척 코를 골았다.

"어느새 잠에 빠진 모양이네."

아내는 이불을 끌어 어깨를 감싸주고는 조심스럽게 내 옆에 누워 역시 잠을 청하는 눈치였다.

이튿 날 아침, 나는 끝내 뜬눈으로 밤을 새운 채 자리에서 일어났다. 아침도 먹는 둥 마는 둥 허겁지겁 버스정류장으로 달려갔다. 아무리 그 친구에 대한 상념을 털어버리려 해도 소용없었다. 진드기처럼 달라붙어 나를 놔주지 않았다.

버스정류장은 언제나처럼 북적였다. 회사 쪽으로 가는 방향의 버스는 내가 막 정류장에 도착하자 떠났다. 늦어도 십 분 뒤면 다시 버스가 올 것이다. 근데 왜 이리 조급해지는지 모르겠다. 오 분도 채 지나지 않았지만 나는 더 이상 기다리지 못하고 때마침 지나가는 택시를 집어탔다. 생전 안 하던 짓이었다. 회사에 가서 서둘러야 할 급한 일이 있는 것도 아니었다.

회사 분위기는 요 며칠째 좀 그렇고 그랬다. 곧 인사가 있기 때문인 듯했다. 승진도 있고 그에 상응한 자리 옮김도 따르기 마련이었다. 대폭이냐, 소폭이냐에 따라 회사 분위기도 얼마든지 달라질 수 있었다.

나는 솔직히 대폭이기를 바랐다. 그래야 승진 등 적잖은 변화가 따르기 때문이었다. 변화는 나태를 긴장으로 이끄는 자극제일 수 있다고 생각했다.

그동안 나는 별 어려움 없는 회사생활을 보냈다. 공채로 입사한 뒤 앞만 보고 달렸다. 무슨 일이건 늘 앞장을 섰고, 맡겨진 일도 늘 한발 앞서 끝냈다. 때문인지 지금껏 상사로부터 잔소리를 들은 적이 단 한 차례도 없었다.

나는 3살 때부터 아버지를 여의고 편모슬하에서 자랐다. 어머니의 품팔이로 겨우겨우 목구멍에 풀칠을 할 만큼 찢어지게 가난을 숙명처럼 업고 살았다. 그런 집안형편에 대학을 다녀야 했으니, 내가 얼마나 어렵게 여기까지 왔는가를 짐작할 수 있으리라.

내가 그나마 무사히 대학을 나올 수 있었던 건 그 미치광이, 자칭 시인 덕이었다. 그 미치광이를 만나지 못했다면 필시 나는 중도에 대학을 포기했을 것이다. 근데 그의 전부라고 할 영적사랑을 내가 가로챘으니 그 고마움, 은혜를 배신으로 갚은 꼴이 되고 말았다. 백번 그의 노여운 칼에 목숨을 잃어도 나는 할 말이 없었다.

대체 그는 어떻게 회생할 수 있었을까? 그는 분명 말기폐결핵 환자였다. 어떤 기적이 그의 회생을 도왔을까? 그놈의 기적 때문에 나는 지금 이렇게 고통의 십자가를 짊어진, 처량한 어린 양이 되었지만.

회사는 당장 처리할 급한 일도 없었지만, 설령 급한 일이 있다 해도 일에 몰두할 분위기는 아니었다. 그렇다고 외근을 핑계로 나갈 수도 없었다. 인사철이 아닌가. 서류철을 뒤적이는 척하면서 공상, 몽상에 빠져있기 마련인 직원들. 하지만 나는 달랐다. 끈질긴 그 미치광이에 대한 상념으로 계속 시달리고 있었다.

그래, 굳이 그를 피하지 말자. 만나면 무릎을 꿇고 그의 처분을 달게 받아들이자. 죽이겠다면 죽이라고 하자. 그에게 속죄하는 길은 그 길밖에 없다고 나는 생각했다. 아내가 떠올랐다. 아내에게 먼저 그 사실을 털어놔야 하지 않을까? 다행히 우리 슬하에는 아직 소생이 없었다. 지금 목숨을 잃는다 해도 무슨 미련이 있겠는가. 하지만 아내에게는 이 무슨 날벼락인가 싶었다.

"무슨 생각에 그리 빠진 거야?"

그때 어깨를 툭 치는 손. 돌아보니 과장이 웃고 있었다.

"아직 할 일 남았나?"

"아뇨. 일이 손에 잡혀야죠, 뭐."

"그럼 일어나. 따라오라고."

"아, 네."

나는 군말 없이 과장의 뒤를 따랐다. 한데 왜 그리 불안한지 몰랐다. 과장은 지금껏, 저렇게 먼저 한잔하자고 끈 일이 없었다. 필시 내게 안 좋은 일이 있어서는 아닐까? 안 좋은 일이라면 이번 승진에 내가 누락된 것 말고 또 뭐가 있을까?

하지만 회사 근처 호프집에 과장과 마주 앉은 나는, 나보다 과장이 이번 인사에 더 불안해하고 있다는 것을 알아차렸다. 이번 인사에 아무래도 한직으로 밀려날 것 같아, 과장은 호프를 마시며 불안한 예감을 감추지 않고 드러냈다.

과장은 원만한 편이었다. 윗선, 아랫선 어디서나 별 거북함을 주지 않은, 평판 좋은 중간간부였다. 이번 인사에 부장승진이 거의 확실시되는 과장이 아닌가. 한직으로 밀려날 것 같다니, 믿을 수 없다는 듯 나는 과장의 눈치를 살피며 넌지시 뭐 짚이는 게 있습니까? 하고 물었다.

"너무 한 자리에 오래 앉아있었어. 또 나이가 다른 과장들에 비해 많은 것도 걸림돌이지, 게다가 자네 같은 유능한 팀장이 추격하는 것도 불안요소야."

나는 선뜻 과장의 말이 이해되지 않았다. 한자리에 오래 앉아있는 건 나 또한 마찬가지였다. 내 나이 또한 딴 팀장에 비해 적은 것도 아니었다. 팀장을 노리는 유능한 사원도 어디 한 둘인가.

과장과 헤어지고 버스정류장에서 버스를 기다리던 나는 혼란스러웠다. 과장은 자기 얘기를 하는 척 내 얘기를 들려준 건 아닐까? 그렇다면 이번 승진에 내가 빠졌다는 얘기로도 받아들여졌다.

그때 버스 한 대가 들어왔다. 집으로 가는 방향의 버스는 아니었다. 엉덩이를 엉거주춤 들다 다시 의자에 붙인 나는 버스 차창에서 나를 쏘아보는 시선 하나와 딱 마주쳤다.

엇, 그 미치광이?! 죽었다고 생각한 그 친구가 분명했다. 나는 의자에 붙이려던 엉덩이를 다시 들고, 살아있는 그 친구를 만나야 한다는 생각으로 그의 얼굴이 비친 버스 쪽으로 몸을 움직였다. 만나야 해, 만나야 한다, 중얼대며 나는 손을 흔들고 소리를 질렀다. 내려와! 내려와서 나와 얘기 좀 하자고! 하지만 미치광이를 태운 버스는 나의 손짓 같은 건 아랑곳하지 않고 떠나버렸다.

허탈했다. 곧이어 집 방향의 버스가 도착했지만 나는 그 버스를 타지 않았다. 다리가 떨리고 구역질이 느껴졌다. 비실비실 의자 쪽으로 다가간 나는 다시 무거운 몸을 의자에 의지했다. 분명 그는 살아 있었다. 그렇다면 이대로 뒷짐지고 있을 수만은 없는 게 아닌가.

나는 그를 찾아 나서기로 했다. 그의 소재를 파악한다는 건 모래톱에서 바늘을 찾는 것처럼 어려운 일인지 모른다. 하지만 머리를 잘 굴리면 의외로 쉽게 그의 소재를 찾을 수 있다는 생각이 들었다.

나는 우선 학창시절 그와 같이 지낸 하숙집을 찾아가 보기로 했다. 거기서 그의 소재를 수소문하면 어떤 실마리가 잡힐 것도 같았다. 정 많은 하숙집 할머니만 살아 있다면 친할머니처럼 따랐던 그 친구가 하숙을 접고도 소식을 끊고 살지는 않았으리라 여겼다.

하숙집을 찾기는 그리 쉽지 않았다. 그사이 대학교 근처의

골목골목은 도시재정비, 재건축 바람으로 알아보기 힘들게 변해 있었다. 조그만 집들이 헐려서 다세대주택으로 변모한 건물들이 즐비했다. 우리가 하숙을 든 한옥도 온데간데없어지고 그 자리에 다세대주택이 들어서 있었다.

천만다행이랄까. 할머니는 돌아가시고 안 계셨지만 할머니의 딸 가족이 살고 있었다. 더욱 다행인 건 그 딸이 나를 알아본 것이다. 나는 다짜고짜 그 미치광이에 대해 물었다.

"어디에 살고 있는지 알아요, 그 친구?"

"벌써 죽었죠. 밤낮없이 피를 토하더니만."

"정말?"

나도 모르게 터져 나온 옥타브다. 정말 그는 죽었을까? 뭉친 숨을 내뱉는다. 긴장이 풀려서일까. 현기증이 살짝 머리를 어지럽힌다. 그럼, 버스 차창에 비친 그 친구는 뭐지? 그렇다면 그동안 내가 헛것을 보았다는 말인가. 왜 그런 착시현상이 일어난 걸까? 꼬리에 꼬리를 문 의문부호가 여전히 머리에서 떠나지 않았다.

한참 만에야 정신이 든 나는 이대로 물러설 수 없다고 생각했다. 그 친구의 죽음을 확인하고 싶었다. 아니, 그보다 먼저 그 친구에게 속죄부터 해야 하는 게 아닐까, 죄책감이 머리를 든다.

"혹시 그 친구의 어머니, 어디 사는지 몰라요?"

나는 할머니의 딸에게 물었다.

"화성인가, 수원인가에서 산다는 얘기는 들었지만⋯."

그녀 역시 더 정확하게는 몰랐다. 생각해보면 할머니도 아닌 딸이 그 친구에 대해 그리 자상한 관심을 가졌을 턱이 없었다.

언뜻 내 머리에 초로의 한 여인이 떠올랐다. 바로 그 친구의 친모다. 친구는 매달 부쳐온 돈이 늘 모자랐다. 내 하숙비는 물론 등록비까지 대줄 정도인 데다, 그 자신의 씀씀이도 헤펐다. 그의 주머니에 돈이 남아나는 날이 없었다.

돈이 떨어지면 그는 못 견뎌했다. 친모에게 전화를 걸어 악을 썼다. 내가 죽어 없어지기를 바라느냐, 막말도 서슴지 않은 것을 나는 옆에서 지켜보곤 했다. 그럴 때마다 곱게 한복을 차려입은 친모는 득달같이 하숙집을 찾아와 아들을 달래고 얼렀다. 그때 그의 친모, 한복을 차려입어 더욱 곱고 우아한 친모의 모습이 아직도 내 눈에는 선하다.

그의 친모는 느낌이 정실 같지 않았다. 어쩐지 후처일 거라는 생각이 들었다. 조용한 말씨와 움직임, 유난히 주위의 눈치를 살피는 모습에서 나는 그런 인상을 받았다. 그 친구도 걸핏하면 친모에게 웬 주위의 눈치를 그리 살피느냐, 타박하는 걸 보아도 친모의 그늘을 느끼는 건 그렇게 어렵지 않았다.

친모는 나를 아들이나 다름없이 대했다. 따로 불러내어 어려움이 많을 거야, 슬쩍 주머니에 뭔가 집어넣어 주곤 할 만큼. 물론 돈이었다. 용돈치고는 제법 많은 액수라고 감동받았던 기억도 생생하다.

친모는 기회 있을 때마다 내게 거친 아들을 이해시키려고 애썼다. 성질이 불같은 그 사람하고 같이 지내기가 좀 그렇지? 마음은 고운 앤데 성깔 때문에 아버지하고도 많이 다투곤 해, 그래도 잘 좀 돌봐 줄 거지 응? 나를 다독이는 친모의 정겨운 목소리가 아직도 내 귀에 또렷하다.

그의 친모는 그때 아들이 2대 독자라는 것도 조심스럽게 내비쳤다. 그래서 버르장머리가 없을 거라는 말까지 덧붙이며 어떻게든 아들의 거친 행동을 이해시키려고 애썼던 기억도 떠올랐다.

나는 불현, 그의 친모가 보고 싶었다. 남의 집 더부살이까지 하며 나를 길러준 생모를 제대로 모시지 못하고 여읜 나는, 그처럼 어머니의 존재를 마음속 깊이 느껴본 적이 없었다. 까마득히 잊고 살아온 어머니에 대한 그리움이 물밀 듯이 밀려온다. 아, 나는 정말 무심한 놈이다. 아들, 그것도 2대 독자를 잃은 그 슬픔을 생각하면 당장이라도 친모를 찾아 나서야 할 것 같다. 하지만 마음 한구석엔 여전히 그 친구의 생사여부가 나는 더 궁금했다.

회사에 출근하자 나는 망설이지 않고 연차휴가원을 냈다.

과장이 걱정스런 얼굴로 시기가 안 좋다고 만류한다. 하지만 나는 집안에 급한 일이 생겼다고 둘러댔다. 이미 내게는 결심이 서있었다. 굳이 이번 승급에서 누락돼도 상관없다, 후회 안 하겠다, 생각했다. 승급에 대한 관심을 털어버리니 오히려 마음이 후련하다.

그날 아침은 유난히 하늘이 맑았다. 어제까지도 미세먼지 탓인지 우중충했던 날씨는 씻긴 듯 깨끗하다. 집사람에게는 지방으로 출장 간다고 간단히 둘러대고 집을 나섰다. 왠지 뒤통수가 서늘했다.

고속버스터미널에 도착하자 나는 수원행 버스표를 끊었다. 그의 친모가 산다는 화성시 봉담읍은 수원에 접해 있었다. 봉담읍의 주소는 내가 군복무 중 받은 그의 마지막 편지를 떠올리며 가까스로 기억해 낸 것이었다.

피곤한 탓일까. 버스에 흔들리자 나는 금세 잠이 들었다. 기다렸다는 듯이 친구가 나타난다. 하지만 먼젓번처럼 그의 손에 식칼은 들려있지 않았다. 표정도 한결 맑았다. 역시 넌 내 친구야, 떨고 있는 나의 손을 덥석 쥐기까지 한다. 그는 무슨 말인가 하는 듯했지만 나는 알아듣지 못했다. 그만큼 내가 겁을 집어먹고 있어서인지 몰랐다.

친구의 친모도 꿈에 나타났다. 옛 우아한 모습은 어디 한 군데 찾아볼 수 없었다. 쭈그렁바가지가 돼버린 친모는 왜 이제야 나타났느냐, 몹시 꾸짖었다. 나는 몸 둘 바를 몰랐다. 뭐라고 변명을 해야 할지 난감한 나는 얼른 무릎을 꿇고 잘못했습니다, 빌었다. 그리고 초라하기 이를 데 없는 친모의 품에 안겨 엉엉 소리 내어 울었다. 울면서도 나는 부지불식간에 물었다.

"그 친구, 어디에 묻혔어요?"

"가까이에 있지."

친모가 말했다.

"가까이요?"

"여기서 멀지 않은 선산이야."

"그럼 지금 당장―."

하지만 나는 다음 말을 잇지 못했다. 이미 피를 토하고 죽었다는 말을 들었는데도 친구가 묻힌 묘까지 확인하려는 들다니. 아무리 꿈이라지만 너무 속이 들여다 보이는 것 같았다.

선잠을 깨보니 버스는 어느새 수원에 들어선다. 그 친구에 대한, 끈질긴 상념 때문일까. 꿈을 꾸다 깬 선잠 탓일까. 머리가 보통 지근대는 게 아니다.

그는 살아있었다.

부나비의 꿈

첫 라운드 공이 울렸다. 나는 용수철처럼 튕겨 나갔다. 침착해! 세컨드가 악을 썼지만 아랑곳하지 않았다. 고무풍선처럼 커 보인 챔피언의 하얀 콧대를 향해 원투를 쏘았다. 물러서지 않은 채 다시 원투, 이어 어퍼컷을 올려붙였다.

서둘지 말라니까! 다시 세컨드의 악쓰는 소리가 들렸지만 나는 신경을 죽였다. 물러선 듯싶다가 곧바로 하얀 콧대에게 달려들어 원투에 이어 짧은 훅도 날리고 빠져나왔다. 잘 먹히는 내 주먹에 짜릿한 전율이 와 닿았다.

세계의 복싱메카로 잘 알려진 미국 환락의 도시 라스베이거스, 거기서도 명승부전이 펼쳐지곤 하는 시저스 팰리스호텔 특설 링이었다. 백인챔피언을 응원하는 코쟁이 헬로가 들끓는 적지에서, 멀리 동방, 분단의 작은 나라에서 온 무명의 황갈색

도전자의 매운 주먹이, 그처럼 기선을 잡을 줄은 미처 몰랐을까. 장내는 물을 끼얹은 듯 조용했다.

백인챔피언은 흑인챔피언들로 득실대는 미국 링에 혜성처럼 나타난 화이트호프. 스피드, 기술은 다소 쳐졌지만 힘은 장사였다. 뱃집도 보통은 넘었고, 어지간한 주먹에도 끄덕 안 한 터프가이였다. 예상은 크게 틀리지 않았다. 선제기습공격에도 불구, 백인챔피언은 전혀 당황하는 기색 없이 로프에 기댄 채 컴온, 여유로운 모습이었다. 마치 나의 선제기습공격을 비웃기라도 하듯.

근질근질한 주먹. 하지만 나는 더 이상 공격을 자제했다. 코쟁이의 주변을 이리저리 돌며, 세컨드의 성화대로 공세의 끈을 늦췄다 당겼다 했다. 첫 라운드는 그렇게 끝냈다. 물론 내가 이긴 라운드인 건 말 하나 마나다.

당초 트레이너와 세운 작전은 초반 승부보다 중후반 승부였다. 그럴 수밖에 없었다. 백인챔피언에 비해 상대적으로 내 체력이 밀릴 것 같아서였다. KO률로 보아 화이트호프의 펀치력은, 분단의 작은 나라에서 온 황갈색도전자에 비해 좀은 높았다. 오직 이기는 길은 재치 있는 아웃복싱뿐이었다. 동방의 작은 나라 최초의 세계챔피언 김기수가 써먹어 성공한 작전, 치고 껴안거나 치고 내빼는 전술이 먹힌다면 승산이 충분하다는 게 우리 캠프의 계산이었다.

나는 왼손잡이였다. 한국초대세계챔피언 김기수도 같은 왼손잡이였다. 싸워 이기는 길은 치고 껴안거나 내빼는 전술이 최선이라는 작전계획은 그럴듯했다. 수긍도 갔다.

하지만 내 생각은 좀 달랐다. 치고 내빼거나 껴안는 것도 좋은 작전이지만 상대의 공격을 유도, 순간적으로 받아치는 카운터펀치가, 왼손잡이에게는 더 좋은 무기라는 건 나만의 생각일까.

더구나 나는 눈치가 십 단이다. 김기수 선배가 니노 벤베누티와 같은 키 큰 상대와 싸울 때, 내빼거나 껴안는 전법은 그럴 듯하지만, 나는 백인챔피언과 대등한 체구였다. 오히려 스피드와 빠른 스텝, 십 단의 눈치를 앞세워 잽잽, 이은 원투 선제공격으로 상대를 제압하는 게 바람직한 작전이라 여겼다. 적지에서 과연 KO가 아닌, 붙들거나 도망 다니는 소극전법으로 점수를 따고 이길 수 있을까, 솔직히 나는 회의적이었다. 내 생각은 틀리지 않았다. 첫 라운드, 백인챔피언은 왼손잡이의 약삭빠른 선제기습에 속수무책, 일방적으로 얻어맞지 않았는가. KO 아닌 판정승을 끌어내려면 부단히 공격하는 것 외에 다른 뾰족한 길이 없다는 생각은 백번 잘한 판단이었다.


2라운드, 하지만 나는 공이 울리기 무섭게 덤벼들지 않았다. 첫 라운드와 달리 뜸을 들였다. 다가서는 듯 뒷걸음치고,

뒷걸음치듯 불쑥 다가서는 교란 전법을 썼다. 챔피언의 그 하얀 얼굴에 당황하는 빛이 역력했다. 작전이라는 게 별것인가. 변화와 타이밍, 상대를 감쪽같이 따돌리는 페인팅이면 그만이었다. 그게 그리 잘 먹힌다 생각하니 절로 어깨가 들썩였다.

약혼자가 떠오른다. 약혼자의 뱃속에는 내 핏줄이 자라고 있다. 떠나올 때 나는 뱃속의 아이에게 분명히 다짐했다. 이 아빠, 챔피언이 되지 않고는 절대 살아 돌아오지 않을 거다! 고.

코쟁이가 낌새를 눈치챈 걸까. 갑자기 불쑥, 달려든다. 분단의 작은 나라에서 온 도전자가 잠깐 약혼자에 정신을 판 사이, 기습공격을 시도한 게 분명하다. 하지만 내가 누구냐. 눈치가 십 단, 뺀질이가 아니냐. 나는 얼른 코쟁이의 롱 훅을, 오른쪽으로 슬쩍 따돌리며 멀찌감치 떨어졌다.

코쟁이는 끈질기게 나를 몰았다. 나는 결코 거리를 내주지 않았다. 다가서면 그만큼 물러섰다. 빠른 발놀림을 이용 오른쪽으로 피했다. 왼쪽이 아닌 오른쪽으로. 왼쪽은 챔피언의 센 라이트펀치가 아가리를 벌리고 대기 중이었다. 관중석에서 야유가 터졌다. 뻔하다. 제 편의 접근전이 무위로 끝나자 거꾸로, 분단의 나라에서 온 도전자를 겁쟁이 도망자라고 매도하려는 수작이 아닌가.

라운드종료 공이 울리자 나는 코너로 돌아갔다. 그래, 잘했어, 어깨를 툭 치는 트레이너는 그렇게 중반까지 정면승부를 피하고 약게 하는 거야, 다시 한번 내게 주의를 상기시키는 걸 잊지 않았다.

3라운드. 나는 트레이너의 주의에 반발이라도 하듯 공이 울리기 무섭게 챔피언에게 달려들었다. 미친 듯, 미처 전열을 가다듬지 못한 백인챔피언을 몰아세웠다. 의표를 찌르는 기습공격. 어쩌면 나는 처음부터 트레이너의 작전을 무시하고 있는지 몰랐다. 나 나름의 필승작전, 그때그때의 전황에 따른 임기응변으로 승부를 결정짓는다는 생각에 더 치우쳐 있었다.

나의 기습맹공에 코쟁이들로 꽉 메운 관중석은 무거운 침묵이 흘렀다. 그때 어디선가 가냘프게 들려오는 소리. 아, 그건 몇몇 안 되는 현지 교민들이 외치는 '오, 대한민국 코리아!'였다. 나는 힐끔, 소리 나는 쪽을 본다. 태극기다. 그리운 태극기가 펄럭이고 있다. 콧등이 시큰하다.

나는 세계도전을 위해 호텔에서 캠프를 차렸을 때, 모형 관 하나를 만들어 방에 놓고 지냈다. 챔피언이 되지 않고선 결코 살아 돌아오지 않겠다는 각오를 다지기 위함이었다. 트레이너는 물론이고 그것을 본 동료 선후배들도 한결같은 관심으로 나에게 말이 씨가 된다며 관을 치우라고 권유했다. 하지만 나는 고개를 저었다. 뱃속의 핏줄을 생각하면 절대 물러설 수 없는 각오였기 때문이다.

다른 이유도 있었다. 힘센 백인챔피언에 도전하는 나를 여론은 인정사정없이 깎아내렸다. 낙타가 바늘구멍에 들어가는 것처럼 어렵다고. 그처럼 형편없는 평판에 피가 끓었고 반발심이 오기를 부추겼다. 두고 보라, 기필코 바늘구멍에 낙타기 들어가는 것을 보여주리라, 이를 갈았다. 그리고 버젓이 관을 캠프 방에 들여놓았고, 벽에 붙여놓은 백인챔피언의 사진을 볼 때마다 '너는 내 주먹에 죽고 말 거다'고 주먹질을 했다.

챔피언은 다시 얼굴을 감싸고 다가섰다. 어느 정도의 희생을 무릅쓰고라도 근접거리를 확보하려는 듯. 아니, 몇 대 맞아본 내 주먹이 별거 아니라는 확신이 선 걸까? 약삭빠른 나를 잡으려면 무리한 근접전쯤 문제없다는 배짱놀음이 발동한 건지도 몰랐다.

코쟁이의 저의가 눈에 보이자 야릇한 흥분이 나를 자극한다. 까짓것, 한 번 정면승부를 걸어봐! 슬그머니 기어오른 전의가, 주저하는 나를 독려한다. 피하지 말고 붙어! 맞붙어보란 말이야! 코쟁이의 공세를 정면에서 맞기로 한 나 황색폭격기는, 몸을 흔들고 들어오는 화이트호프를 향해 주저 없이 서너 발의 크고 작은 펀치를 터뜨렸다.

한 번 걸린 발동이었다. 거리가 잡히기 무섭게 나는 길고 짧은 스트레이트, 훅, 어퍼컷 등 이것저것 가리지 않은 주먹을 코쟁이의 안면과 복부에 무수히 쏟아부었다. 칼을 뺀 김에 아예 여기서 코쟁이의 숨통을 끊어놓겠다는 욕망이 굴뚝처럼 치밀었다.

야, 인마. 미쳤냐? 코너에서 트레이너의 다급한 목소리가 없었던들 나는 결코 공세를 멈추지 않았을 거다. 미친 듯 챔피언을 물고 늘어졌을 거다. 백인챔피언의 역습이 불행한 사태를 내게 안겨주는 한이 있어도, 이 황색폭격기의 야망은 꺾지 못했을 거다. 씨팔. 왜 찬 물을 끼얹는 거야, 관장님은? 관장님에 대한 반발심으로 다시 공격시동을 걸려던 찰라, 나는 멈칫했다. 너무도 당당한 챔피언의 희멀건 얼굴이 눈앞에 떡 버티고 있지 않은가. 개 패듯 그렇게 몰아쳤는데도 끄떡없는 코쟁이. 듣던 대로 녀석은 보통 놈이 아니라는 생각이 전의를 슬그머니 끌어당겼다. 어깨도 무겁고 다리도 무거워진 것 같다. 함부로 힘 빼지 말라, 트레이너의 말을 귀담아듣지 않은 게 은근히 후회되었다.

4라운드는 싸움다운 싸움을 하지 못했다. 전 라운드, 힘을 너무 많이 쏟은 탓인지 1분의 휴식을 거쳤는데도 여전히 어깨가 무거웠다. 섣불리 맞섰다가 백색들소의 뚝심에 짓밟힐 것 같은 위기감이 전의를 억눌렀다.

생각해 보면 싸운 척 싸우지 않은 게 더 어려웠다. 마냥 뒷걸음질치며 도망만 다니는 건 상대의 전의를 부추기기 십상이었다. 뿐인가. 무엇보다 점수를 얻을 수 없는 게 약점이다. 점수를 따지 못하는 방어전법은 결코 내가 그려온 그림이 아니었다. 방어적 소극전법으로는 이길 수 없다는 걸 나는 누구보다 잘 알고 있기 때문이다.

내 핏줄을 잉태한 약혼자를 함락시킨 때가 생각났다. 그녀는 좀처럼 내게 마음을 열지 않았다. 그럴 수밖에 없었다. 나같은 놈, 거들떠볼 집안이 아니었다. 그녀의 아버지는 교세가 하늘을 찌르는 교회 장로로, 별을 단 장군을 아들로 둔 집안이었다. 귀엽게 자란 막내딸을, 피붙이라고는 강원도 산골의 어머니밖에 없는 나에게 선뜻 내줄리 만무했다.

열 번 찍어도 그녀는 움쩍하지 않았다. 도대체 어울리지 않은 짝이었다. 대학까지 나온 재원이 뭐가 아쉬워 달랑 맨주먹 하나밖에 없는 내게 마음을 열겠는가. 그렇다고 물러설 내가 아니었다. 눈치 십 단답게 꾀를 썼다. 페인팅, 속임수라는 게 복싱경기에만 적용되는 건 아니었다.

나는 약국을 몇 군데 돌아다니며 수면제를 구입했다. 자취방에서 치사량에 못 미치는 수면제를 입에 털어 넣고 자리에 누웠다. 유서도 써서 머리맡에 두는 걸 잊지 않았다. 그 모든 건 사전공작에 따라 이뤄진 것이었다. 한 치의 오차가 있을 수 없었다. 각본대로 동료 복서가 그녀에게 전화를 걸었다. 그녀의 코는 여전히 높았고, 음독자살을 기도했다는 전갈에도 꿈

짝달싹하지 않았다. 급거, 나는 동료 복서 배역들에 의해 병원으로 후송됐다.

작전은 성공했다. 그녀보다 그녀의 가족이 더 놀라고 호들갑이었다. 특히 독실한 기독교 신자로서 교회 장로인 그녀의 아버지는 목숨이 달려있는 문제다, 그냥 넘기지 못했다. 나의 저돌성이 썩 내키지 않은 눈치지만, 딸을 설득하고 달래서 서둘러 약혼까지 시키는 적극성을 띠었다.

어떻게 쟁취한 약혼자냐. 게다가 우리의 2세가 그녀의 뱃속에서 자라고 있지 않은가. 이 모든 건 적극공세로 얻어낸 전과였다. 절대로 빈손으로 돌아갈 수 없다는 각오가 다시 수면 위로 떠올랐다. 근데, 지금 이게 뭐냐? 왜 이리 한가한 전투놀이를 하고 있지? 왜 싸움을 피하기만 하는 거지? 눈 부릅뜬 대오 각성의 소리가 나를 흔들어 깨웠다.

그래, 이러고 있을 때가 아니지. 나는 앞에 거품을 물고 덤벼들 백색들소를 쏘아보며 오른쪽 앞 손으로 툭, 잽을 날렸다. 그리고 막 공격의 발동을 걸려는 찰라, 라운드종료를 알리는 공 소리. 싱겁게 끝나버린 4라운드였다.


개시 공이 울리자 나는 거침없이 링 중앙으로 달려 나갔다. 코쟁이의 글러브와 맞대기 무섭게 오른손 긴 혹을 휘둘렀다. 퍽, 챔피언의 왼손 어깨너머에서 폭발하는 펀치가 둔탁한 소리를 냈다.

하지만 녀석은 힘센 들소였다. 들소는 기다렸다는 듯 물러서지 않고 좌우로 더킹, 위빙하며 꾸역꾸역 기어들었다. 지속적으로 견제 잽을 날렸지만 놈은 아랑곳하지 않았다. 거리를 좁혀왔다. 어디선가 물러서지 말아욧! 맞장 뜨라고욧! 독전하는 약혼자의 목소리가 귀청을 때린다. 멈칫, 발을 붙이고 서서 나는 놈을 응시한다. 물러설 수 없는 절체절명의 상황을 깨닫는다. 좋다! 맞장 뜨자! 순식간에 사각정글은 피를 튀기는 백병전이 벌어졌다.

나는 아버지가 누구인지 모르고 자랐다. 갓난애 때 어머니 등에 업혀 강원도 산골에 옮겨 산 것 말고 아는 거라곤 아무것도 없었다. 숨도 크게 못 쉬고 자란 소년시절, 그 지긋지긋한 산골을 탈출하기 위해 얼마나 서럽고 외로운 눈치인생을 감내해 왔는지 모른다.

아버지가 누구인지 모른 것처럼 고향이 어딘지도 알 까닭이 없었다. 어느 정도 자란 뒤, 어머니가 들려준 얘기는 고작 이런 거였다. "흉년이 들어 도저히 고향에서 발붙이고 살 수 없었다. 가족들과도 뿔뿔이 헤어져야 했고 이 어미는 겨우 여기 일자리가 생겨 철부지 너만을 둘러업고 떠나왔다. 목구멍에 풀칠하기도 쉽지 않은 세상이다. 굶지 않고 사는 것도 다행이라 여기며 참고 살거라."

당시 어린 나는 어머니의 입장을 잘 이해하지 못했다. 특히 일자리가 생겨 강원도 그 집에 우리 모자의 몸을 의탁한 것까진 그렇다 치자. 밤에 그 집 주인남자와 한방을 쓰는 어머니를 이해한다는 건 더더욱 힘들었다. 좀 더 큰 뒤에야 '재취'와 '일꾼'의 함수관계를 어렴풋이 터득하긴 했지만.

나는 늘 혼자였다. 그 집에 전처소생의 두 아들이 있었다. 나와 동갑내기 첫째와 두 살 터울의 둘째. 그들 형제는 처음부터 나 같은 존재를 굴러들어온 돌처럼 무시했다. 같이 동무해주기는커녕 걸핏하면 깔아뭉개기 일쑤였고, 시키는 일이 조금만 굼떠도 형제의 네 개 주먹이 동시다발로 나를 향해 휘둘러졌다. 어머니마저 피 한 방울 섞지 않은 그들 형제는 챙겨줬지만 친자식인 나에게 따뜻한 눈길 한 번 준 적이 없었다. 어느샌가 나는 구차한 자식, 미운 오리새끼가 돼버린 거다.

그랬다. 한마디로 나는 천덕꾸러기였다. 어머니의 말대로 참고 살다가는 어느 귀신에 잡혀 먹힐지 모를 불안으로 밤잠을 설쳤다. 기회 있을 때마다 나는 여기, 숨막히는 이 지옥을 하루빨리 벗어나야 한다, 곱씹을 때가 한두 번이 아니었다.

그러던 어느 날, 드디어 그 기회가 찾아왔다.

그때였다. 코너에서 야 인마, 뭐 하는 거냐고? 왜 맞짱이냐고? 트레이너의 쉰 목소리가 귀청을 후벼왔다. 번쩍, 정신이 든다. 하지만 물러설 틈이 없다. 조금만 틈새를 보이면 백색들소의 그 큰 아가리가 나를 덥석, 집어삼킬 기세다. 하지만 나는 트레이너의 경고에도 공격의 끈을 늦추지 않았다. 어쩌면 위기가 찬스일지 모른다는 생각이 나의 전의를 붙들어 매고 있었다.

그날 집에는 두 형제와 나뿐이었다. 그들 형제는 살아있는 장난감인 나를 언제나 가만 놔두지 않았다. 형제는 잠시 귓속 말로 수근대더니, 대뜸 나보다 두 살 아래인 동생 놈이 입을 열었다. 너, 지금 학교 좀 다녀올래? 동생 놈은 내가 형뻘인데도 늘 하대였다. 게다가 학교에서 돌아온 지 10분도 채 안 되었다. 직감적으로 골탕 먹이려는 함정을 눈치챈 나는 글쎄, 딴 청을 부렸다. 그들 형제의 얼굴빛이 금세 흐려졌다. 전혀 예상 밖의 내 행동에 잠시 의아한듯싶다가 곧 야 너, 반항하는 거야? 형 놈이 냅다 소리를 질렀다. 그럼, 어쩔 건데? 나는 딴 때와 달리 가슴을 펴고 떡 버텼다. 형제는 심상찮은 거역의 냄새를 맡았을까. 순간, 두 형제의 네 개의 주먹이 나를 향해 돌진해왔다. 예상한 일이었다. 나는 형제의 동시다발로 쏟아내는 네 개의 주먹 사이를 비집고 한발 다가섰다. 그리고 왼손은 동생 놈의 얼굴을, 오른손은 형 놈의 턱을 짓이겼다. 봇물이 터진 내 광기는 좀처럼 갈앉을 줄을 몰랐다. 내게 남다른 주먹장이 소질이 있다는 것도 그때 비로소 눈떴다.

백병전을 벌인 5라운드는 의외로 나의 선전이었다. 트레이너가 염려한 것처럼 밀리지 않았다. 펀치의 강도, 체력은 확실히 코쟁이가 나보다 한 수 위였다. 하지만 스피드와 센스, 의기는 내 쪽이 녀석을 압도했다. 먼저 내민 잽은 번번이 코쟁이의 공격리듬을 깨트렸다. 허물어진 자세에서 날아든 그의 카운터펀치는 그만큼 정확도가 떨어져 허공을 맴돌 때가 허다했다. 라운드가 끝나고 코너로 돌아가는 내 발걸음은 고양이걸음처럼 가뿐했다.

6라운드, 나는 전 라운드의 공격리듬을 그대로 살리고 싶었다. 잘 먹힐 때 먹히는 전술을 써먹는 게 상책이다, 트레이너인 관장님에게서 귀가 따갑도록 들은 말이었다. 리드펀치도 필요 없었다. 쏜살같이 덤벼들어 원투, 이어 숨 돌리지 않고 수발의 길고 짧은 연타를 코쟁이의 안면에 마구 퍼부었다.

세계를 향한 징검다리, 동양왕관을 빼앗아 쓸 때가 생각났다. 그 거머리 같은 왕자를 꺾었던 일이 왜 하필 지금 생각나는 걸까. 놈은 고래심줄처럼 질겼다. 게다가 교활하고 보통 약삭빠른 놈이 아니었다. 눈치 십 단을 자부하는 나도 놈의 눈치를 쉽게 따라잡기 힘들었다. 놈의 별명은 냉혈한. 그만큼 냉철했고, 상대의 공격의도를 언제나 한발 앞서 간파했다. 내 레프트훅이 놈의 오른손 너머로 걸쳐온다는 것을 안 거머리는 슬쩍 왼쪽으로 빠지면서 먼저 라이트훅을 복부에 명중시켰다.

번번이 놈의 카운터펀치에 걸리는 꼴이었다. 묘책이 없을까? 묘수 하나가 머리를 스쳤다. 잽에 이어 왼손 강타를 터뜨리려 하자 놈은 짐작대로 얼른 나를 붙들고 껴안았다. 바로 그 순간, 나는 놈의 귀에 대고 이렇게 속삭였다. "인마, 너 고자라며? 소문이 쫙 퍼졌던데!" 미끼는 적중했다. 놈은 전기에 감전된 듯 흠칫, 당황하는 모습을 보이는가 싶더니, 금세 클린치 홀딩을 풀고 물러섰다. 그리고 더 이상 모욕을 못 참겠다는 듯 비호처럼 나에게 덤벼들었다. 냉철함이 무너지고 흥분으로 날뛴 결과는 뻔했다. 무리한 공격으로 인해 여기저기 허점이 노출됐고, 결국 내 왼손 복부 한방에 쭈그리고 앉은 채 카운트아웃되었다. 진드기처럼 달라붙어 반격할 틈을 주지 않던 냉혈한의 말로가, 그리 허망하게 끝날 줄은 뜻밖이었다. 그로 인해 무명에 가까운 나는 주목을 끌었고, 이렇게 세계도전의 길도 열린 셈이었다.

하지만 백인챔피언은 바윗덩이였다. 아무리 두들겨 패도 움쩍하지 않은 바윗덩이. 외려 내 손목이 얼얼하고 어깨도 무거워졌다. 오버페이스한 건 아닐까? 더 지치기 전에 그 어떤 특단의 묘책을 찾아내야 한다. 하지만 바윗덩이를 깰 비책이 그렇듯 손에 잡히지 않는다. 녀석이 말귀를 알아들 수 있는, 같은 한국인이라면 얼마나 좋을까. 고자라는 말을 듣고도 자존심이 상하지 않는 놈팡이가 있다면 나와 보라고. 나는 진작 영어 공부를 못한 게 그토록 후회스러울 수 없었다.

트레이너, 관장님의 불만은 보통이 아니었다. 그렇게 정면 대결을 하다가는 결국 제풀에 나가떨어질 게 불을 보듯 뻔하다, 길길이 뛰었다. 그럴 만도 했다. 트레이너의 판단대로 라운드가 끝나고 코너로 돌아가는 내 발걸음은 보통 무겁지 않았다. 다음 라운드, 과연 내가 백인챔피언의 맹공을 얼마나 견딜 수 있을지, 슬그머니 걱정도 앞섰다.

휴식시간. 관장님은 내 피로해진 다리를 마사지해주면서 계속 투덜댔다. 하지만 내 눈앞에는 싸움을 독려하는 약혼자의 그 예쁜 얼굴만이 떠올랐다. 얼굴뿐이 아니었다. 자기, 참 잘 싸우고 있어욧! 자기의 머리 위에 세계왕관이 빛나욧! 독전의 목소리가 너무도 또렷이 귀에 앵앵거렸다. 긴장을 풀고 피로한 심신을 풀어야 할 시간인데도 뭔가에 끌리듯 충동을 주체 못하는 나. 그렇다! 뭘 주저하고 두려워하랴! 죽는 한이 있어도 다음 라운드, 결판을 내자! 아암, 결판을 내야 한다고! 나도 모르게 나는 귀신에 씌운 듯 전의에 휩쓸리고 있었다.


행운의 7라운드. 그래, 여기서 결판을 내야 한다. 이상하게 들뜬 흥분이 미처 회복이 덜 된 온몸을 휘어 감는다. 관장님은 분명 아웃복싱을 주문했다. 체력적으로 절대 불리하다는 판단에서다. 겉보기에는 그렇다. 나와 놈의 체격등위는 별 차이가 없다. 라이트급에 걸맞게 신장도 비슷하다. 리치는 코쟁이가 다소 길었지만. 문제는 체력이었다. 어렸을 때부터 육식으로 다져진 체력과 고추장, 된장, 김치로 다져진 체력은 근본적으로 달랐다. 더구나 코쟁이는 어지간한 펀치에도 끄덕 안 한 맷집을 지녔다. 바로 전 라운드, 이미 나는 나의 도전이 바위에 계란치기라는 걸 느꼈다. 동양왕관을 빼앗아 쓸 때처럼 치사한 트릭을 써먹지 못한다는 게 나는 그렇게 원통하고 분할 수 없었다.

챔피언이 엉금엉금 다가온다. 관장님의 주문대로라면 치는 척 내빼는 게 상책이다. 껴안는 것, 클린치 홀딩은 놈이 워낙 힘이 세서 붙잡힐 위험이 크다. 아니다. 대책 없이 뒷걸음, 도망만 다니는 건 제풀에 지쳐버릴 염려가 있다. 역시 먼저 치는 거다. 그렇다. 먼저 치자. 나는 서슴없이 라이트더블로 코쟁이의 밸런스를 깬 뒤 빠르고 다양한 펀치를 쏟아냈다. 득의의 왼손카운터펀치가 코쟁이의 오른쪽 옆구리에 찍혔을 때는 헉, 녀석의 다급한 신음소리가 내 귀까지 똑똑히 들렸다.

약혼자의 얼굴이 다시 떠올랐다. 뱃속의 우리 아이가 고추예요! 약혼자의 목소리가 귀청을 울린다. 근데, 이게 어떻게 된 노릇일까? 풍선처럼 커 보이는 코쟁이의 그 큰 코를 박살 내고 말겠다는 결심으로, 잽에 이은 회심의 레프트를 막 휘두르려는데 무거운 둔기가 내 머리에 떨어졌다. 해머로 얻어맞은 것처럼 멍멍해진 머리. 아, 눈앞이 캄캄해 오고 어지럽다. 어디 자리를 펴고 눕고 싶다. 붙들어! 어디선가 관장님의 그 지겹지만 구세주 같은 쉰 목소리가 멀리서 들려온다. 얼른 붙들란 말이야! 관장님의 다급한 목소리가, 졸음이 쏟아지는 내 귀청을 후비듯 파고들었다.

나는 가까스로 정신을 수습했다. 챔피언의 펀치는 진짜 떡 메 같았다. 딱 한 방, 안면을 덮쳤는데 그처럼 나를 그로기에 몰아넣다니. 관장님의 경고음이 계속 울리지 않았다면 어떻게 되었을까? 그길로 분명 나는 지옥으로 떨어지고 말았으리라.

청량리역 근처 다방. 나는 그 무렵 007가방 같은 것에 잡동 사니를 넣어 팔고 다니는 떠돌이 행상이었다. 정해진 구역이 없는 나는, 곧잘 남의 구역에서 한탕치고 잽싸게 빠지는 수법 을 써먹곤 했다. 그날은 재수 없게도 그쪽 아이들에게 딱 걸려 들었다. 담배케이스와 지포라이터를 팔고 막 다방 문을 나서 는데, 웬 놈이 떡 앞에 버티고 서있지 않은가. 난감했다. 한눈 에 놈의 덩치가 예사롭지 않았다. 덩치가 다짜고짜 내 멱살을 움켜쥐고 솥뚜껑 같은 손을 치켜들었다. 나는 본능적으로 옆 으로 비켜서 손바닥으로 덩치의 따귀를 후려치고 그의 사정거 리에서 빠져나왔다.

하지만 어느새 떼거리로 몰려온 아이들이 내 주위를 둘러쌌 다. 심상찮은 사태를 깨달은 나는 얼른 옆에 있는 돌멩이를 집어 들었다. 깡 있는 놈, 나와 봐! 나는 도끼눈을 부릅뜨고 삥 둘러있는 놈들을 훑어봤다. 일촉즉발. 바로 그때 나타난 사람이 있었다. 근처에서 복싱체육관을 하고 있는 관장님이었다. 관장님은 나를 둘러싸고 있는 아이들을 향해 이렇게 말했다. 사내자식들이 비겁하게 이 무슨 짓이냐? 싸우려거든 당당하게 1대1로 해야 하지 않겠나! 어디, 누가 겨루겠나? 내가 심판을 봐주지. 하지만 아이들은 슬금슬금 그 자리를 뜨기에 바빴다. 관장님이 누구인지, 아이들은 익히 알고 있는 눈치였다. 아이들이 꽁무니를 빼자, 관장님은 불문곡직, 나에게 다가와 물었다.

"자네, 권투해볼 생각 없나?"

행운의 7라운드, 챔피언의 한 방에 지옥을 다녀온 나는 종료 공이 울리자 역시 행운은 나를 버리지 않았다, 자위하고 코너로 돌아왔다. 하지만 트레이너, 아니 관장님은 의외로 말이 없었다. 묵묵히, 얼굴의 땀을 닦아주고 피로한 허벅지를 마사지로 풀어주면서도 가타부타 입을 열지 않았다. 이상하다.

관장님은 누구보다 이 제자의 세계도전을 손꼽아 기다렸다. 좀 먼 길을 돌아왔지만. 다른 사람들이 거의 세계챔피언을 국내로 끌어들여 안방 도전하는 지름길을 가고 있을 때 관장님은 제자의 세계도전을 해외원정으로 잡았다. 그럴 수밖에 없는, 관장님의 뼈아픈 심정을 나는 알고 있었다. 후원자를 끌어들일 만한 능력과 융통성이 우리 관장님에게는 없었기 때문이었다.

관장님은 그 점, 늘 미안해했다. 그래서 술이라도 한잔 걸칠라치면 "야 너, 가고 싶으면 가. 매니저계약 풀어줄 테니 너, 국내에서 세계도전 시켜주는 프로모터한테로 가라고!" 침을 튀겼다. 사실 원정도전은 평탄한 길이 아니었다. 말랑한 도전자라면 몰랐다. 일본과 필리핀, 태국의 세계챔피언들이 한국의 10위권의 랭커 중 한 명을 골라 이른바 선택방어전이라는 명목으로 도전을 받아들였다. 하지만 미국 무대는 달랐다. 의무적으로 받아들여야 하는 톱 컨텐더라도 분단의 작은 나라에서 온 황색도전자를 가히 달가워하지 않았다. 흥행가치가 그만큼 없다는 이유에서였다.

그래도 랭킹 1위, 지명도전자가 되면 눈살을 찌푸리고라도 도전을 받아들이지 않을 수 없는 게 규칙이었다. 하지만 랭킹 1위가 된다는 거, 지명도전자가 된다는 게 어디 이웃집 개똥이 이름인가. 국내챔피언, 지역챔피언이 되고도 세계랭커나 그에 버금가는 선수들과의 피투성이싸움을 거쳐야 오를 수 있는 자리였다. 그러자면 시간도 많이 걸렸다. 나 역시 그렇게 해서 겨우겨우 따낸 지명도전권이 아닌가. 그 사실을 누구보다 잘 알고 있는 우리 관장님. 왜 갑자기 말문을 닫아버립니까요? 네, 관장님? 어떻게 하라고, 말씀 좀 해줘요, 관장님?

그때 8라운드의 시작을 알리는 공 소리. 그제야 관장님은 착 갈았은 목소리로 최선을 다할 뿐이야, 등을 도닥거렸다. 나는 무거운 엉덩이를 들고 일어섰다. 그리고 조심스럽게 앞으로 나갔다. 불안한 마음으로 걸어 나오는 코쟁이를 쏘아본다. 이상하다. 그렇게 커 보인 챔피언의 하얀 코가 왜 그리 작아 보이는 거지?

순간, 약혼자의 얼굴이 번개처럼 눈앞을 스친다. 뱃속의 핏줄이 아빠, 힘내세요! 고함치는 소리도 들린다. 그렇다! 이대로는 물러설 수 없다! 나는 긴장했다. 죽기 아니면 까무러치기지. 거리가 좁혀지기 무섭게 나는 먼저 원투를 치고 돌격 앞으로! 의기를 북돋웠다. 불끈, 힘이 솟았다. 최선을 다할 뿐이라던 관장님도 코너에서 그렇지, 그거야! 소리를 질렀다. 신바람이 난다. 뭘 주저하랴. 나는 공격의 끈을 늦추지 않고 계속 크고 작은 펀치를 쏟아부었다.

코쟁이도 당하고만 있지 않았다. 자라처럼 목을 숨기고 움츠렸다가, 공격이 느슨하다 싶으면 얼른 고개를 내밀고 반격 자세로 방향을 틀었다. 자세를 바꾸는 것도 보통 빠르지 않았다. 펀치스피드는 다소 느린 듯싶지만 공격에서 방어, 방어에서 공격으로 전환하는 순발력만은 쥐새끼처럼 빨랐다. 얄미울 만큼. 관중석 여기저기서 박수갈채, 환호 소리가 터져 나왔다. 피아간의 전투가 그만큼 격렬했다는 증거인가.

9라운드도 치열한 공방전이 벌어졌다. 브레이크가 고장 난 걸까. 힘을 써야 하는 팔다리가 제대로 말을 들어먹지 않는다. 이러면 안 돼, 마음은 잡아당기지만 몸은 반대로 끌려간다. 이러다 제풀에 파김치 되는 건 아닐까, 걱정되지만 고삐 풀린 망아지가 따로 없다. 왜 이렇게 날뛰는지 모르겠다. 왜 이렇게 조급증이 나는지 모르겠다.

이상했다. 아니, 미쳤다. 미치지 않고서야 내가 그처럼 스테미너 안배를 무시하고 날뛸 수 없었다. 이상한 건 나뿐이 아니었다. 관장님도 마찬가지였다. 체력소모를 최대한 줄여! 그렇게 일깨워줘야 할 관장님은 휴식시간부터 계속 이렇다 할 주문이 없는 거다. 개시 공이 울리고 출전하기 위해 의자에서 엉덩이를 드는 순간에도 관장님은 최선을 다할 뿐이야, 그 말뿐이었다.

덜컥, 겁이 난다. 나는 지금, 잘 싸우고 있는 것처럼 착각하고 있는 건 아닐까. 어찌 보아도 나는 무리한 공방의 회오리에 휩싸인 게 분명하다. 오버페이스한 게 틀림이 없다. 하지만 관장님은 여전히 브레이크를 걸지 않고 있다. 그게 더 나를 불안으로 몰아넣었다.

결전을 앞둔 전날 밤, 언뜻 관장님이 들려준 말이 생각났다. 좀처럼 잠을 청하지 못한 제자의 어깨에 손을 얹고 스승은 이렇게 말했다. "최선을 다할 뿐이다. 운명을 거슬리지는 말자. 과욕은 때로 엉뚱한 결과를 가져오기 마련이지. 인생이란 위험한 모험보다 안전한 항해가 현명할 때가 있지. 무엇보다 서두르는 마음을 버려야 해. 마음을 갈앉히고 푸욱 자둬라."

나는 새삼, 뭔가 서두르고 있는 나를 발견한다. 마음은 쫓기듯 불안하지만 이대로 물러설 수 없다는 또 하나의 나를 본다. 어느 쪽으로 방향을 잡을까?. 지뢰밭, 지옥으로 내몰릴 한이 있어도 젖 먹던 기운을 내서 이판사판 결판을 내번져? 호랑이를 잡으려면 호랑이 굴에 들어가는 건 당연하지 않은가. 뭐가 무서워 망설이는가.


10라운드, 그래서 나는 가속페달을 늦추지 않고 밟았다. 그렇듯 끈끈한 관장님과 틀어진 게 어디 이번뿐인가. 약혼자에 미쳐 날뛸 때도 관장님과 나의 사이는 소원했었다. 약혼자에 미쳐 날뛰고 운동도 게을리하는 제자에게 운동선수한테 여자는 독약이다, 귀가 따갑도록 타이르며 눈물까지 보였던 관장님. 그래서인지 관장님은 우여곡절 끝에 미쳐 날뛴 여자와 약혼할 때도 식장에 끝내 나타나지 않았다. 때마침 세계타이틀전이 성사되는 바람에 관장님과 나의 서먹한 사이가 봉합되긴 했지만.

그때였다. 내 왼쪽 눈두덩에 불꽃이 인 건. 정신이 몽롱하

고, 다리가 후들거렸다. 인마, 붙들어! 껴안으란 말이야! 어디
선가 관장님의 다급한 목소리가 나를 후려쳤다. 물속 깊숙이
빨려드는 걸 가까스로 벗어난 나는 그러나 아뿔싸, 바로 코앞
에 노려보는 성난 들소와 맞닥뜨렸다. 위기일발. 나는 얼른 본
능적으로 몸을 오른쪽으로 틀어 그의 강펀치 사정권을 빠져나
왔다. 성난 들소는 계속 밀고 들어왔다. 필사적으로 나는 도
망 다니기에 전전긍긍했다. 절대다수의 코쟁이들로 메운 관중
석에서 우! 우! 야유가 터져 나왔다. 도망자가 된, 동방의 작은
나라에서 온 이 황색도전자를 실컷 비웃고 있는가. '오, 대한
민국!'을 외치는 목소리는 어디에 묻혀버렸는지 전혀 귓가에
얼씬하지 않는다. 아, 절로 내 입에서 탄식이 새나왔다. 그때
다. 땡―, 라운드종료를 알리는 공 소리.

11라운드. 보나 마나 백인챔피언은 결판을 내려는 듯 몰아
치리라 예상했다. 하지만 코쟁이는 이상하게 서두르지 않았
다. 먹이를 보고도 낚아채지 않은 백색독수리. 그 컴컴한 속셈
이 오히려 내 불안을 자아냈다. 왜 그러지? 왜 늦춰주는 거야?
관장님은 여전히 말문을 열지 않았다. 바로 전 라운드, 그로
기가 되었을 때 분명 붙들어! 고함을 쳤던 관장님. 하지만 위
기의 라운드를 마치고 코너로 돌아온 제자에게 관장님은 어떤
주문, 작전지시도 하지 않았다. 개시 공이 울리고 다시 싸움터

에 나갈 때 관장님은 여전히 최선을 다할 뿐이야, 그 말만 했다.

그런 걸까. 관장님은 이미 제자의 패배를 예감한 걸까? 나는 더럭, 관장님이 의심스러워졌다. 어쩜 관장님은 시합 포기 기회를 보고 있는 건 아닐까? 아, 관장님. 항복은 안 됩니다. 그건 치욕입니다. 챔피언을 먹지 않고는 살아 돌아가지 않겠다고 결심한 접니다. 챔피언이 안 되어도 좋습니다. 비겁하게 중도 포기만을 안 하게 해주십시오. 곧 태어날 아이에게 비겁한 아빠가 되기를 바라십니까, 관장님?

나는 결연한 의지를 다지며 링 중앙으로 나아갔다. 코쟁이와의 거리가 좁혀졌다. 죽기를 각오한 나 아닌가. 무엇을 망설이고 두려워하랴! 거리가 좁혀지기 무섭게 툭, 잽을 날리고, 기습적으로 원투를 치려다 말고 나는 얼른 몸을 틀어 미끄러지듯 옆으로 비켜섰다. 정면대결보다 일단 스테미너를 추스른 뒤 결전의 기회를 노려볼 참이었다. 스승의 중도 포기를 막으려면 무모한 파이팅보다 그 길이 최선이다 싶었다.

백인챔피언도 무슨 이유인지 서둘러 반격하려 들지 않는다. 다가서기는 하지만 그뿐이었다. 결판을 내겠다는 결의 같은 게 안 보였다. 거리가 미치지 않은데도 몸을 흔들고 왼손을 던지며 엉금엉금 다가오는 코쟁이. 그래, 어쩌면 그건 콧대 높은 자의 교만인지 몰랐다. 빌어먹을, 부숴버릴까. 저 뾰족한 콧대를 뭉개버려? 아, 하지만 나는 지금, 치욕 같은 걸 머리에 새기고 자존심을 챙길 입장이 아니다. 무리한 파이팅을 자제하면서, 처진 기력을 수습하고 다음을 기약할밖에 없는, 처량한 도전자이지 뭔가.

하지만 어디 한군데 숨을 곳이 없는 데가 링이다. 사각의 링. 맹수가 우글대는 곳이라서 사각의 정글이라고도 불리지만, 허허벌판이나 다름없는 링에서 몸을 숨겨줄 곳이 어디란 말인가. 사각 링이 숨바꼭질하는 데가 아닌 이상 싸움은 피할 수 없는 숙명이다. 게다가 관장님은 백기를 언제 들까, 비상사태를 예의 주시하는 판국이 아닌가. 그래, 싸우는 척이라도 해야 한다. 힘들이지 않고, 치고 내빼거나 치고 달라붙는 소극전법이라도 펼쳐야 한다. 그렇다. 나는 잽에 이은 왼손 훅으로 코쟁이의 옆구리를 찍었다. 하지만 붙들지 않고 잽싸게 빠져나온다. 잘못 클린치 홀딩을 걸다가 힘 좋은 들소의 뿔에 받힐지 몰라서였다.

하얀 들소의 라이트훅이 안면을 덮쳐왔지만 나는 이미 사정거리에서 빠져나온 뒤였다. 그의 묵직한 주먹이 미처 되돌아가기 전 반격하려고 막 오른발을 앞으로 내딛는 데 종료공이 울렸다.

내 역할은 거기까지였다. 녀석은 12라운드를 알리는 공이 울리기 무섭게 달려들었다. 뭐가 그리 화가 났는지 몰랐다. 미처, 어떻게 손쓸 여유도 주지 않은 채 몰아붙였다. 내 저항 같은 건 전혀 구애받지 않았다. 호랑이에게 물려가도 정신만 바짝 차리면 된다는 옛말도 효험이 없었다. 온몸을 감싸고 웅크리는 블로킹도 별 도움을 주지 못했다. 쏟아지는 펀치세례는 내 혼을 흔들고 정신을 빼가기에 충분했다. 나는 금세 코너에 몰렸다. 빠져나와! 빠져나오란 말이야! 관장님의 악쓰는 소리가 그나마 꺼져가는 정신을 붙들어주고 있었다.

아, 이대로 무너지는가? 어쩌면 관장님이 타월을 던질지 모른다는 불안이 또 고개를 들었다. 순간 나는 코너에 계속 갇혀 있을 수 없다고 생각했다. 계속 갇혀있다가는 성난 들소에게 받히거나, 관장님이 든 백기로 파이트를 포기하거나 둘 중 하나였다. 어차피 죽기가 정해진 거라면 길은 오직 하나, 반발하는 거다. 저항하는 거다. 죽어도 짹, 하는 참새처럼. 나는 있는 힘을 다해 블로킹을 풀고 울창한 수풀을 헤치듯 반격하는 척 갇힌 코너를 어렵게 벗어났다.

하지만 그건 임시방편에 불과했다. 피눈물 어린 몸부림이 따랐지만 무위였다. 워낙 힘센 들소다. 아니, 성난 들소다. '소가 힘세다고 왕 노릇 하랴' 믿었던 게 잘못이었을까. 힘이 장사라고 생각했지만 그처럼 무지막지하리라고는 미처 생각 못했다. 어쩌면 나는 칼을 꽂기 전 투우에게 받힌 투우사인지 모른다. 성난 소에게 받히고 밟혀서 죽거나, 아니면 보조 투우사들이 몰려와 성난 소를 딴 데로 끌고 가야 목숨을 구할 수밖에 없는, 처량한 운명이었다. 더 이상 버틸 자신이 없었다.

그때, 스톱! 하는 외침과 함께 레퍼리가 놈과 내 사이에 끼어들었다. 나를 향해 중립코너로 가라는 신호를 보내고, 흥분으로 더 많은 콧김을 품어내는 성난 들소를 그의 세컨드가 있는 코너로 데려갔다. 세컨드가 얼른 그가 내민 한쪽 발에 신겨진 슈즈를 매만졌다. 아, 그랬다. 코쟁이의 슈즈 끈이 풀려있었다. 내겐 천운이었을까. 그 바람에 금세 무너질 위기는 겨우 벗어날 수 있었다.

"포기하자. 그것만이 네가 살 길이다. 기회는 다음에 얼마든지 있다. 이번 도전만이 네 인생 전부가 걸려있는 건 아니잖은가!"

"아닙니다. 이대로 포기할 순 없습니다. 절대로! 절대로 중도에 타월을 던져선 안 됩니다, 관장님. 끝까지 싸울 겁니다. 끝까지!"

휴식시간, 스승과의 나눈 대화는 어쩌면 그게 마지막이었다.


13라운드가 시작되고, 곧장 난타전이 벌어졌다. 나는 필사적으로 버텼다. 아니, 버티는 것으로 끝나지 않았다. 조금도 물러서지 않고 맞섰다. 안 그러면 보나 마나 관장님이 백기를 들 거라는 강박과념이 나를 그렇게 내몰았다.

놈은 피를 본 늑대 같았다. 거의 가드를 내려놓은 채 덤벼들었다. 놈의 희멀건 얼굴이 드러나자 나도 가차 없이 원투를 던졌지만 소용없었다. 뿔난 들소. 아니, 성난 들소는 콧김을 내뿜으며 계속 달라붙었다. 진드기처럼.

나는 비실비실 밀리면서 엉덩방아를 찧는다. 급소를 강타당한 거 같진 않다. 뒤로 밀리면서 균형을 잃은 듯하다. 하지만 다운은 다운이다. 벌떡 일어섰지만 카운트가 이어졌다.

피를 본 늑대는 카운팅이 끝나기 무섭게 내 얼굴에 묵직한 라이트훅을 터뜨렸다. 아까의 첫 다운 때와는 달랐다. 눈앞이 캄캄해오고 다리가 후들거린다. 나는 힘없이 주저앉았다. 곧이어 레퍼리의 카운트소리가 들려왔다. 벌써 두 번째 다운이다.

약혼자의 얼굴이 떠오른다. 뒤이어 어느새 뱃속의 핏줄이 태어났는지, 나를 꼭 빼닮은 젊은이가 뿌연 안개 속에서 나타나 일어나요, 아빠! 불끈 주먹을 쥐어 보인다. 순간, 관장님이 타월을 던질지 모른다는 불안이 온몸에 번진다.

벌떡, 나는 소스라치게 일어선다. 레퍼리의 카운트가 막 여덟을 마치려는 참이었다. 싸울 수 있느냐? 확인하려는 듯 레퍼리가 내 눈을 뚫어지게 들여다본다. 싸울 수 있다! 강한 의지를 보이며 나는 고개를 세차게 끄덕였다.

싸움은 재개됐다. 하지만 해는 이미 서산에 지고 있는가. 쌍

방의 펀치교환이 불꽃을 튀기는 가운데 나는 다시 주저앉고 말았다. 정신이 말짱한 걸 보면 급소를 맞은 것 같지 않았다. 하지만 버티는 힘이 없었다. 아, 탄식이 절로 새나온다.

한데 이게 웬 행운인가. 레퍼리는 슬립다운을 선언했다. 레퍼리는 접전 중에 놈의 발에 걸려 내가 넘어진 것으로 본 것 같다. 일어나기는 했지만 몸은 천근만근이다. 얼마나 더 버틸 수 있을지 막막하기만 하다.

그때, 들려오는 공 소리. 물론 라운드종료를 알리는, 반가운 공 소리다. 이 또한 행운이었다. 좀 전의 다운만 해도 그랬다. 슬립다운이 아닌 정규다운으로 간주됐더라면, 한 라운드 3번의 다운으로 자동 KO 됐을 게 분명하다. 하늘은 아직 나를 버리지 않은 걸까. 하늘이 무너져도 솟아날 구멍이 있다더니.


14라운드. 개시 공이 울리자, 솟아날 구멍을 믿은 나는 링 중앙으로 엉금엉금 기어나갔다. 하지만 잘난 코쟁이는 달랐다. 더 이상 시간을 끌지 않겠다는 듯 멀리서부터 주먹을 휘두르며 달려들었다.

처음은 그런대로 놈의 그 큰 주먹을 잘 피했다. 하지만 역시 숨을 데가 없는 게 링이다. 방어는 공격뿐이라는 생각으로 부단히 주먹을 내밀었지만 금세 체력이 빠져나가는 걸 느꼈을 뿐이었다.

왼 주먹을 뻗으려는데 쇠뭉치 같은 게 왼쪽 눈두덩을 덮쳤다. 핑그르, 몸이 공중에 뜨는가 싶더니 쇠뭉치 같은 게 또다시 얼굴 어딘가를 내리쳤다. 아, 탄식할 사이도 없었다. 나는 그만 정신을 잃고 말았다.

얼마나 지났을까. 눈을 뜬다. 하지만 보이는 건 아무것도 없다. 들리는 것도 전혀 없다. 몸뚱아리도 움쩍하지 않는다. 코와 입에 뭐가 씌워져 있는지 맘대로 입을 벌리고 말을 할 수도 없다. 그지없이 답답하다.

카운트아웃! 레퍼리의 목소리가 어렴풋이 생각난다. 다운되는 그 순간 정신을 잃어버린 내가 지금, 중환자실에 누워있다는 생각이 얼핏 머리를 스친다. 아, 안 돼! 나는 냅다 고함을 질렀다. 하지만 입은 열리지 않았고 몸뚱어리도 전혀 움쩍하지 않았다.

예쁘고 고양미 넘친 약혼자의 얼굴이 보인다. 뒤미처 잠깐 아까 눈앞에 스친 얼굴 하나가 둥근 달처럼 떠올랐다. 어느새 의젓한 젊은이로 자란 아들이다. 아, 이 녀석. 나를 그렇게 쏙 빼닮다니! 나는 기쁨을 감출 수 없었다.

한데 갑자기 걱정과 불안이 앞을 가로막는다. 나를 쏙 빼닮은 그 녀석, 혹시 나처럼 싸움꾼이 되려는 건 아닐까?

"안 돼!"

나는 다시 소리를 지르고 싶었다. 왜 그럴까. 아들이 복싱선수가 되는 게 그토록 싫은지 몰랐다. 아들은 제 엄마 쪽을 닮기를 나는 바랐다. 학자는 몰라도 그 비슷한 길이라도 좋다고 생각했다. 근데 왜 하필 싸움꾼인가? 말려야 한다. 무슨 수를 써서라도 나처럼 싸움꾼이 되는 건 말려야 한다. 조바심이 쇠바늘처럼 나를 쿡쿡 찌른다.

"안 돼!"

나는 또 소리를 질렀다. 하지만 소리는 안으로 스며들고 만다. 대신 몸뚱어리가 두둥실 허공을 날더니 부유한다. 발버둥치지만 소용이 없다. 내 의지와는 상관없이 계속 허공을 떠돌던 몸뚱어리가 갑자기 거꾸로 쏜살같이 곤두박질친다.

"안 돼! 안 돼! 안 돼!"

하지만 쏟아져 나온 절규는 의식에서 점점 멀어져 가고 있다. 멀어져 가고 있었다.

친부의 꿈

"요즘, 왜 맨날 늦지?"

저녁 8시가 되어 현관문을 들어서는 나를 보자 어머니는 작심한 듯 쏘아붙였다.

"아, 미처 말씀 못 드렸던가요, 어머니. 실은….”

"실은, 연애라도 한다는 거냐?"

"그건 아니지만 실은 그 준비를 위한, 목하 몸매 가꾸기 중!"

나는 얼른, 잔뜩 화가 치민 어머니의 매서운 눈에 윙크를 보내며 너스레를 떨었다. 그리고 내 몸매를 가리키며 응석 섞인 말투로 덧붙였다.

"어때요, 엄마. 나 좀 날씬해지지 않았어!"

"그러게. 불룩한 배가 좀 들어간 거 같기도 하고."

"실은 저 요즘 체육관에 나가고 있어요."

"체육관을? 거기는 왜?"

어머니의 목소리에 다시 가시가 돋았다.

"빤하지 않소. 몸을 가꾸려면 체육관에라도 가야 땀을 뺄 수 있으니까!"

그때, 거실 소파에서 TV를 보고 있던 아버지가 오디오 볼륨을 줄이며 모자 사이에 슬그머니 끼어든다. 한마디로 내게는 구세주의 등장이랄까.

"그래, 70kg를 넘나들던 하중은 얼마나 빠졌지?"

"체육관에 나간 게 불과 열흘인걸요. 그래도 5kg 정도는 거뜬히 뽑았죠. 제가 누굽니까. 한다면 기필코 해내는 거, 아버지도 잘 아시잖아요!"

응석을 부린 듯 나는 어깨를 으쓱해 보였다. 아버지에게 보이기 위한 몸짓이 아니다. 체육관, 아니 스포츠 얘기만 나오면 유난히 신경이 예민해지는 어머니를 안심시키려는, 다분히 의도된 제스처였다.

"이제 올라가도 되죠? 저녁은 운동 끝나고 넘 허기져 근처에서 해결했어요."

분위기가 좀 누그러지자 나는 재빠르게 이층 내 방으로 올라가버렸다.

아버지는 늘 그랬다. 내가 어머니에게 혼쭐이 나거나 하는 어려운 상황에 부딪히면 그냥 지나치는 법이 없었다. 언제나 사이에 끼어들어 아들의 궁색한 입장을 변명해주곤 했다. 비단 어머니와의 불편한 사이에서 뿐이 아니다. 아들에게 뭔가 말 못 할 고민 등 이상한 낌새가 보일 때도 마찬가지였다. 눈치를 살펴오다 때가 됐다 싶으면 아버지는 바깥에서 아들을 조용히 불러냈다. 그리고 아들이 무엇에 그처럼 고민하는가를 친구처럼 의논하며 풀어주는데 인색하지 않았다. 한마디로 내게는 롤 모델이나 다름없는 분이다.

그렇듯 존경해 마지않은 아버지가 계부라니, 내 입에서 절로 한숨이 새나온다. 하지만 나는 곧 입술을 깨문다. 어차피 돌이킬 수 없는 결심이 아닌가. 지금은 오직 결심한 대로 친부처럼 권투선수가 되는 것만이 최선일 뿐이다, 약해지려는 마음에 쐐기라도 박듯 나는 다짐하고 또 다짐한다.

복싱체육관에 나가기 시작한 지 열흘밖에 안 되었다는 건 그냥 둘러댄 말이 아니다. 실제로 열흘 전 친부처럼 복서가 되기 위해 정식으로 입관절차를 밟았고, 그날부터 곧장 운동복으로 갈아입은 나는 줄넘기부터 시작했다. 줄넘기만 하는데도 땀이 비 오듯 흘러내렸다. 그동안 운동 근처도 얼씬 안 한 비곗덩어리라는 게 금세 뽀록날 정도로.

친부는 라이트급(61,23kg) 선수로 활동한 것 같았다. 친부가 세계도전을 한 것도 바로 그 체급이었다. 이왕이면 나도 친부와 똑같은 몸무게로 링에 오르고 싶었다. 5kg이 빠졌는데도

70kg을 조금 밑돌고 있으니, 라이트급까지 감량하려면 죽었다 복창하고 피땀을 흘려야 할 판이었다.

"야, 너도 왼손잡이구나!"

입관 첫날, 폼을 잡아주던 관장님의 입에서 탄성이 터졌던 일이 떠오른다. 그렇지 않아도 걸핏하면 자넨 아비를 빼다 박았어! 감탄해마지 않은 관장님이었다. 아직 줄넘기도 제대로 못하는 제자에게 흥분을 감추지 못한 관장님은 벌써부터 왼손잡이는 말이야, 바른손잡이와 싸울 때의 요령을 가르쳐 주려고 서둘렀다.

"관장님, 저는 아직 기본동작도 익히기 전인걸요."

그제야 관장님은 멋쩍은 표정을 지으며 줄넘기하는 방법 등 복싱의 기본자세를 자상히 가르쳐준 일이 생각나자 나도 모르게 웃음이 나왔다.

그때 노크 소리가 들렸다. 아니, 노크 소리는 이제 방금 난 것 같지 않았다. 벌써부터 누군가 방문을 조심스럽게 두들기고 있었던 것 같았다. 하지만 나는 딴생각에 팔려 미처 그 소리를 못 들었다. 나는 부리나케 방문을 열었다. 거기, 계부가 서있었다.

"아니…."

하지만 내 입에서는 전처럼 선뜻 '아버지'라는 말이 따라붙지 않았다. 친부가 있다는 사실을 알고부터 나도 모르게 계부를 대하는 게 서먹했다. 그렇듯 존경하고 신뢰하던 계부의 모든 배려가 가식으로만 느껴졌다. 계부는 내 표정을 조심스럽게 살피며 방으로 들어선다.

"방해가 된 건 아니지?"

"물론이죠."

딴 때 같으면 그렇게 대답하지 않았을 거다. 방해라뇨, 존경해마지 않은 아빠의 방문인데요, 응석을 부렸을 게 분명하다.

"여러 날 지켜봤는데, 뭔가 고민이 있다는 느낌을 받았어. 잘 못 본 걸까, 이 아버지가?"

"아뇨! 잘 보셨어요."

나는 서슴없이 시인했다.

"근데, 왜 안 털어놓는 거지?

"시기가 아니라고 생각했어요."

"시기? 나한테까지도?"

"정리가 되는 대로 곧 얘기할게요."

여전히 나는 말끝에 아버지를 붙이지 않았다.

"어느 정도 결심이 선 것 같던데?"

"아직도 헤매는 중이에요. 곧 끝날 겁니다. 방황은!"

"엄마의 걱정, 이만저만이 아냐."

순간, 반발심 같은 게 얼굴에 확 기어오른다. 하지만 이내 나는 침을 꼴깍, 삼키며 풍선처럼 부풀어 오르려는 감정을 찍어 눌렀다.

"잘 말씀해주세요, 엄마에게는."

"너무 기다리게 하지 않았으면 좋겠다."

계부는 말이 끝나자 곧 일어섰고 조용히 방을 나갔다

계부가 나가자 아까 찍어 눌렀던 감정이 다시 기어오른다. 친부에 대한 그 어떤 것도 감쪽같이 숨겨온 어머니가 왜 그리 원망스러운지 몰랐다. 어렸을 때는 그렇다 치고, 아들이 어느 정도 성장한 뒤에는 친부에 대한 얘기를 해줘야 마땅하지 않았을까. 아들의 나이가 자그마치 서른이 넘었다. 그런데도 계속 친부에 대해 함구해온 어머니의 저의가 도무지 이해되지 않았다. 소이가 섭섭하고 의아스럽기까지 했다.

어렸을 때부터 나는 스포츠를 좋아했다. 그중에서도 특히 복싱을 더 좋아했었다. 피는 속일 수 없었는지, 복싱경기가 중계되는 날이면 어린 나는 일찌감치 TV 앞에 죽치고 앉아 중계시간을 기다리기 일쑤였다.

하지만 어머니는 복싱중계시청을 결코 허용하지 않았다. 걸핏하면 피투성이가 되는 야만적인 운동을 왜 안달이냐, 호통을 치며 채널을 딴 데로 돌려버리거나 숫제 TV 전원을 꺼버리는 극단적인 조치도 서슴지 않았다. 그때는 몰랐지만 지금 생각해보면 그게 다 나로부터 친부의 존재를 깡그리 지워버리려는 속셈이 아니고 뭐였을까.

친부가 있었다는 사실을 전혀 몰랐던 나는 계부를 친부로 알고 자랐다. 더구나 내 밑으로 세 살, 두 살 터울의 두 남자 동생이 있었기 때문에 설마 아버지가 다른 형제일 거라고는 전혀 생각하지 못했다. 어느 정도 자란 뒤에야, 내 얼굴만이 두 동생과 딴판이었던 게 좀 이상하지 않은 건 아니다. 하지만 젠틀한 계부의 남다른 사랑 때문인지, 미처 의구심을 품을 겨를 없이 화목한 가족의 일원으로 지금껏 별 탈 없이 지내온 셈이다.

친부의 존재를 알게 된 건 참으로 우연이었다. 두 달 전쯤 되었을까. 그날도 나는 혼자서 점심을 먹으로 밖에 나갔다. 특별한 약속도 없었을뿐더러, 급히 처리할 일이 있어 시간이 좀 지난 뒤에야 부리나케 회사 근처 음식점에서 점심을 해결했다. 점심을 먹은 뒤에도 나는 하다만 서류를 마무리할 양으로 화급히 회사 쪽으로 발걸음을 옮기고 있는데, 갑자기 누군가 내 왼팔 소매를 낚아채는 사람이 있었다.

"이봐 젊은이. 거기, 김동팔 아들아녀?"

"…?"

팔을 낚아챈 사람은 전혀 낯선 얼굴이었다. 낯선 얼굴의 입에서는 술 냄새가 풍겼다. 낯선 얼굴로부터 튀어나온 이름, '김동팔'도 생전 처음 들어본 이름이었다. 듣도 보도 못한 그 생소한 이름이 친부라니, 번지수를 잘못 짚어도 한참을 잘못 짚었다 싶었다. 근데 이상한 건, 생전 들도 보도 못한 그 '김동 팔'이란 이름이 왜 그리 거북하게 들리지 않느냐는 거였다.

나는 고개를 저으며 가던 발걸음을 재촉했다. 불쑥 나타난 낯선 얼굴과 그 입에서 듣도 보도 못한 그 생소한 이름 때문에 잠시나마 시간을 빼앗긴 게 좀 억울하다는 생각도 들었다. 하 지만 낯선 얼굴은 아랑곳하지 않았다. 칭얼대는 어린애마냥 뭐라 중얼대며 집요하게 따라붙었다. 내가 막무가내로 가던 발걸음을 멈추지 않자, 낯선 얼굴은 얼른 내 호주머니에 뭔가 집어넣곤 뒤통수에 대고 주먹을 날리듯 이렇게 외쳤다.

"아버지에 대해 궁금한 게 있음, 언제라도 전화 줘!"

그랬다. 그 낯선 얼굴은 끝까지, 들먹인 그 이름이 나의 친 부라고 우기는 게 틀림없었다. 잊어버리자, 해도 그게 아니었 다. 오후 근무 내내 그 일 때문에 제대로 일손도 잡히지 않았 다. 도대체 내게 친부가 있었다니, 선뜻 믿고 받아들이기가 힘 들었다.

우리 집은 물 한 방울 새들지 않을 정도의 화목한 가정이었 다. 미모 뛰어나고, 교양미 넘치는 어머니와 배려 깊고, 유머 풍부하며 자식 사랑이 남다른 신사 중의 신사인 아버지 사이 에, 그 같은 숨겨진 비밀이 있었다는 건, 어떻게 해도 상상이 용이하지 않았다. 아니, 상상 자체가 용납되지 않았다.

우리 집에 잘 풀리지 않은 게 있다면 그건 내 결혼 문제뿐이었다. 그렇듯 계부의 적극적인 조언에도 불구하고 나는 서른이 넘도록 이성과의 그 흔한 사귐 같은 걸 해본 적이 없었다. 어떻게 생겨먹은 주변머리인지, 도대체 이성교제는 딱 질색이었다. 그 흔한 맞선이란 것도 그랬다. 계부의 주선으로 몇 차례 맞선 기회를 갖긴 했지만 단 한차례도 성공한 일은 없었다. 만나봤자 입도 뻥긋 않고 촛대처럼 앉아서 딴청부리기 일쑤인 사내를, 인내심을 갖고 기다려 줄 여자가 이 세상천지에 어디 있었겠는가.

내력인지 모른다. 바로 밑의 동생도 마찬가지다. 나와 같이 은행에 다니는 동생도 나처럼 대학에서 경영학을 전공하고 은행에 입사했다. 금융계에 오래 몸담아온 계부의 영향이 그만큼 컸던 셈이다. 하지만 이성교제만은 내 동생이 아니랄까, 나처럼 전혀 맹물 맹추였다.

나와 다섯 살 터울의 둘째 동생만이 좀 달랐다. 평소에는 말수가 적지만 이성 앞에서도 스스럼없이 좌중 화제를 독차지할 만큼 적극적이고 리더십도 강한 편이었다. 전공도 두 형의 뒤를 따르지 않고 정치외교 쪽을 택해 대학원에 재학 중이다. 안정한 직업을 바라는 계부의 의사와는 반한, 스스로 그렇게 결정하고 그렇게 행동하는 용감한 막냇동생이었다.

적어도 일주일은 잘 버텼다. 아닐 거야, 내게 지금의 아버지

말고 딴 아버지가 있을 리 만무해, 지금껏 그런 낌새를 우리 집 어느 구석에선들 느껴본 일이 있었는가. 그렇게 일주일을 버텨온 나는 결국 그 낯선 얼굴, 친부의 존재를 들먹인 사람이 호주머니에 찔러준 명함을 꺼내 보고 말았다. 도저히 거역할 수 없는 끌림이 나를 가만 놔두지 않았다.

'강타복싱체육관 관장 강심지'. 명함을 본 순간 나도 모르게 어렸을 때부터 복싱을 좋아했던 내가 떠올랐다. 어쩌면 어머니가 그토록 복싱을 싫어한 까닭, 비밀이 밝혀질지도 모른다는 기대감이, 개구리가 겨울잠에서 깨어나듯 한껏 내 마음을 설레게 했다.

강심지 관장님은 전화를 받자마자 대번에 그럼 그렇지, 땅기는 피를 속일 수 있나 반색해 마지않았다. 그리고 나를 만나자마자 관장님은 속사포를 입에 단 듯 일사천리, 친부에 대한 얘기를 거침없이 쏟아내기 시작했다. 마치 미리 준비해둔 것처럼.

"뚜껑을 열어보니 충분히 이길 수 있는 도전이었어. 초반 너무 서두른 게 화를 부른 거야. 결국은 막판 체력에 밀려 그만 KO 되고 말았단 말이지."

"자네 어머니가 너무 이쁜 게 탈이었던 거야. 게다가 이쁜 약혼자가 자네를 배었으니 어떻겠나. 기필코 이겨야겠다는 집념이 남다를 수밖에. 나부터도 그랬을 거야. 암, 서두른 건 당연해."

"챔피언이 어디 보통 녀석인가. 몇십 년 만에야 나올 법한 백인챔피언인데다 들소 뺨칠 만큼 힘이 장사였단 말이지. 된장, 고추장밖에 못 먹어온 동방의 작은 나라 선수가, 어렸을 때부터 치즈, 육식 등으로 단련된 코쟁이에게 과연 얼마나 버틸까, 관계자들도 걱정 많이들 했었어. 당시 여론도 그랬지. 자네 아버지의 세계도전이 낙타가 바늘구멍에 들어가는 것처럼 힘에 겹다고 말이지."

"자네의 이쁜 어머니도 자네 아버지의 구애에 처음은 눈 하나 까닥 안 했다지, 아마. 자네 아버지가 누군가. 머리 잘 굴리기로 소문난 두뇌복서였거든. 결국 두뇌복서의 자살소동에 놀란, 독실한 기독교교회 장로인 자네 외할아버지가 사람의 목숨이 달려있는 문제라며 서둘러 약혼을 시키는 바람에 겨우 자네 어머니가 마음을 열었다고들 쑤군댔다고."

"자네 아버지의 자살소동에 대한 뒷얘기도 무성했었어. 처음부터 짜고 친 고스톱이었다든가, 수면제도 치사량에 못 미치게 복용했다든가 하고 말이지. 번뜩이는 두뇌플레이로 국내에선 자네 아버지를 넘보는 선수가 없었거든. 자네도 그리 머리가 좋은가! 은행 간부라며!"

"여기저기서 답지해온 성금도 꽤 많았었지. 성금의 배당금을 놓고 자네 어머니와 친할머니가 줄다리기도 했단 말이지.

참 할머니는 안녕하신가. 아니, 아직 살아계실 리가 없겠지. 강원도에서 사셨는데―."

충격이었다. 내게 친부가 있었다는 그 사실 하나만으로도 그랬다. 마른하늘에 그런 날벼락이 없었다. 쇠뭉치로 얻어맞은 것처럼 머리가 아팠고, 그야말로 사흘 밤낮 입맛을 잃은 채 잠자리도 비몽사몽 뜬눈으로 밤을 지새기 일쑤였다. 생각 같아서는 당장 어머니를 붙들고 왜 그런 거죠? 왜 친부가 있었다는 걸 감쪽같이 숨겨온 거죠? 소리소리 지르고 싶은 충동이 요동을 쳤다. 하지만 어디 우리 집이 보통 집안인가. 거친 바람한 점 범접하지 않은, 얼마나 평화롭고 화목한 가정인가 말이다. 계부의 자상함과 따사로움, 두 동생과의 우애가 밀물처럼 가슴을 파고들자, 나도 모르게 격렬한 흥분, 울분이 슬그머니 꼬리가 내려가는 듯했다. 그래, 내 나이가 몇이냐. 좀 더 신중할 필요가 있다는 생각이, 다른 한쪽에서 끓어오르는 감정 덩어리를 잡아당겼다.

흥분을 가라앉힌 나는 곧바로 도서관을 찾았다. 신문열람실에서 나는 당시, 1980년대 초 친부가 미국에 가서 세계 정상에 도전하는 기사는 물론, 그 전후의 상황도 샅샅이 뒤져볼 수 있었다. 관장님의 말은 크게 틀리지 않았다. 친부의 세계도전이 '낙타가 바늘귀에 들어가는 것처럼' 힘들다는 예상부터, 막판 체력이 바닥난 친부가 14회 처절하게 KO 되는 과정도 관장님의 말을 크게 벗어나지 않았다.

김동팔이 친부라는 건 의심의 여지가 없었다. 신문에 난 친부의 얼굴과 내 얼굴이 어쩌면 그처럼 판박인지 몰랐다. 아아, 내 입에선 절로 탄식이 터져 나왔다. 친부를 찾았다는 기쁨은 잠시였다. 2억에 가까운 성금을 놓고 어머니와 할머니가 줄다리기했다는 기사를 보고 얼마나 마음이 언짢았는지, 쥐구멍에라도 들어가고 싶은 심정이었다. 할머니가 강원도에서 살았다는 것도 처음 알았다. 관장님의 말대로 아직까지 살아계실 리가 없다는 짐작도 수긍이 갔다.

친부를 감쪽같이 숨겨온 어머니가 밉고 원망스러웠다. 하지만 음으로 양으로 계부의 보호 아래 자라, 그 영향으로 여기까지 온 나였다. 친부의 존재를 알았다 해서, 지금껏 존경해마지 않은 계부를 칼로 무 자르듯 싹둑, 잘라낼 수도 없는 노릇이 아닌가. 갑자기 돌아가셨을 친할머니가 보고픈 생각도 들었다.

생각해보면 어머니의 처지도 이해되지 않은 건 아니다. 어머니는 결혼도 하기 전에 이미 뱃속에 친부의 씨앗을 싹 틔우고 있었다. 관장님의 말대로 친부는 지나친 승부욕 때문인지 몰라도, 초반부터 스테미너 안배를 무시한 나머지 결국 후반 탈진한 상태에서 목숨까지 잃었다. 그때 어머니의 심정이 어땠을까? 하늘이 무너지는 것 같지 않았을까! 아비 없는 유복자와 살아갈 날을 생각하면 눈앞이 캄캄했을 건 불을 보듯 뻔했다.

　그날도 나는 회사가 파하자 여느 날과 다름없이 체육관으로 갔다. 어느새 샌드백을 두들기며 복싱을 익혀오기 4개월째. 2개월을 넘기면서 관장님은 핏줄은 못 속인다니까, 보통 신나 해 하지 않았다. 그럴 수밖에 없었다. 이미 프로데뷔를 해서 몇 차례 링 경험을 가졌다는 선배들과의 스파링에서 단 한 번도 밀리는 일 없이 상대를 개 패듯 두들겨댔기 때문이었다.

　얼마 전에는 프로테스트에도 거뜬히 패스했다. 서른이 넘은 나이에 선수생활도 안 할 거면 프로테스트는 왜 받아? 관장님이 눈을 흘겼지만 이왕 시작한 것 갈 데까지 가보고 싶다, 고집을 부렸다. 프로테스트에서도 거의 일방적으로 상대를 개 패듯 두들겨 패니까 중도에 경기를 중단시킨 심판은 합격! 큰 소리와 함께 내 손을 주저 없이 번쩍 올려주었다. 그때의 감동은 아직도 내 머리에 얼얼하게 울리고 있다.

　연습을 끝낸 나는 땀범벅이 된 몸을 샤워로 씻어낸 뒤 관장님에게 면담을 요청했다. 오늘은 그동안 벼르던 결심을 관장님에게 털어놓기 위해서다.

　"시합을 잡아달라고?"

　"선수생활을 해보고 싶습니다. 아버지처럼."

　"자네 나이가 몇인데?"

"이제 불과 서른넷인데요, 뭐."

"소가 웃겠다!"

관장님이 말은 그리하고 있지만 표정은 그 반대인 것 같았다. 은근히 기대하고 흐뭇해하는 빛이 게슴츠레한 눈가에 번뜩이고 있었다.

"관장님, 저의 결심은 움직일 수 없습니다!"

그 기회를 놓칠세라 나는 주먹을 쥐어 보였다.

"하지만 자네 어머니가 좋아 안 할 텐데?"

"어머니의 의중은 상관없습니다!"

나도 모르게 목소리가 커졌다.

그래도 관장님은 망설이는 눈치였다.

"자네 아버지도 생전 입버릇처럼 말했었어. 만일 아들을 낳으면 절대 권투는 안 시키겠다고 말이지. 어머니 쪽을 닮기 원했었어. 그래야 공부도 잘해서 은행원이나 학자가 됐으면 했다고. 근데 권투라니, 보나 마나 자네 어머니도 죽어라고 반대할걸. 그래도 할 텐가?"

"물론입니다!"

"피는 못 속인다더니 못 말리는 사람이구만. 하긴 요즘은 서른 넘어 프로선수가 되는 게 유행처럼 돼버렸어. 알았네. 정 자네 결심이 그렇다면 당장 시합 잡아주지!"

관장님은 망설임이 없었다. 마치 내가 그러리라 예상이라도 한 것처럼 어디다 전화를 걸고 난 다음, 내 손을 덥석 잡으며 말했다.

"잘해보세. 시합은, 자네의 프로데뷔전은 보름 뒤로 잡혔네. 자넨 아버지보다 더 잘 할 수 있다고 믿어. 자네 아버지와 달리 받아치기가 특기인 왼손잡이면서도 공격적이라는 게 자네의 큰 장점이야."

제자의 프로데뷔를 두고 장본인인 나보다 관장님이 더 설레고 있음이 분명했다. 관장님의 나에 대한 기대가 그만큼 컸기 때문인 듯싶었다. 친부처럼 권투선수가 된다, 생각만 해도 내 가슴은 파도가 일렁인 것처럼 벌렁거렸다.

체육관을 나오자 나는 황급히 휴대폰을 꺼내 집으로 전화를 걸었다. 예상대로 계부가 전화를 받는다. 그때가 어느새 저녁 8시.

"저예요."

"그래, 왜 안 들어오고….."

"저녁은 드셨어요?"

"지금 막 먹으려던 참이다."

"그럼, 잡수시지 마시고 나오세요. 제가 맛있는 거 사드릴게요."

"그래!"

계부는 반신반의한 어투였지만 명쾌히 응했다.

언젠가 나는 분명 계부에게 때가 되면 다 말씀드리겠습니다, 약속한 바 있다. 이제 그 약속을 이행할 때가 되었다고 나는 생각했다. 시합까지 확정된 마당이 아닌가. 망설여야 할 이유가 없었다. 더는 눈치 보고 숨기고 싶지 않았다. 내 결심을 분명히 밝히고 싶었다.

계부는 약속한 음식점에 미리 와 있었다. 내가 나타나자 언제나처럼 손을 높이 들고 반갑게 맞았다. 계부는 늘 그랬다. 감정을 쉽사리 드러내지 않았다. 무슨 일이든 성급하게 서두르고 채근하는 법이 없었다. 이번 심상찮은 내 행동에 대한 것만 해도 조급하게 관여하려 하지 않고 조용히 기다려준 계부—.

"이제 결심을 밝힐 때가 된 모양인가⋯."

내가 자리에 앉자 계부는 먼저 음식을 시킨 다음 슬그머니 내 눈치를 살핀다.

"그렇습니다! 친부처럼 저도 복싱선수가 되기로 결심했습니다!"

나는 주저하지 않고 거침없이 말했다.

순간, 계부의 표정이 일그러진다. 친부를 들먹인 것도 그런데 친부처럼 권투선수가 되겠다니, 계부는 분명 놀란 나머지 올 게 왔구나, 하는 그런 얼굴이었다. 하지만 계부는 겉으로 드러난 감정을 집어삼키듯 깊은 신음과 함께 거친 숨소리를 제법 크게 내뿜을 뿐 좀처럼 입을 열지 않는다.

계부의 침묵이 계속되는 사이, 나는 그간 내 신변에 일어났던 일들을 소상히 들려줬다. 내가 어떻게 친부의 존재를 알게 되었으며, 친부가 멀리 낯선 미국 땅에서 세계왕좌에 도전하다 목숨을 잃은 것까지를 안 뒤, 무척 방황했던 것도 솔직히 다 털어놨다.

"친부가 있다는 걸 안 저로서 할 수 있는 건 그 길뿐이었습니다!"

"어머니의 입장을 조금이라도 생각해본 일은 없었나?"

"생각하고 싶지 않습니다."

"역시 세상을 반쪽만 보고 있다는 증거야, 그건."

"반쪽이라도 어쩔 수 없습니다. 지금의 저에겐 그 반쪽이 더 소중하니까요,"

계부는 더 이상 말을 하지 않았다. 나를 설득하기에는 내 결심이 너무 나갔다고 느꼈기 때문인지 모른다.

그날 저녁 꿈속에서 나는 친부와 난생처음으로 대면했다. 친부는 신문열람실에서 본 그 얼굴과 너무도 똑같았다. 나의 반가움은 이루 말할 수 없었다. 당신의 아들도 아버지처럼 프로선수로 데뷔전을 갖게 됩니다, 자랑하고 싶었다. 체중도 아버지처럼 라이트급으로써 말입니다, 칭찬도 듣고 싶었다. 하지만 꿈속의 친부는 나를 보자 보통 역정을 내는 게 아니었다. 다짜고짜 얼굴을 붉히고 삿대질까지 하며 호통을 치는 게 아닌가.

"넌 도대체 생각이 있는 놈이냐. 잘 가던 길을 팽개치고 왜 엉뚱한 길로 들어서! 이 애비처럼 개털이 되고 싶은 건가? 천덕꾸러기 인생을 살고 싶은 거냐고? 지금도 늦지 않았다. 빨리 네 자리로 돌아가!"

"난 네 어머니의 판단을 믿는다. 너를 가진 상태에서 계부를 선택한 것부터도 그래. 네가 친부처럼 알고 지낼 만큼 계부라는 사람, 얼마나 너에게 살갑게 대해주는가 그거다. 네가 이 정도로 안정된 생활을 하고 있는 것도 다 계부의 덕이 아니더냐!"

"프로선수는 보통 고달픈 직업이 아니다. 잘 나가던 옛날에도 별로 먹을 게 없는 그 동네가 요즘은 더 형편이 없다면서? 단체도 네댓 군데로 쪼개져 서로 으르렁대고 있는 것 같더라. 이 아비를 알고 싶다고? 헝그리정신, 도전정신을 배우고 싶다고? 아니야. 아니라고, 아들아. 아빠를 알아봤자 개털이었다는 거 말고 뭘 알고 배우겠느냐. 제발, 빈다. 지금도 늦지 않았어. 네 자리로 돌아가란 말이다!"

나중에는 친부의 목소리가 절규인지, 애원인지 모를 지경으로 슬픔에 젖어 있었다. 나도 뭔가 친부에게 하고 싶은 말이 있었다. 하지만 어떻게 된 노릇인지 도무지 입이 열리지 않았다. 안타까움으로 몸부림치다 문득 눈을 떠보니 꿈이었다.

그러나 보름 뒤, 나는 예정대로 데뷔전을 치르기 위해 시합 두 시간 전 시합장 선수대기실에 도착했다. 뒤미처 관장님도 나타났다. 좋은 꿈 꿨느냐, 관장님은 환한 얼굴로 손에 붕대를 감고 있는 내 등을 가볍게 툭 친다. 관장님도 데뷔전을 갖는 제자처럼 한껏 들떠있는 것처럼 보였다.

한참 만에 출전통보가 라커룸으로 날아들었다. 관장님은 나 가자, 우리 차례가 온 것 같다, 앞장선다. 드디어 나도 친부처럼 권투선수로 탄생하는가, 생각하니 가슴이 뛰기 시작한다. 계부와의 담판이 있은 뒤에도 동요하는 법 없이 오직 데뷔전만을 전념해온 내가 아니던가. 침착하자, 나는 가벼운 흥분이라도 가라앉히려는 듯 지그시 입술을 깨문다.

나와 싸울 상대는 2전 2승, 장래가 촉망된다는 신예란다. 신인답지 않게 뛰어난 기량을 가진 아웃복서라고 들었다. 시합이 쉽게 잡힌 것도 상대 쪽에서 신출내기인 나를 좋은 먹잇감으로 삼기 위해서라는 게 관장님의 귀띔이었다. 그만큼 상대에게는, 이번에 나를 이기면 4라운드 풋내기 선수에서 6라운드 선수로 한 단계 올라서는 중요한 일전인 셈이다.

나는 청코너를 배정받았다. 우리나라에선 다른 나라와 달리 홍코너는 커리어 복서가 차지한다. 층계를 딛고 막 링에 오르려는데 심호흡을 크게 한번 하고 천천히! 관장님의 일깨움에 나는 주춤 선 채 숨을 크게 들이마신다. 다시 한번 침착하자, 다짐한다. 그리고 천천히 층계를 밟고 올라가 링 안으로 들어갔다.

링 안으로 들어가 코너에 앉자 나는 비로소 슬그머니 관중석으로 시선을 옮겼다. 스탠드 쪽은 빈자리가 많았다. 하지만 링사이드 쪽은 그런대로 사람들로 채워져 있었다.

눈길이 링사이드 왼쪽 앞줄에 닿자 나는 전기에 감전된 듯 아연실색하지 않을 수 없었다. 너무도 뜻밖의 사람들이 눈에 확, 달려들었기 때문이다. 두 동생은 형의 코너를 향해 뭐라고 외쳐대고 있었다. 아니다. 두 동생뿐이 아니었다. 바로 그 옆에 어머니와 계부도 나란히 앉아있지 않은가.

어머니는 아들이 앉아있는 코너는 거들떠보지 않고 고개만 깊이 파묻고 있다. 계부는 그런 어머니의 어깨를 감싸 안은 채 계속 뭐라고 위로하고 달래는 듯 보였다. 순간, 꿈속에서 친부가 역정을 냈던 일이 떠오른다. 그렇다. 나는 어머니의 입장을 단 한 번이라도 깊이 헤아려본 적이 있었는가, 가책 같은 게 폐부를 파고들었다.

"야, 왜 갑자기 정신 놓고 있어?"

관장님의 따가운 목소리가 귀를 울린다. 그제야 나는 홍코너의 상대 선수에게 눈길을 돌렸다. 소문대로 날렵해 보인다.

드디어 시합 개시를 알리는 종소리가 울렸다. 나는 자리를 박차고 일어섰다. 링 중앙으로 달려가며 나는 마음속으로 외쳤다. 어머니, 저는 아버지처럼 지는 시합은 안 할 겁니다, 꼭 이겨 어머니가 바라는 아들이 될 겁니다, 믿어줘요, 어머니!

그 찰라, 상대의 라이트 스트레이트가 번개같이 내 얼굴을 향해 날아든다. 거의 동시, 오른쪽으로 슬쩍 피한 나는 같은 라이트 펀치를 상대의 안면에 꽂았다. 주먹이 짜릿해 온다.

희한한 건 왼손잡이인 내가 의당 카운터펀치를 왼손으로 응대함에도 불쑥, 오른손이 먼저 나왔다는 점이다. 파이팅 자세도 어느새 바른손잡이로 바뀌어있다는 데 나는 적이 놀랐다. 그편이 훨씬 편하다는 데 더욱 놀라지 않을 수 없었다. 순간 나는 왼손잡이 친부와 달리 정자세로 싸워볼까, 엉뚱한 충동에 휩싸인다.

힐끗 링사이드를 살폈다. 계속 파이팅을 외치는 두 동생, 여전히 고개를 깊숙이 떨구고 있는 어머니의 어깨를 감싸 안은 채, 남은 한 손으론 의붓아들의 선전을 독려하는 계부와 눈이 마주쳤다.

퍼뜩, 꿈속에서 친부가 역정을 내며 했던 말들이 귀청을 울렸다.

아들의 꿈

아들아. 가을걷이가 끝난 들녘이 왜 그리 황량하냐. 서녘의 높은 산봉우리 사이로 해가 숨어들고 있으니 곧 어둠이 찾아들겠지. 어미는 밭두렁에 이르자 털썩 주저앉아 땅이 꺼지게 한숨부터 내쉰다. 과연 오늘 밤에는 결심한 대로 준비해온 농약을 마시고 미련 없이 너의 뒤를 따를 수 있을까, 의심스러워서다. 하찮은 목숨이나마 스스로 끊는다는 게 이렇듯 어려운 건지 미처 몰랐구나.

유일한 피붙이 아들이 이 세상을 떠날 때만 해도 어미는 이러지 않았다. 눈앞이 캄캄했을지언정 죽어야겠다는 마음까진 먹지 않았지. 어떻게든 살아서 먼저 떠난 아들의 혼백을 위로해주고 싶었던 게 어미의 마지막 소원이었단다, 아들아.

한데 말이다, 못돼처먹은 두 전실 형제 놈들에게 수중의 돈을 몽땅 빼앗기고 나니 하늘이 노랗고, 억장이 무너지면서 그만 살맛을 잃고 말았지 뭐냐. 도무지 분해서 살아갈 엄두가 나지 않았어, 야.

아, 그 돈이 어디 예사스러운 돈이더냐. 아들의 목숨하고 맞바꾼, 아들의 혼백이 깃든 천금 같은 돈이 아니냐. 그런 돈을 몽땅 빼앗긴 마당에 더 무슨 염치로 구차한 목숨을 부지하느냐 싶었다. 이다음 저승에서 무슨 낯으로 아들의 얼굴을 대할까 싶었지. 하지만 아들아. 사람의 마음이라는 게 왜 그리 요사스러운 건지 모르겠더라. 정작 죽자 결심하고 야밤, 이렇게 농약을 품고 들녘에 나왔지만, 불쑥 '억울하다'는 생각이 먹이를 노린 뱀 대가리마냥 바짝 쳐들지 뭐냐. 내가 왜 죽어? 버럭 심사가 뒤틀리고, 걷잡을 수 없는 불길이 어미의 가슴에서 요동을 쳤어, 야. 암, 못 죽지, 못 죽고말고. 어떻게든 살아서 이 억울함을, 분함을 되갚아줘야 한다는 오기 같은 게 결국 농약을 입으로 가져가려던 어미의 손을 내려놓게 하고 말더구나. 부글부글 끓는 감정 덩어리를 어쩌지 못한 어미는 어젯밤도 그랬고, 그제 밤도 새벽까지 끌탕만 하다 결행을 뒤로 미룬 채 그만 집으로 돌아가고 말았단다, 아들아. 사람의 목숨이란 게 그처럼 모질고 질긴 건지 미처 몰랐어, 야.

어느새 주위는 온 천지를 집어삼킨 듯 어둠이 짙게 깔렸다. 인적이 끊긴 들녘은 괴괴하기 이를 데 없구나. 이제 앞뒤 생각일랑 접고 가져온 농약을 입에 털어 넣으면 그만 아닐까. 그럼 모든 건 다 끝나버릴 테니 말이다.

어미는 미련일랑 뿌리치고 늦었지만 농약병을 다시 집어 들었다. 그리고 뚜껑을 따고 병을 입에 가져가는 순간, 별안간 또 어미의 발목을 잡는 얼굴 하나가 떠올랐다. 바로 아들의 색시지. 아들의 색시가 했던 말도 귀에 따가울 정도로 앵앵거려 오는구나.

"어머님, 저의 뱃속에 그이의 아이가 자라고 있습니다. 그 아이는 어머님의 손주이기도 하구요. 혼자서 아이를 키워야 하는 저의 입장을 십분 헤아리신다면 저에게 지금, 그 돈을 반 반 나누자고 우길 수 있을까요? 몽땅 저에게 줘도 시원찮은 판에 왜 고집을 꺾지 않으신 거죠, 어머님?"

아직도 어미는 아들의 색시가 한, 원망 섞인 말을 잊을 수 없단다. 그때는 무슨 오기가 뻗쳐 반반 나누자고 바락바락 우겼는지 몰라, 야. 뭔가에 씌우지 않고서야 어찌 어미가 너의 목숨이나 다름없는 돈을 가지고, 더구나 아들의 씨까지 밴 홀몸도 아닌 새아기와 줄다리기를 벌였을까, 후회막급한 건 말하나 마나다. 아들아.

새아기의 말은 백번 옳았어, 야. 시어미가 돼갖고 며늘아기의 뱃속에 아들의 씨가 자라고 있다는 생각도 깡그리 뭉긴 채, 왜 그리 막무가내로 고집을 부렸는지 생각할수록 부끄럽기 그지없는 짓거리였었어. 새아기 말마따나 아비 없이 혼자 애를 낳아 길러야 하는 그 어려운 처지를, 같은 여자로서 왜 조금도 헤아리지 못했는지, 벼락을 맞아 죽어도 싼 심보인 게 분명하다. 암, 벼락을 맞아 죽어도 싼 심보이고말고.

아무려면 어미가 아들의 목숨 같은 돈에 눈이 뒤집혀 그런 짓 했겠느냐? 다 그럴만한 사연이 있었어, 야. 아들과 같이 한 체육관에서 권투를 했다는 그 친구가 옆에 찰싹 달라붙어 어머님, 절대 양보하면 안 됩니다, 충동질하는 바람에 어미는 그만 앞뒤 가릴 새 없이 새아기와 꼴사나운 줄다리기를 하게 되고 말았구나.

어미가 그 친구를 아들처럼 믿었던 게 잘못이었을까? 믿지 않을 수 없었지, 아들아. 동팔이 미국에 가서 코쟁이챔피언인지 하는 녀석과 싸우다 끝판에 넘어져 병원에 입원해 있을 때, 바로 그 친구는 어미를 강원도까지 찾아왔었다. 어미를 미국까지 데려간 것도, 아들이 뇌수술을 받았지만 생사를 장담할 수 없는 혼수상태였을 때도 어미 곁을 지키며, 그간의 자초지종은 물론이고 병원에서의 모든 진행 사정을 알려주던 아들 친구를 어떻게 믿지 않을 수 있었겠냐. 친구의 말이라면 생각하고 자시고 할 게 없었어, 야.

어미는 그 친구가 시킨 대로만 하면 된다 싶었다. 아들의 코에 꽂혀있는 그 뭐냐, 산소 호흡기를 떼어내는 일이나, 아들의 장기기증에 동의하는 일 등 모든 게 어미는 오직 아들 친구가 시키는 대로 따르면 그만이었으니까. 그러는 게 다 아들 김동팔을 위하는 일이라 생각했었지. 농사일밖에 모르는 이 무지렁이 어미에게는 그처럼 귀띔해주는 사람이 옆에 있다는 것만 해도 얼마나 고맙고 든든했는지 몰랐어, 야.

"어머님도 당연히 받을 권리가 있습니다, 그 돈은!"

그렇구나, 아들아. 그 돈이 어디 한두 푼이냐. 어미 같은 촌거한테는 평생을 먹고살 큰돈이었어, 야. 돈의 액수가 너무 어마어마한 데다 한 번도 듣거나 만져본 적 없는, 거 뭣이냐, 끝에 '억'이 붙은 액수라 하마터면 어미는 혼절을 할 뻔했었지 뭐냐. 그처럼 큰돈을 며느리에게 덥석 안겨주는 건 말도 안 된다, 아들 친구는 보통 흥분하지 않았었다. 당연히 반반 공평하게 나눠야 한다고 아들 친구는 계속 우겨댔었다니까.

하지만 아들을 낳았다 뿐, 잘 먹이지 못하고 천덕꾸러기처럼 길러온 어미가 무슨 낯짝으로 언감생심, 그 돈에 군침을 삼켜, 야. 그래서 한사코 손사래를 치며 물러서려 했었지. 한데 아들 친구가 화를 내며 들려주는 얘기에 어미의 마음도 대번에 뒤집혀지고 말았구나. 그래, 그 못된 년에게 왜 내가 왜 양보해! 오기가 뻗치고 눈앞이 희뿌연 해지면서 무조건 아들 친구의 말에 따르기로 마음을 굳힌 거였었어, 동팔아. 그년이 내 아들을 죽게 할 뻔했다 그거지? 그 못된 년이 내 아들에게 자살까지 하도록 애간장을 태웠다 그 말이지? 피가 거꾸로 선 어미는 성금으로 들어온 그 큰돈을 놓고 아들 색시와 마음에도 없는 줄다리기를 꼴사납게 벌이게 되었지 뭐냐.

아들 친구는 좀처럼 마음을 열지 않은 며늘아기 때문에 아들이 약을 먹고 병원에 실려 간 얘기만 들려준 건 아니었다. 성금을 반반 나눌 수밖에 없는 이유 등에 대해서도 아들 친구는 무슨 연유인지 열불까지 내며 소상히 들려주더구나. 그 바람에 어렴풋이나마, 뭐가 어떻게 돌아가는 낌새는 대충 눈치챌 순 있었단다, 아들아.

친구의 말로는 그랬어, 야. 우리나라뿐 아니라 미국 등 세계 각국에서 그처럼 성금을 보내온 건 아들 김동팔의 그 뭣이냐, '불굴의 투혼'을 기리기 위해서라고 말이다. 비록 코쟁이챔피언에게 케이오인지 뭔지를 당했을망정, 조금도 물러서는 법 없이 싸운 '도전정신'인가 뭔가에 감동한 나머지, 그처럼 많은 성금이 걷혔다는 게 아니냐. 생전 아들에게 고생 말고는 해준 게 없는 어미로서는 고마운 한편으로 쥐구멍이라도 있음 들어가고 싶도록 부끄러움도 느끼지 않을 수 없었어, 야.

성금뿐이 아니더구나. 그 '도전정신'인지 뭔지를 기리기 위해 나라에서 훈장도 내렸다는 얘기를 들었지. 호랑이는 죽어서 가죽을 남기고, 사람은 죽어서 이름을 남긴다 했잖느냐. 바로 내 아들, 천덕꾸러기로만 여겼던 김동팔이 그처럼 훌륭하고 장한 인물이라 생각하니 이 어미의 어깨도 절로 으쓱해지더구나.

어미는 솔직히, 쌈꾼이 된 아들을 처음은 마뜩잖게 생각했었어, 야. 걸핏하면 코피 터지고 온통 얼굴이 피범벅으로 물드는 주먹질을 왜 직업으로 삼으려 할까, 갑갑하기도 하더라. 그 못된 형제 놈들을 실컷 패주고, 강원도의 첩첩산골을 빠져나갔을 때만 해도 아들의 빼어난 주먹질에 박수를 보낸 어미이긴 했지만.

가뜩이나 권투선수가 된 아들 때문에 심기가 좀 언짢아서였을까. 아들의 약혼식 때 처음으로 아들의 색시를 본 순간, 어미는 왜 그리 또 불안하고 섬뜩했는지 몰랐어, 야. 축하하고 기뻐해야 함에도 어미는 솔직히 아들의 색시를 정면으로 쳐다보기가 민망하고 무서웠단다, 아들아.


어느새 아들은 우리나라에선 대적할 상대가 없다고 들었다. 그래서 머지않아 세계에서 제일가는 주먹대장이 되기 위해 미국으로 떠난다고들 하더구나. 급히 약혼을 서두른 것도, 사위가 안심하고 떠날 수 있도록 교회 장로인 장인의 마음 씀씀이에 따른 거라던가 그랬었어, 아들아.

한데 어미는 기쁘기는커녕 왜 그리 가슴이 답답하고, 방정맞은 생각부터 앞섰는지 몰랐어, 야. 아들의 꿈을 이 어미가 몰라도 너무 몰랐던 건 아니었을까.

아들의 색시는 예뻐도 너무 예뻤었어, 동팔아. 왠지 아들과는 어울리지 않는 배필이라는, 방정맞은 생각이 쉽사리 지워지지 않더구나. 약혼식이 끝날 때까지 내내 그 생각뿐이었던 어미는 그 말 못 한 가슴앓이에 분풀이라도 하듯 싸움꾼은 왜 되려 해? 쌈꾼은 왜 되려 하냐고? 애써 싸움꾼이 된 아들에게 뒤틀린 심사를 드러내는 속 좁은 어미가 되고 말았다.

죽어서까지 그처럼 이름을 남기고, 나라에서조차 훈장을 주는 마당에 뭣 땜에 움츠리고 주위를 살펴, 야. 암, 그 같이 훌륭하고 장한 아들을 둔 어미도 아들 친구의 말대로 당연히 그 성금을 받을 자격이 있다고 마음을 고쳐먹었구나. 왜 내가, 아들로 하여금 죽을 마음까지 먹게 할 만큼 애태운 그 몹쓸 년의 아가리에 그 큰돈을 몽땅 처넣어, 야. 어미의 오기가 발동하는 데는 그리 시간이 오래 걸리지 않았다, 아들아.

어미는 새아기 앞에 고개를 빳빳이 세우며 망설이지 않고 말했다.

"반반에서 한 발짝도 물러설 수 없다!"

"뱃속의 아이 몫까지 친다면 당연히 제가 더 가져야 한다고요, 어머님."

며늘아기도 전혀 물러설 기미를 보이지 않았다.

"너는 젊지 않냐."

"아비 없는 애와 살아갈 날도 그만큼 많은 거 아닌가요, 어머님."

"장담할 수 있냐, 끝까지 일부종사할 수 있어? 그렇다고 각서라도 쓴다면 그래, 이 시어미가 양보하마!"

하지만 어미는 그 말은 끝내 입 밖으로 뱉지는 못했구나. 아무리 오기가 발동했기로서니 아들의 씨를 지닌 새아기에게 너무 윽박지르는 건 아닌가 싶었지. 그렇다고 슬그머니 한발 물러설 마음이 있어선 아니었지만. 지금도 그 생각만 하면 할수록 그건 분명 부끄럽기 짝없는 오기였었어, 야.

돌이켜 보면 너무 고집을 부린 듯싶었다. 터무니없이 시간도 끈 셈이고. 나중에는 아들 친구가 머리를 긁적대며 물러설 뜻을 비쳐오지 뭐냐.

"어머님. 더 이상 끌면 안 되겠네요. 여론이 이상하게 저쪽으로 기울어가고 있어요. 이쯤 해서 어머님이 한 발짝 물러서는 것도 좋을 것 같네요."

그 뭐냐, '여론'인지 뭔지는 어미가 잘 몰라, 야. 다만 그렇게 밀어붙이라던 아들 친구의 말이 한풀 누그러졌다면 필시 무슨 곡절이 있겠지, 세상인심이 그리 돌아가고 있구나, 무지렁이인 어미도 그 정도는 눈치가 가더라. 망설일 까닭이 없었다. 기다렸다는 듯 어미는 아들 색시에게 기꺼이 양보할 뜻을 밝혔다. 성금 3분의 2는 며늘아기가 갖고 시어미는 나머지 1

만 갖기로.

그리고 시어미로서의 당부도 잊지 않았다, 동팔아.

"그동안 오기를 부려 미안했구나, 새아가야. 부디 아이를 낳거든 이 시어미에게도 알려다오. 비록 강원도 산골에서 농사니 짓고 사는 무지렁이지만 시어미로서, 친할머니로서의 도리는 다 하고 싶구나, 새아가야!"

어미는 아들 색시의 손을 덥석 붙잡았다. 왜 그리 눈물이 쏟아지는지 몰랐어, 야. 왜 그리 설움이 복받쳐오는지, 나 원 참….

아들아. 배가 남산만 하게 불렀을 새아기 얼굴이 떠오른다. 아들이 미국에 가서 불귀의 객이 되어 돌아온 지도 어느새 3개월을 넘어서는구나. 애가 들어서고 3개월 만에 지아비를 잃은 새아기는 얼마나 상심하고 황망했을까. 아비 없는 애를 낳아 길러야 하는 새아기의 심정을 십분 헤아렸다면 그래, 그랬어야 옳았다. 어미는 마땅히 3분의 2가 아닌 성금 전부를 아들 색시에게 안겨주는 게 도리였어, 야. 그게 다 아들을 위하는 길임을 왜 어미가 몰랐을까, 쥐구멍이라도 들어가고 싶은 심정이구나. 그나마 받아온 '억'에 가까운 3분의 1 성금마저 몽땅 그 못된 형제 놈들에게 빼앗긴 지금에서야, 입이 열 개인들 어미가 무슨 할 말이 더 남아있겠느냐.

하늘에는 별이 총총하구나. 총총한 별들을 보면서 죽어가는 게 그래도 아들보다는 낫지 싶은 생각이 든다. 코쟁이챔피언인가 뭔가에 쓰러진 뒤 병원에서 사경을 헤매다 끝내 가버린 아들에 비해 어미는 백배 천배 행복한 마지막을 맞는 거야, 동팔아. 아들의 목숨 같은 돈만 놈들에게 빼앗기지 않았던들 어미가 이처럼 명줄을 끊어버리겠다고 청승을 떨고 있을 리 만무하겠지만 말이다.

웬수 같은 형제 놈들을 생각하면 보통 치가 떨리는 게 아니란다. 어떻게든 살아서 복수를 하고 싶은 마음이 굴뚝같다만 동팔아, 힘도 없고 아무런 연고도 없는 타향살이에서 무슨 수로 원수를 갚아, 야. 가재는 게 편이라고 죄 형제 놈들 편을 들 건 불을 보듯 뻔한 이치이거늘.

사람의 목숨, 참 알다가도 모르는 것 같더라. 어떻게든 살아보겠다고, 어떻게든 목숨을 보전해보겠다고 갓 낳은 아들을 들쳐 업고 무작정 여기, 이 첩첩산중까지 기어든 일이 어미의 눈앞에 새삼 어른거리는구나. 돌이켜 보면 이 어미에게 어디서 그런 뚝심이 생겨났는지, 어미가 생각해도 참 무서운 오기였었어, 야.

우리 고향은 여기서 먼 남쪽, 온통 산뿐인 강원도에 비해 널따란 논밭이 한없이 펼쳐진 평야지대였었지. 논밭을 가진 건 없어도 몸만 성하면 일할 데는 천지에 널려져 있었다. 머슴이던 너네 아버지는 힘도 세고 성실해서 어느 만석 지주의 눈에 들어 마름이 되었고, 그 지긋지긋한 가난에서 벗어난 데는 일단 성공한 사람이었어, 야. 어느 해 찾아온 가뭄이 웬수였었어, 동팔아. 더구나 연거푸 계속되는 가뭄으로 농사를 망치고 기근에 시달리게 되니 인심도 보통 사나워지는 게 아니더구나. 급기야는 너네 아버지가 마름으로 있는 지주댁 인심도 백팔십도 달라지지 뭐냐. 아무리 힘세고 성실한 마름이면 무슨 소용인가 그거다. 군식구, 군입을 하나라도 줄여야 할 판에 식솔이 딸린 마름네 식구를 품고 있을 마음씨 넉넉한 지주가 어디 있을라고. 결국 우리 식구는 인정사정없이 내쳐졌고, 당장 목구멍에 풀칠하기가 막막해지고 말았다. 아들을 낳은 지 채 해를 넘기기 전이었어, 동팔아.

엎친 데 덮친다더니, 글쎄 너네 아버지가 몸져누워 시름시름 앓다가 그만 그길로 세상을 등지고 말았구나. 어미는 눈앞이 캄캄해졌어, 야. 하지만 그냥 앉아 굶어 죽을 순 없는 노릇이 아니냐. 갓난 아들이 보챌 때는 정말 미치고 환장할 지경이었다.

하지만 어미는 의탁할 곳 없는 세상을 탓만 하지 않았다. 입을 앙다물고 인심 흉흉해진 고향을 뒤도 안 돌아보고 떠났다. 갓난 아들을 들쳐 업고 비렁뱅이 노릇을 해가며 여기저기 떠돌기 시작한 것이다. 목숨을 부지하기 위해서라면 무슨 짓인들 못 하랴 싶었어, 야.

발이 닿는 대로 몇 날, 몇 달, 몇 년을 그렇게 떠돌았는지 모른다. 그리고 그때가 핏덩이 아들이 말을 배우고 혼자 걸음마를 할 때쯤 되었을까. 우리 모자가 여기, 강원도 고성까지 기어들게 된 것은.

때마침 두 아들을 두고 상처한 홀아비를 만난 건 우리 모자에겐 그나마 행운이었다고 생각했었다, 어미는. 오고갈 데 없는 우리 모자가 아니냐. 어미를 후처 겸 일꾼으로라도 받아들인 것만 해도 그저 감사할 뿐이었지, 그때는. 그렇지 않으면 또 그 지겨운 떠돌이 비렁뱅이 짓을 얼마를 더 계속해야 할지 기약할 수 없기 때문이지 뭐냐. 우리 모자가 몸을 의탁할 수 있게 된 것도 다 하늘이 우리 모자를 버리지 않은 덕이다, 어미는 그저 그렇게 여기려고 애썼어, 야.

하지만 동팔아. 그처럼 악착같이 지켜온 귀한 목숨이, 뒤돌아 생각해보니 얼마나 부질없는가를 비로소 알 것 같구나. 그렇게 믿었던 아들도 어미의 곁을 떠나버렸고, 아들의 목숨과 바꾼 돈마저 두 형제 놈들에게 빼앗긴 마당에 무슨 낯짝으로 목숨을 부지하나 싶었지. 어미만 찔끔 눈 감아버리면 분함도, 억울함도 다 끝인 것을 말이다. 어떻게 생각해도 고놈의 돈이 웬수였었다. 수중에 돈이 있고부터 어미는 하루도 발 뻗고 자본 적이 없었지. 발뒤꿈치 때만도 여기지 않았던 마을 여편네들이, 어미가 돈을 지니게 되고부터는 갑자기 살랑대며 침 흘리는 꼴이라니, 차마 눈 뜨고 볼 수 없는 장면이었어, 야.

그뿐이냐, 아들아. 마을의 내노라하는 사람들도 찾아와서 걸핏하면 손을 벌렸지. 마을회관에 냉장고를 하나 넣어줄 수 없느냐, 낡아빠진 앰프시설을 교체하는데 협조해줄 수 없느냐, 마치 맡겨놓은 것 마냥 야금야금 뜯어들 갔어. 아들의 목숨 같은 돈을. 그러나 어쩌겠냐. 그때마다 성의 표시를 할 도리밖에. 마을을 위하는 거라는데 시치밀 떼고 먼 산만 볼 수 없는 노릇이 아니냐. 또 한편으로 생각하면 그들 말마따나 마을을 위하는, 보람 있는 일인 것 같기도 하고,

하지만 동팔아. 어미가 목숨을 스스로 버릴 마음을 먹게 된 건 전혀 딴 이유 때문이었어, 야. 형제 놈들의 흉계를 알아버린 이상 살고 싶다고 산목숨이 아닌 걸 늦게나마 깨달았지 뭐냐.

그날 밤도 이 어미는 이 생각 저 생각으로 잠을 설쳤다. 그러다 소피가 마려운 어미는 슬그머니 밖으로 나왔다. 아들도 알다시피 측간은 헛간 옆에 딸려있었지. 칠흑같이 어두운 밤이었지만 맑은 하늘, 총총한 별 때문인지 측간을 찾아가는 건 그렇게 더듬거리지 않아도 되었다.

문지방을 내려서 막 측간에 들어가려는데 어디선가 사람의 두런거리는 소리가 들려왔구나. 이 야밤에 웬 사람들이? 얄궂다 싶은 어미는 무심결에 귀를 쫑긋했고, 끝내 그 못된 형제 놈

들의 뭣이냐, 흉계라는 것을 죄 알아버리고 말았구나. 지킨다
고 지킬 수 없는 명줄이라는 걸 어미가 한발 앞서 알아차린 게
그나마 다행인지 몰랐어, 야.

  형제 놈들이 나눈 그날 밤의 말을 어미는 분명 기억하고 있
단다, 동팔아. 끝내 돈을 내놓지 않고 버티면 어미를 쥐도 새
도 모르게 깊은 산속으로 끌고 가 생매장을 시켜버리자, 듣기
만 해도 오싹 소름 끼치는 작당이지 뭐냐. 가뜩이나 고놈의 돈
땜에 인심 잃고 궂은일만 생기다 보니 섬뜩, 무서움에 떨지 않
을 수 없었다. 과연 아들의 혼이 깃든 그 귀중한 돈을 어미가
언제까지 지킬 수 있을까? 솔직히 자신도 없을뿐더러 더럭, 겁
도 났었다. 어미가 할 수 있는 일이 없어도 너무 없다 싶었다.
지킨다고 지켜질 돈이 아닐 바에 차라리 자진해서 내놓는 게
옳은 생각이 아닐까? 죽임을 당한다는 게 왜 그리 겁나고 무서
운지 나 원 참.

  죽자, 어미는 곧 마음을 굳혔다. 더 이상 세상을 살아갈 보
람을 잃었는데 뭣 땜에 구차하게 목숨을 구걸해가면서 살아,
야? 정나미가 십 리 밖으로 떨어져 나간 세상을 미련 없이 하
직하자, 정작 결심을 하고 나니 어미의 뛰는 가슴이 이상하게
착 갈앉는 것을 느꼈다, 동팔아.

  근데 또 얄궂은 일이 어미에게 벌어지고 말았구나. 목숨을
스스로 버리려는 어미에겐 아무래도 좀 엉뚱한 일이었어, 야.

그러니까 야밤에 어미를 감쪽같이 없애려는 흉계를 꾸미고 며칠이 지났을까. 조마조마 마음을 졸이고 있는 어느 날 밤, 형제 놈들은 뜬금없이 돼지고기를 사들고 들어와서 뜻밖의 호기를 부리지 뭐냐.

"오늘 밤, 우리도 오랜만에 괴기 좀 구워 먹읍시다, 어머니!"

아 글쎄, 이 또한 무슨 해괴한 변덕이냐, 아들아. 형제 놈들이 지금껏 한 번도 입에 발려본 적 없는 '어머니'의 호칭을 그리 쉽게 내뱉다니, 순간 어미는 온몸에 소름이 바늘처럼 돋더구나. 놈들이 또 무슨 흉흉한 일을 꾸미려는지, 그 꿍꿍이속을 헤아리지 못한 어미는 '어머니'를 부르며 살갑게 다가서는 형제 놈들을 어떻게 대해야 할지 난감했었어, 야. 어미는 그저 꿔다놓은 보릿자루처럼 서있는 채 놈들이 하는 짓거리를 지켜볼 수밖에 없었구나, 동팔아.

"아니 뭐해요, 어머니. 어서 숯불 피우지 않고."

그날 밤, 어미는 모든 걸 내려놓기로 결심했었다. 잘 익은 고기를 입에 넣어주면서 '어머니! 어머니!' 하고 유난히 살갑게 구는 형제 놈들의 유별난 짓거리에 감동해서는 물론 아니었다.

나중에야 안 사실이지만 형제 놈들이 어미를 당장 해치우지 못한 까닭은 그 나름 속셈이 있었던 것 같더구나. 생각해 봐라, 동팔아. 어미를 감쪽같이 해치웠다고 치자. 이 좁은 마을에서 계모가 갑자기 사라진 비밀을 얼마나 숨기고 버틸 수 있겠느냐, 그거다. 더구나 영감탱이의 병수발이며 살림, 농사일은 또 누가하고? 형제 놈들은 뒤늦게나마 이 어미밖에 없다는 걸 깨우친 게 분명했어, 야. 눈치라면 이골이 날 대로 난 어미가 그 낌새를 짐작 못 했을 리 있었을까.

하지만 솔직히 하룬들 오금을 펴고 편안한 잠을 못 잔 어미가 아니냐. 형제 놈들이 언제 어떻게 또 마음을 바꿀지 몰랐기 때문이지. '어머니! 어머니!' 해가면서 권하는 막걸리에 그만 취해버리기도 했다만, 결국 어미는 모든 걸 내려놓기로 결심을 하고 말았구나, 동팔아. 그 돈이 내 수중에 있는 한 한시도 형제 놈들의 농간과 감시를 벗어날 수 없다, 번개처럼 그 생각이 어미의 대갈빡에 스치고 지나가지 뭐냐.

"그 돈, 저희에게 맡기는 게 백 번 안전할 겁니다, 어머니! 그 돈이 어머니 수중에 있는 이상 어머닌 절대로 발 뻗고 잠자기 힘들다고요. 암요, 힘들고말고요. 두고 보세요. 이런저런 구실로 손 벌리는 동네 사람들에게 야금야금 죄 뜯기고 말 테니까요. 저희가 그 돈, 지켜드리고 싶다는 것뿐이라니깐요. 무슨 말인지 알아들어요, 어머니!"

"그렇게 해, 여보. 제들이 어련히 알아서 잘 관리해 줄까ㅡ"

형제 놈들뿐 아니었다, 아들아. 말없이 옆에 앉아 고기에 막걸리를 홀짝대던 영감탱이까지 거드는 바람에 어미는 이때다 싶었다. 더는 버틸 재간이 없다 싶었고. 아니, 형제 놈들의 말이 틀리지 않다는 생각도 들었어, 야.

"그래, 맡김세. 그 돈 자네들에게 몽땅 맡길 거여!"

그 말을 하고 나니 그렇게 홀가분할 수 없었다. 어미는 왜 진작 그 말을 못 하고 끙끙댔을까, 후회도 되더구나.

그날 밤, 술에 곯아떨어진 어미의 꿈속에 아들의 아비가 불쑥 나타났어, 야. 좀처럼 잘 나타나지 않던 너네 아비는, 어미를 보자 다짜고짜 '소갈머리 없는 여편네'라고 얼마나 타박하고 몰아붙이는지….

"그 돈이 어떤 돈인디 피 한 방울 섞지 않은 놈들에게 더럭 내주냔 말여! 그 돈, 우리 씨앗을 밴 새아기 손에 몽땅 쥐여줘도 시원찮은 판인디, 어쩌자고 그따위 미련한 짓을 한 거여! 그래갖고 이담 저승에 와서 아들 낯짝을 어찌 보려고? 아들놈이 그 뭣인가, 성금을 갖고 어미라는 사람이 지 색시와 쌈박질을 벌인다고 얼마나 안달복달했는지 알기나 해? 차라리 뒈져버려, 뒈져버리라고 이 소갈머리 없는 여편네야!"

비록 꿈속이었지만 너네 아비의 꾸지람은 구구절절 옳았다. 아비 말마따나 뒈져도 싼 짓을 한 어미이고말고. 그게 어떤 돈인데 새아기와 쌈질까지 해가면서 나눠 가져, 야. 잘못되어도 한참 잘못되었다는 게 너네 아비의 역정이었다 싶었어, 아들아.

꿈에서나마 너네 아비의 핀잔을 받고 나니, 가뜩이나 속이 상할 대로 상한 어미는 지금까지 살아있다는 것조차 부끄러웠다. 아니, 맨날 부끄럽기만 하면 뭐 하자는 거냐. 너네 아비 말마따나 당장이라도 뒈져버려야 하는 거 아닌가 싶었다. 그래, 죽자 죽어. 소갈머리 없는 여편네는 마땅히 명줄을 스스로 끊어야, 그나마 저승에 가서 아들과 아들의 아비에게 면목이 설 수 있다 생각했어, 아들아. 더 이상 물러서선 안 된다, 입술을 깨물었다고 동팔아.

밤이 얼마나 깊었을까? 여전히 괴괴하고 을씨년스럽지만 왜 그리 대낮처럼 훤 하다냐. 필시 맑은 하늘에 총총히 박힌 별빛이 포근히 내리비치기 때문인지 몰라, 야. 숯검정마냥 시커멓게 타버린 어미의 속과 달리, 서녘에 높이 솟은 산이며 가을걷이가 끝난 논밭이 훤하게 어미의 눈에 들어와선지 괜히 부산했던 어미 마음도 이상할 만큼 착 가라앉는 것 같구나.

하지만 동팔아. 이제 더 이상 지체할 수 없다는 생각이 어미의 목을 조여 온다. 이처럼 망설이고 꾸물대다간 오늘 밤도 또 기회를 놓치고 말까 걱정이다. 어차피 죽기로 마음먹은 어미가 아니냐. 딴생각으로 결심을 또 망쳐버리면 어쩌나, 마음이 무겁고, 심란하고, 긴장되고….

어미는 얼른, 가져간 농약을 손에 집어 들었다. 그리고 이

번만은 딴 생각이 끼어들 일이 없겠지, 느긋한 마음으로 뚜껑을 따고 농약병을 입으로 가져가려는데 이 무슨 또 괴이한 소리냐. 농약병을 든 채 어미는 주춤, 귀를 쫑긋했구나. 갑자기 어디선가 들려오는 소리가 그만 어미를 돌부처로 만들고 말았어, 야.

그건 분명 아기 울음소리였었다, 동팔아. 갓 낳은 듯 째지는 아기 울음소리가 왜 그리 크게 귓속을 파고든다지? 귓속만 그러는 게 아니다. 어미의 정신까지, 마음까지 쏘옥 빼앗아 가버리지 뭐냐.

소스라쳐 놀란 어미는 휘휘, 눈을 크게 치뜨고 사방을 둘러본다. 선뜻 아기 울음소리가 들릴 의심할만한 데가 짚이지 않는구나. 가을걷이가 끝난 들녘에는 짚동우리만이 여기저기 널브러져 있는 게 눈에 띌 뿐이다.

행여 이 어미가 잘못 들은 건 아닐까? 환청 같은 거 말이다. 아니, 어미가 아직도 이승에 대한 미련을 못 버리고 있는지도 몰라, 야. 며늘아기가 낳을 아들의 핏줄을 남몰래 손꼽아온 건 아닐까? 그렇지 않고야 생뚱맞게 어미의 귀에 아기 울음이, 갓난애 울음소리가 왜 환청으로 들려오는 거냐고, 아들아.

머지않아 며늘아기가 해산할 아기는 짐작건대 틀림없이 고추이기 싶다, 아마도. 아들의 꿈을 이어가려면 암, 고추여야 되고말고. 어떻게 해서 권투선수가 된 아들이냐. 또 미국에 가서 코쟁인지 뭔지와 싸우다 불의의 죽임을 당하지 않았느냐. 고추를 달고 나와야 아비의 원수도 갚든 말든 할 것 아닌가.

어미는 또 새삼, 죽은 아들의 성금을 갖고 새아기와 다퉜던 일을 되새긴다. 되돌릴 수 없는 괴로운 기억인 건 얘기하나마나여, 야. 얼마나 부끄럽고 못난 짓인지, 솔직히 쥐구멍이 절로 떠오르는 수치이지 뭐냐.

아니다, 아들아. 이미 죽기로 마음먹은 어미가 아니냐. 쥐구멍인들 무슨 낯짝으로 들어가, 야. 이제라도 농약만 입에 탁 털어 넣으면 그만인 인생, 무슨 더할 말이 남아있을까.

어미는 다시 후닥닥, 아직도 손에 들려있는 농약병을 입으로 가져간다. 더는 미련 떨지 말고 홀짝 마셔버리자.

어미는 또 머뭇거린다. 아직도 어미의 귀에는 아기 울음소리가 쌩쌩 바람을 일으키는구나, 동팔아. 진짜 환청이라도 좋아, 야. 농약이 목구멍을 넘어갈 때까지, 숨이 끊기는 그 순간까지 계속 아기 울음소리를 들을 수 있으면 얼마나 좋을까….

당선소감

신문사에서 전화가 걸려왔다. 내가 응모한 단편소설 「종소리」가 당선되었다는 전갈이었다. 담당 기자는 당선소감도 빨리 써서 보내 달라는 당부를 잊지 않았다.

　기대하지 않은 건 아니지만 정작 당선소식을 접하고 보니 솔직히 좀 벙벙하다. 하릴없이 집에서 빈둥대는 게 지겨워서 쓰기 시작한 글이었다. 정신없이 앞만 보고 뛴 직장을 그만둘 때 교차된 갖가지 감회를 정리할 양으로 끼적이다 문득, 이 감회를 기록으로 남기면 어떨까, 생각했다. 하지만 적다 보니 본의 아니게 다니던 회사의 치부를 들추는 경우가 있었다. 딴 서술법이 없을까? 고민하다가 불현듯 픽션이란 장르가 떠오른 것이다.

　지금껏 나는 한 번도 소설을 쓴 일은 없다. 글 쓰는 일이라곤 일기를 쓰는 게 고작이다. 일기는 직장생활을 하는 동안 내내,

퇴직 후에도 습관처럼 적어오고 있다. 일기를 쓰다 보면 그날 잡쳤던 기분도 눈 녹듯 녹아내린다. 나는 소싯적부터 다분히 격정적이었다. 어떤 일에건 쉽게 감정이 달아올랐고, 벌겋게 단 쇳덩이를 녹이는데 일기 쓰는 것처럼 좋은 방법이 있을 수 없었다.

이번 응모해서 당선된 소설형식도 일기체였다. 그때 그 느낌을 적는데 일기처럼 생생할 수 있을까. 더구나 그때 그 느낌을 꼬박꼬박 일기에 남겨둔 게 큰 도움이 되었다. 텍스트가 있으니 서술의 불편, 까다로움이 있을 리 없었다. 「종소리」는 그렇게 정리되었고, 과연 소설이 될 수 있을까, 자신은 없었지만 때마침 신문에 난 단편소설 현상모집 안내가 눈에 띄자 덜컥, 응모해버리고 만 것이다. 어떻게 생각해도 눈 깜빡할 사이에 벌어진, 나에게는 분명 크나큰 용기이자 사건이었다.

나는 당선소감을 쓰기 위해 책상 앞에 앉았다. 마음이 들떠 있었던 탓인지 좀처럼 글귀가 잡히지 않는다. 눈을 감는다. 눈이 감기자마자 몸뚱어리가 붕 부유한다. 내 의지와는 달리 두둥실 떠다니는 몸뚱어리가 어디론지 흘러가나 싶더니, 환영 하나가 뇌리에 딱 잡힌다. 나도 모르게 '영!' 하고 가만히 불러본다. 영영 잊었다고 생각했던 이름이 아닌가. 순간 이지영의 얼굴이 아지랑이처럼 피어오른다. 아, 절로 내 입에서 탄식이 흘러나왔다. 아니, 그건 어쩜 탄성인지 몰랐다. 그랬다. 일기 쓰기, 글쓰기 등 문학적 잠재력을 부추긴 단발머리 소녀ㅡ. 어느새 내 손은 키보드를 두들기고 있었다.

<이게 얼마 만이오, 영!> 엉뚱하게도 당선소감은 그렇게 서간체로 시작되었다. 당선 소설의 제목이 '종소리'라는 것, 소설 내용은 40년간 앞만 보고 뛴 샐러리맨이 퇴직을 앞두고 되돌아본 회한이며, 늘그막에 소설이랍시고 쓸 수 있었던 건 꾸준히 써온 일기 덕분이고, 일기를 끼적이게 한 장본인이 다름 아닌 바로 영이었다는 것도 밝혔다. 그리고 나는 이렇게 당선소감을 끝맺었다. <−모든 것이 뜨겁게만 느껴지던 그 풋풋한 소년으로 되돌아가고 싶소. 뒤늦게나마 글쓰기의 불꽃을 즐겨보기 위함이오. 깡그리 잊기로 했던, 영에 대한 모든 것도 굳이 외면하지 않을 생각이오. 심장 뛰는 이 소리에 한번 귀 기울여보지 않겠소, 영!>

나는 마치 감상적인 소년 시절로 되돌아간 기분이었다. 어느새 내 머리는 그녀에 대한 상념으로 거센 파도가 넘실거렸다. 휴화산이 활화산이 된 것처럼.

"아니 여보, 얼굴이 왜 그래요? 벌건 게 마치 술 취한 사람처럼."

그때, 언제 서재에 나타났는지 아내의 걱정스런 목소리가 활화산이 된 상념에 찬물을 끼얹었다. 무 뽑다 들킨 사람의 기분이 바로 이런 걸까. 뭐라 말대꾸를 못 해 엉거주춤 서 있는데, 다시 말문을 연 아내의 목소리가 서먹한 분위기를 바꿔놓았다.

"당선소감을 쓰느라 몹시 흥분돼 있었던 모양이네요. 하긴, 그 나이에 소설이 당선됐으니 안 그럴 리 있었겠어요, 여보."

늘 그랬다, 아내는. 장군이다 싶으면 금세 멍군을 했다. 말수도 적고 말재간도 별로인 나였다. 자연 어물거릴 때가 많았고, 선뜻 말을 뱉지 못하고 입속에 굴릴라치면 아내는 잽싸게 끼어들었다. 애매모호한 내 입장을 얼버무려주거나, 분위기를 전환하는데 그처럼 탁월한 솜씨를 발휘할 수 없었다. 아내의 그 순발력에 나는 늘 감탄, 감사하고 있는 터였다.

아내는 언제나 그랬듯 서재에 오래 머물러 있을 눈치는 아니다. 뭐 필요한 거 없어요? 내 입에서 무슨 말이 떨어지기 무섭게 휭 서재를 나간 아내는, 커피든 녹차든 대령한 것으로 역할을 다한다. 그만큼 아내는 서재에서의 내 생활을 방해하지 않으려 애썼다.

아내가 나가고 내 머리는 잠시 숨죽였던 상념, 그녀에 대한 불꽃이 다시 튀기 시작한다. 쉽사리 꺼질 것 같지 않은 불길 속에 나도 모르게 끌려가고 있다. 아니, 스스로 불길 속에 뛰어들고 있었다.

영이라 불렀던 이지영을 마지막으로 본 건 그녀가 어느새 아이까지 둔 유부녀가 된 뒤였다. 고교졸업을 전후해 사실상 나는 그녀와의 소식이 끊긴 상태였다. 서울 소재의 대학에 진학, 꿈에 부푼 첫 학기 6개월을 보내고 여름방학이 되어 고향으로 내려갔을 때였다. 그녀가 공군 중위와 동거 중이고, 이미 아이 엄마가 됐다는 뜻밖의 소식을 접하게 되었다.

그때의 묘한 기분은 지금도 잊을 수 없다. 아니, 그 충격은 말로 다 하지 못할 만큼 컸다. 돌멩이로 얻어맞은 것처럼 멍멍해진 머리는, 사흘 밤낮 꿍꿍 앓고 나서야 겨우 제정신이 들었다.

봄을 주세고 일어난 그날부터 나는 그녀가 살고 있다는 집 앞을 배회했다. 물론 그녀를 만나기 위해서였다. 그녀를 만나면 담판을 지을 것도 단단히 벼렸다. 다 버리고 돌아오라, 아이를 떼 놓을 수 없으면 데리고 와도 좋다, 목숨이 다할 때까지 너를 기다릴 것이다, 속으로 나는 수없이 다짐 또 다짐했다.

그러나 정작 그녀가 아이를 업고 대문 앞에 나타났을 때 나는 대번에 증오의 불덩어리로 변해버렸다. 종전의 다짐, 목숨 다하도록 기다린다는 각오와 결심은 어디론가 증발해버린 채 증오만이 내 눈을 확 뒤집어놓고 말았다.

나를 본 그녀는 반가움을 감추지 못했다. 뭔가 할 말이 많은 듯 내 앞으로 뛰다시피 다가왔다. 그런데 나란 인간은 어땠을까. 그녀의 반색을 외면한 채 그냥 그녀를 모른 척 지나쳐버렸고, 뒤도 안 돌아보고 그 길로 홀연히 사라져버렸다. 참으로 어처구니없는 내 행동을 지금에 와서 탓하고, 변명하고 뉘우치면 뭐 하랴.

어쨌거나 이지영과는 그게 마지막이었다. 그리고 두 번 다시 그녀를 만난 일은 없었다. 대학 4년을 마치고 군대생활 3년을 보낼 때까지, 그녀에 대한 소식도 감감했지만 아예 알아보려고도 하지 않았다.

아내와의 인연은 영과 결별한 한참 뒤에 이뤄졌다.

증오를 어쩌지 못해 그녀의 곁을 떠났지만 사실상 나는 영으로부터 자유롭지 못했다. 단 하루도 영을 생각하지 않은 날이 없었다. 증오는 시간이 흐르도록 잦아들지 않았다. 영을 향한 마음은 나를 붙들고 괴롭혔다. 한밤중 후회와 외로움으로 베개를 적신 적도 한두 번이 아니었다.

더구나 그 무렵, 한 달 사이 부모님 두 분이 앞서거니 뒤서거니 세상을 떠났다. 나는 막내였다. 게다가 딸만 내리 셋을 낳다가 뒤늦게 얻은 아들이었다. 부모의 남다른 사랑을 듬뿍 받고 자란 때문인지, 허허벌판에 버려진 듯 허전함과 외로움이 밀물처럼 스며드는 걸 어쩌지 못했다.

좀처럼 상심의 수렁에서 헤어나지 못한 나는 이래저래 무질서한 생활을 이어갔다. 외골수 성격은 직장동료와도 쉽사리 어울리지 못했다. 퇴근하면 자연 발길 닿는 데가 술집이었고, 밤새 혼자서 술추렴을 일삼는 게 고작이었다. 그러던 어느 날 밤, 나는 끝내 일을 저지르고 말았다. 하숙집에 어떤 여자를 끌어들인 것이다. 바로 그 여자가 지금의 아내였다.

　남녀관계를 신성시한 내게 있어선 보통 사건이 아니었다. 아무리 술기운이라지만 어떻게 그런 용기가 생겼는지 몰랐다. 이 지영이 나 아닌 딴 남자의 관심을 따돌리지 못한 것도 어쩌면 그 본능의 속성 때문이 아니었을까.

　아내의 심성은 워낙이 고왔다. 천사표라고 할 만큼. 게다가 매사에 적극적이었다. 그날도 나는 혼자서 술을 마셨다. 술을 마시다 밤늦게 하숙집 앞까지 가긴 했지만 너무 취한 나머지 대문 앞에서 그만 정신을 잃어버린 모양이었다.

　전신전화국 교환수인 아내는 밤늦게 일을 마치고 귀가하다가 대문 앞에 쓰러진 나를 보고 그냥 지나치지 못했다. 아내는 조금도 망설임 없이 나를 부축해 집안으로 끌어들였고, 인사불성이 된 나를 방까지 안고 들어와 이부자리도 깔아주는 등 정성을 다해 보살피다 새벽에야 돌아갔다.

　이튿날 아침 나를 본 하숙집 아줌마는 대뜸 총각, 곧 장가가겠네! 하고 놀려대서야 나는 간밤의 자초지종을 알았다. 출근해서도 줄곧 나는 그 생각으로 제대로 일이 손에 잡히지 않았다. 도대체 어떤 여자이기에 그처럼 밤새 나를 보살핀 걸까, 궁금하기도 했고.

　그 궁금증은 오후 서너 시쯤 돼서야 풀렸다. 웬 낯선 여자로부터 전화가 걸려온 것이다. 옥구슬이 구르는 듯 맑고 고운 목소리가 스스럼없이 속 좀 풀어드리고 싶은데 괜찮겠어요? 하고 물어온 게 아닌가. 대답할 사이도 주지 않은 그 여자는 장군, 명군하듯 약속시간과 장소도 혼자서 정해버렸다. 바로 그 뒤부터였다. 전화국 교환수인 아내와 내가 특별한 감정을 내보이는 일 없이 친구처럼 자연스럽게 만나고 사귀기 시작한 건.

그날 저녁도 우리는 다른 날과 다름없이 대폿집에서 만났다. 얘기 중에 무심코 나는 아내에게 지나가는 말로 가족상황을 물었다. 근데, 아내는 금세 먹구름이 낀 얼굴로 전쟁 때 몽땅 잃었어요, 말이 떨어지기 무섭게 눈물까지 펑펑 쏟아내는 게 아닌가.

나는 분위기를 바꿀 양 얼른 내 신상 이야기로 화제를 바꿨다. 이지영과의 러브스토리는 물론 한 달 새 한꺼번에 부모님을 잃은 막막함을 주절주절 털어놓았다. 너무 허전하고 외로운 나머지 자살을 결심했었다는 대목에선 복받치는 서러움을 어쩌지 못해 나도 그만 엉엉 울음보를 터뜨렸다. 한번 터진 울음은 좀처럼 그칠 줄을 몰랐다. 주위의 시선이 따가웠는지, 종전까지 펑펑 눈물을 쏟은 사람 같지 않게 아내는 나를 끌고 밖으로 나왔다. 그래도 내 울음은 계속되었다. 내가 그렇게 울어본 건 난생처음이었다.

그랬다. 아내는 봇물처럼 터진 내 눈물을 팽개치고 돌아설 여자는 아니었다. 어린애처럼 징징대는 나를 끌고 하숙집에 갔고, 그 언제처럼 방에까지 들어와 이부자리를 깔아주고 나가려 할 때 나는 아내의 손을 잡아끌었다. 왜 그랬는지, 꼭 집어 그 이유를 말할 순 없었다. 분명한 건 혼자 있고 싶지 않았다. 좀 더 솔직히 내심을 털어놓자면 누군가와 나란히 눕고 싶었다. 그다음 진행된 일에 대해선 더 이상 부연하지 않겠다. 남녀 간의 흔히 일어날 수 있는 일이 자연스럽게, 너무도 자연스럽게 벌어졌기 때문이다.

함께 밤을 보내고도 나는 아내를 사랑한다고 말한 적은 없었다. 영의 존재감이 그만큼 단단하고 커서였을까. 아내 역시 내 사랑의 유무에 대해 그다지 깊은 관심을 갖는 눈치는 아니었다. 잠자리 전이건, 잠자리 후이건 아내는 전혀 상관없이 내 곁을 지키는 것으로 그만인 듯싶었다.

인연, 운명이라는 게 참 묘했다. 뻔뻔한 나를 비웃기라도 하듯 아내의 몸에 내 씨앗이 움튼 것이다. 그건 분명 내게 있어선 무거운 압박이었다. 여전히 영을 연연하고 있던 나로선 당황하지 않을 수 없었다. 고민하고 갈등한 나머지 내게 인간의 존엄성을 방기할 배짱이 없다는 걸 느끼고, 생명은 사랑에 우선한다는 깨달음으로 나는 아내와 결혼했다. 아내는 떡두꺼비 같은 아들만 둘을 낳았다.


"여보. 막내 애들이 왔어요. 아버지의 소설이 당선됐다고 전했더니 금세 달려왔지 뭐예요."

밖에서 들려오는 아내의 호들갑에 나는 한창 상영 중인 영상을 얼른 접었다. 그리고 서재를 나가 막내 내외를 맞았다.

"아버님. 당선, 진심으로 축하드려요!"

며느리가 빨간 장미 묶음을 내민다. 왜 하필 장미꽃이냐고 물을 사이도 없이

"아빠, 소설 당선되신 거, 정말 믿어도 되는 거예요!?"

역시 둘째의 막내다운, 응석 섞인 기쁨과 의문이 뒤따랐다.

나에 관한 한 배려 일변도의 아내가, 그냥 아이들 얘기만 듣고 가만있을 리 만무했다.

"그건 이 엄마가 증명할 수 있단다, 얘들아. 너희 아빠가 보내온 연애편지가 바로 그 증거지."

그러나 아내의 말은 새빨간 거짓말이다. 나는 아내에게 연애편지는커녕 편지조차 쓴 기억이 없다. 해외근무를 오래 나가 있을 때도 마찬가지다. 편지라는 걸 단 한 차례도 써서 보낸 적이 없었다. 아내가 말하는 연애편지란, 소년시절 내가 첫사랑 이지영과 사귀고 있을 때, 그녀를 연연해서 쓴 서간체의 내 일기장을 두고 한 말이 분명했다. 결혼 후 어디선가 그 일기장을 찾아낸 아내는, 조금도 낯 붉히고 따지는 일 없이 소중한 추억이네요, 하고 지금껏 그것을 간직해오고 있는 터였다.

막내와 며느리가 그 일기장 좀 볼 수 없어요? 하고 매달린다. 아내는 얼굴빛 하나 변하는 일 없이 아빠엄마의 소중한 추억을

방해하지 말라, 가볍게 거절한다. 그래도 조르는 아이들의 호기심을 아내는, 우리 오랜만에 외식이나 할까 하고 서둘러 외출준비를 하는 것으로 점잖게 따돌리는 여유를 보였다.

밖에서 점심을 함께한 아이들이 돌아가고 집으로 들어온 나는, 당선소감을 마무리한다는 핑계로 다시 서재에 틀어박혔다. 그리고 막내 내외가 들이닥치는 바람에 끊긴, 아내가 말한 그 소중한 추억의 필름을 다시 곱씹지 않을 수 없었다. 처음 단발머리 소녀를 만났던 보리밭두렁이, 봄 아지랑이처럼 눈앞에 오롯이 피어올랐다.

중2 때였다. 6·25전쟁으로 나라가 온통 피폐해진 어느 이른 봄 오후. 나는 공설운동장에서 축구 연습을 마치고 집으로 돌아가기 위해 보리밭두렁을 들어섰다. 외딴 보리밭 길은 교외에 있는 공설운동장에서 읍내로 가는 지름길이기도 했다. 그날따라 유달리 허기진 나는 허겁지겁 뛰다시피 밭두렁 길을 가고 있었다. 해는 어느새 서녘에 기울고, 울퉁불퉁 밭두렁을 뛰다시피 가고 있는데 갑자기 앞을 가로막는 무엇이 있었다. 나는 본능적으로 고개를 들었다. 거기, 둥근 달덩이 하나가 석양의 현란한 햇살을 병풍 삼아 두둥실 떠있지 않은가. 단발머리에 책가방을 든 그 모습만으론 여고생인지, 여중생인지를 구별하기 힘들었다. 가슴에 붙은 배지를 확인하고서야 그 소녀가 여중생인지를 알았다. 언뜻 조숙해 보이는 건 풍만한 체격 때문이었으리라. 육감적인 입술, 새하얀 살갗이 백치미마저 느끼게 하는 소녀는, 칠흑 한밤중 달덩이처럼 내 얼을 빼앗아가기에 충분했다.

고개를 푹 숙이고 있던 단발머리는 나를 비껴가려는 듯 좁은 밭두렁을 내려서려 한다. 그제야 정신이 번쩍 든 나는 후닥닥, 한발 먼저 밭두렁을 비켜섰다. 엉겁결에 취한 행동이어서일까. 나는 그만 물이 고여 있는 데에 발을 헛디디고 말았다. 균형을 잃은 몸은 보기 좋게 엉덩방아를 찧었고. 금세 일어서긴 했지만 멋쩍었다. 얼굴을 붉히며 엉거주춤 서있는데 "어쩌지? 바지랑 셔츠가 진흙투성이네…" 소녀는 얼른 책가방을 내려놓고, 손수건을 꺼내 넘어진 쪽 바지며 팔꿈치에 엉겨 붙은 진흙을 닦아냈다. 아, 그때 그 가슴을 설레게 한 단발머리의 손길….

소녀의 집은 공설운동장에서도 더 떨어진 곳에 있었다. 읍내에서 한참 먼 외곽지대, 게다가 집도 몇 채 없는 허허벌판에 엉성하게 둘러쳐진 돌담 집이었다. 어떻게 생각해도 그 집은 소녀의 예쁘고 귀티 풍기는 모습과는 너무도 어울리지 않았다. 사람의 발걸음이 뜸한 그 집에는 홀어머니와 소녀, 단 두 모녀만 살고 있다는 것을 나중에야 알았다.

소녀와 나는 매일 보리밭두렁에서 마주쳤다. 축구선수인 나는 오후 늘 그 시간, 팀과 함께 공설운동장에서 연습을 하다 집으로 돌아갔다. 그 시각 단발머리도 학교에서 집으로 돌아가고 있었다. 우리는 자연스럽게 만났고, 보리밭두렁에 앉아 붉게 물들어가는 저녁노을을 즐기며 얘기꽃을 피웠다.

하지만 단발머리 소녀는 우리 또래들에게는 별로 평판이 좋지 않았다. 의혹투성이로 비쳤다. 심지어 소녀와 어머니를 미스터리 모녀라고 비아냥거렸다. 또래들의 말로는 모녀는 해방이 되자 일본에서 귀국했고, 여기 N읍이 고향은 아니지만 이런저런 연고로 이곳에 정착하게 되었다 한다.

이들 모녀를 미스터리 모녀로 본 건 해괴한 소문 때문이었다. 6·25전쟁은 이곳이라고 예외일 리 없었다. 인민군의 점령시기가 있었고, 인민군 장교 한 명이 바로 모녀에게 빠져 후퇴하지 못하고 목숨을 잃었다는 것이다. 그 해괴한 소문의 진위야 어쨌든 그 소문은 내게 심한 거부감을 안겨줬다. 모녀가 독버섯처럼 느껴진 것도 그 무렵부터였다.


"여보, 전화예요. 미국 큰애한테요!"

아내가 다급하게 안방의 무선수화기를 들고 서재로 들이닥친다. 미국 뉴욕에 사는 큰아들한테 온 전화다. 정신신경과 전문의인 큰아들은, 얼마 전 같은 전문의인 며느리와 끝내 합의이혼을 한 뒤 도통 소식이 끊긴 상태였다. 아내의 호들갑, 아니 다급한 목소리는 결코 괜한 게 아니었다.

"그래, 아버지다. 얼마나 마음이―."

"그보다 아버지, 먼저 축하부터 해야겠죠! 정말 깜짝 놀랐지

뭐에요. 아버지께서 그런 숨은 글솜씨가 있으시다는 걸, 왜 우리는 진작 눈치채지 못했을까, 부끄럽기도 하구요."

"쑥스럽다…. 그나저나 애들은 누가 데리고 있는 거냐?"

"자유롭게 왔다 갔다 해요. 벌써 둘 다 하이스쿨인걸요."

"그래, 알았다. 엄마가 옆에서 성화다. 빨리 전화 바꾸라고."

나는 얼른 아내에게 수화기를 넘긴다. 성화는커녕 전화 받는 데 방해가 될까 봐 멀찌감치 떨어져 있는 아내는 보나 마나 이혼한 큰아들에 관한 한 나보다 궁금하고 할 말도 더 많을 게 뻔하다. 아내는 생각했던 대로, 군말 없이 수화기를 받아들고 휭, 서재를 빠져나갔다.


내 글솜씨는 다분히 후천적이었다. 잠재력이 어느 정도였는지는 잘 모른다. 하지만 문학작품을 접하고 서간체 일기를 쓰기 시작한 것은 순전히 소녀의 영향이 컸다. 만날 때마다 그녀가 읽어볼래? 내민 게 책이었다. 시집도, 단편 장편 등의 소설류도, 고교생이 되고부터는 세계문학사조 등에 관한 서적도 어디서 구해오는지 빌려주곤 했다. 그중에서도 이상하게 마음을 끌어당긴 시집은 보들레르의『악의 꽃』, 소설로는 괴테의『젊은 베르테르의 슬픔』이 머리에 오래 남았다.

스포츠로 단련된 딱딱한 내 정신세계는 한결 부드러워졌고, 문학적인 소양도 제법 두툼하게 쌓아갔다. 그녀를 향한 열정 또

한 글발을 남기고픈 충동으로 이어졌다. 매일 밤 그녀에 대한 그리움은, 나로 하여금 일기를 쓰지 않고는 못 견디게 만들었다. 일기를 쓰고 있을 때만은 누가 뭐래도 나는 에로스의 화신이 되었다.

그러나 소녀와의 수레바퀴는 내가 바라는 대로 잘 굴러가지 않았다. 무엇보다 나의 갈등을 자극하는 건 역시 모녀에 대한 괴담이었다. 억지 소문이라 치부할 수도 없고, 터놓고 물어볼 수도 없었다. 홀로 가슴앓이를 하는 날들이 가을 낙엽처럼 쌓여갔다. 게다가 소녀는 생각보다 대담했다. 소녀의 다소곳한 미소만을 가슴에 담고 있던 나로선, 문학 서클이다 뭐다 해서 또래 머슴아들이나, 여드름투성이 상급생들과도 스스럼없이 어울리는 게 여간 신경 쓰이지 않았다. 어쩌다 나와 동석한 자리에서도 소녀는 사내아이들과의 스킨십도 대수롭지 않게 여겼다. 괴이한 소문을 좀처럼 지울 수 없었던 나는 어느새 소녀를 이성관계가 복잡한 악녀로 보기 시작했고, 끝내 그녀를 독버섯 같은 존재가 아닌지 의심을 할 때가 많았다.

어느 날인가, 심사가 꼬일 대로 꼬인 나는 마침내 그녀를 만나자 거칠게 쏘아붙였다.

"독버섯이야, 넌."

"독버섯?"

"먹으면 죽어버리는."

"그럼, 안 먹으면 되겠네."

소녀는 내 뒤틀린 심기 같은 건 아랑곳하지 않았다.


그 무렵 소녀가 가출을 하는 소동이 벌어졌다. 때마침 읍내에 들어온 악극단을 따라 집을 나가버렸다는 것이다. 그것도 소녀의 친구가 찾아와서 얘기해 주는 바람에 알았다.

"글쎄, 계집애가 악극단을 따라 가출했지 뭐예요."

"악극단?"

나는 내 귀를 의심했다. 소녀가 문학적인 소질은 다분했지만 연기 같은 것에 잠재력이 있다는 생각은 미처 못 한 때문이었다. 그때까지도 나는 소녀의 집안형편에 관한 한 구체적으로 아는 게 없었다. 친구의 말에 따르면 소녀가 가출한 까닭은 순전히 홀어머니 때문이라고 말했다.

홀어머니는 타고난 미모 덕인지, 나이답지 않은 젊음 탓인지 여기저기 후처 자리가 심심찮게 들어왔다고 한다. 인민군 장교가 퇴각하는 부대를 이탈, 모녀가 사는 외딴집에 숨어 지내다 잡혀간 것도 헛소문은 아니었다. 소녀의 친구는 묻지 않은 얘기까지 들먹였다.

소녀의 어머니는 오직 딸만 바라보고 살았다고 한다. 개가 같은 건 아예 거들떠보지 않은 채. 하지만 소녀에게는 그게 오히려 크나큰 부담으로 받아들여진 것 같다는 게 친구의 안타까움이었다.

소녀의 어머니가 하는 일이라야 고작 이집 저집 허드렛일을 돕는 게 전부였다고 한다. 그걸 누구보다 잘 아는 소녀는 내가 없어 주면 엄마도 자기 갈 길을 가겠지, 오랜 고민 끝에 때마침 읍내로 공연 온 악극단을 따라 그만 줄행랑을 쳤다는 게 아닌가. 소녀의 가출은 보통 결단이 아니라는 짐작이 나를 우울하게 만들었다.

하지만 나는 망설일 수 없었다. 이튿날 곧장 악극단이 공연 중인 J시로 달려갔고 저녁공연 시간, 복도에서 서성이는 소녀를 만나자마자 나는 댓바람에 소녀를 붙잡고 무조건 극장 밖으로 끌어냈다. 소녀는 한사코 꽉 쥔 내 손아귀를 벗어나려 바둥댔다. 하지만 운동으로 단련된 내 손아귀를 벗어나지 못한 소녀는 끽소리 못한 채 N읍으로 되돌아올 수밖에 없었다.


"여보, 저예요. 방해하자는 건 아니지만 자정이 훨씬 넘었네요."

그때, 아내의 조심스런 걱정이 문밖에서 들렸다.

"아니, 벌써? 알았어요, 여보. 곧 마무리하고 잘 테니 먼저 자요. 진한 커피 한잔 마시고 싶은데…."

"아, 네. 미처 생각 못 했네요. 요즘 따라 부쩍 커피를 즐기는 당신을 깜박했어요. 얼른 끓여올게요, 여보."

잠시 후 아내는 쟁반에 커피를 들고 서재로 들어왔다. 그리고 커피를 책상 위에 놓자마자, 될 수 있는 한 내게 방해가 되지 않으려는 듯 발소리까지 죽여 가며 조용히 물러갔다.

커피 향이 코끝을 스친다. 커피는 마실 때 혀끝에 느껴지는 맛과 향도 그렇지만 입에 닿기 전 코끝을 스치는 냄새가 기막히다. 6·25전쟁 때 미군 씨레이션에 들어있던, 물에 타 먹는 인스턴트커피가 생각났다. 나도 얼마 직전까지는 끓인 물에 타먹는 믹스커피에 인이 박였었다. 하지만 언젠가 커피마니아 친구로부터 커피강의를 듣고 난 뒤부터는 인이 막힌 믹스커피 맛을 몰아내는 데 애를 먹었다. 어느새 나는 머그잔에 스트레이트 커피보다 다른 맛들이 혼합된 블렌드 커피 쪽을 선호할 만큼 커피마니아가 돼가고 있었다.

"여보, 너무 무리하지 말아요. 나이도 생각해야 하잖아요. 네, 여보".

아내가 정성을 다해 뽑아온 커피 향을 혀끝에 만끽하며 나는 다시 끊긴 필름, 단발머리의 환영 속으로 빠져들었다. 벌써 한밤중인가. 하지만 전혀 졸음을 못 느낀 나는 영롱한 소녀의 눈방울을, 커피 맛과 함께 다시 음미하기 시작했다.


소녀 친구의 부탁대로, 소녀를 J시에서 공연 중인 악극단에서 빼내온 뒤 소녀의 신변에는 적잖은 변화가 일어났다. 그렇듯 완

강히 개가를 외면했던 그녀의 어머니가 무슨 생각을 했는지 J시의 후처 자리를 마다치 않고 받아들인 것이다. 따라서 그들 모녀는 J시로 이사를 갔고, 소녀도 J시 소재의 여고로 전학했다.

나도 고3이 되면서 축구선수의 꿈을 접었다. 공부에만 매달렸고 J시의 고교로 전학까지 하게 되었다. 물론 소녀의 곁을 지키고 싶은 충동을 어쩌지 못했기 때문이다. 소녀도 내가 J시의 고교로 전학한 것을 누구보다 반겼다.

적어도 겉으로는 평온했다. 소녀와 나의 사이는 제자리로 돌아가나 싶었다. 그만큼 내가 대입준비로 눈코 뜰 사이가 없어서였는지 모르지만.

아니다. 입시준비로 한눈을 팔순 없었던 게 더 맞는 말이다. 하지만 속은 겉과는 달랐다. 부글부글 끓었다.

소녀는 너무 예뻤다. 게다가 소녀는 감정 풍부한 문학소녀였다. 성격도 남달리 활달했고. 하지만 소녀가 문학서클 등으로 남자대학생들까지 스스럼없이 만나고 어울리는 것을 나는 잘 받아들여지지 못했다. 나중에는 군복을 걸친 사내들까지 성숙한 그녀의 주변을 얼씬거렸다. 이런 소문도 나돌았다. 공군 중위 계급장을 단 파일럿이 소녀를 '목하 포격 중!'이라고. 그런 판국에 내 어찌 마음 편하게 입시준비에만 몰두할 수 있었겠는가 말이다.

나는 다시 소녀를 독버섯이라고 생각했다. 아무래도 나는 그 독버섯으로 말미암아 인생을 망칠지 모른다는 생각도 들었다. 언젠가 소녀에게 독버섯이라고 했다가 머쓱해진 일도 생각났다. 그녀는 이제 수줍음 타는 그런 소녀가 아니었다. 뭔가 결단을 내야 한다는 조급함이, 나를 또 앞뒤 못 가리는 불덩어리로 만들었다.

어느 날, 소녀를 만나자 나는 또 이글거리는 분노로 쏘아붙였다.

"진짜 독버섯이 되고 싶어?"

"아직도 그 독버섯 망령이야?"

소녀도 고분고분하지 않았다. 아니, 비웃기라도 하듯 입술을 비죽거렸다. 더 이상 역정을 참을 수 없는 나는 가시 돋친 목소리로 소녀에게 쏘아붙였다.

"믿게 해줘! 믿게 해달라고!"

"뭘 믿게 해달라는 건데?"

"너의 그 남자편력!"

"뭐라고?"

나는 그때, 소녀가 그처럼 화를 내는 얼굴은 처음 보았다. 벌떡 자리를 차고 일어선 소녀는 입가에 묘한 웃음을 흘리며 내 시야에서 사라졌다. 그렇다. 내 눈앞에서 영원히 사라진 것이다. 아니다. 내가 소녀를 쫓아버린 건 아닐까? 나는 소녀를 사랑하긴 한 걸까?

그 뒤 소녀는 보란 듯이 나를 더 비참한 구렁텅이로 몰아넣었다. 홧김에 뭐 한다는 옛말이 무색한 만큼. 소녀는 여고를 졸업하자 목하 포격 중이라던 공군 중위와 동거에 들어갔다. 아이까지 낳았다는 소문이 파다하게 퍼졌다. 그때의 나는 거의 죽은 목숨이나 다름없었다. 후회와 분노로 휩싸인 나는 어떻게 하면 세상을 등질까, 오직 그 생각뿐이었으니까.

갑자기 아내의 얼굴이 소녀의 얼굴 위에 겹쳐온다. 소녀와 달리 오직 순종, 헌신밖에 모르는 아내의 얼굴이다. 그런 아내를 나는 사랑한다! 말한 적이 있었던가. 아내는 6·25전쟁 때 폭격으로 가족을 몽땅 잃고 고아원에서 자랐다. 전화국 교환수 생활 중 구세주처럼 나타나, 실연당하고 부모 잃은 공허감에 방황하고 있는 나를 이렇게 어엿한 가장으로 구원해준 여자가 아닌가.

야심한 시각. 어디선가 들려오는 종소리. 그제야 나는 이번에 당선된 소설 제목이 「종소리」라는 것을 새삼 깨닫는다. 퍼뜩, 「종소리」의 마지막 구절이 생각난다.

<종소리는 시작이고 끝이다. 아니, 시작이 있을 뿐 끝이 없는 게 종소리다. 여운 때문이다. 여운이 있는 한 종소리는 계속 우리 가슴에 울릴 거다. 은은히, 넓게.>

아내의 얼굴 위에 느닷없이 미국의 의사 아들 얼굴이 떠오른다. 거기에 헤어진 의사 며느리의 얼굴도 겹친다. 서로 사랑해서 결혼한 아들 내외지만 남매를 둔 채 갈라섰다. 사랑이란 것,

어쩌면 독버섯 같다는 게 맞는 말이 아닐까.

갑자기 현기증이 인다. 아내의 걱정이 옳았는지 모른다. 나이를 생각해야 한다는 아내의 걱정이. 좀 쉬고 나면 괜찮아지겠지. 어서 잠자리에 드는 게 상책일 성싶다.

나는 불을 끄고 서재를 나오면서 내일 아침 일어나자 마자 무엇보다 당선소감부터 다시 써야 한다고 마음먹었다. 먼저 쓴 당선소감을 깡그리 지우고, 종소리의 그 여운을 당선소감에 담아보면 어떨까?

아니다. 아내 이야기를 써야 할 것 같다. 아니다. 소녀와의 이야기를 담는다고 뭐가 달라지는 거지? 아니다. 아내 이야기를 써야 한다. 아니다. 소녀 이야기를 쓰고 싶다. 아니다. 아니다….

너와 나의 끈

"바빠서 그럴 거야, 아빠는."

녀석은 의외로 제 아비를 감쌌다. 할아비의 짐작 같아서는 그러게! 아빠는 왜 전화도 안 하고 그러지? 녀석의 볼이 부르틀 거라 여겼다.

학교에서 돌아온 녀석은 가방을 어깨에서 벗어 던지기 무섭게 TV 앞에 앉았다. 간식으로 내준 과일은 거들떠보지 않고 곧장 애니메이션인지 만화인지에 빠져든다. 과일은 왜 안 먹어? 오늘 학교는 재미있었어? 아무리 말을 붙여도 녀석은 여전히 할아비의 존재는 관심 밖이다.

그렇다. 머쓱한 할아비가 녀석을 놀려줄 양으로 구시렁거렸을 뿐이다. 네 아비는 전화도 않고 왜 그 모양인지 모르겠다. 쯧쯧, 혀까지 차면서 제 아비를 탓했다. 근데 녀석이 그처럼 제 아비를 감싸다니, 핏줄은 어쩔 수 없나 보다.

녀석은 얼마 전 초등학교 2학년에 올라갔다. 유치원을 거쳐 초등교에 입학했지만 아직 한 번도 아침에 학교를 안 가려 꾀를 부리거나 떼 쓰는 일이 없다. 학교 가기를 싫어하면 어쩌나, 은근히 걱정했지만 녀석은 학교 가는 것을 보통 재미있어하지 않았다.

녀석의 등하교는 전적으로 할아비 몫이다. 등하교뿐이 아니다. 아침저녁의 끼니는 물론 간식까지 챙겨주는 게 다 할아비가 할 일이다. 녀석의 어미는 새벽에 출근해서 저녁 9시가 넘어야 퇴근한다. 동대문 의류디자이너로 일하는 어미가 야시장까지 둘러보는 날은 자정이 훨씬 넘어 집에 들어올 때가 다반사다.

할망구가 죽고 난 뒤부터 녀석의 뒤치다꺼리는 죽으나 사나 할아비의 차지다. 새벽같이 일어나 녀석을 깨워 세수시키고 옷 입히고 밥 먹여 학교를 보내는 일부터, 학교에서 돌아온 뒤 간식 챙겨주고 저녁먹이고 공부 도와주고 목욕시켜 잠재우는 일까지 할아비의 손이 미치지 않은 데가 없을 만큼.

"오늘 점심은 잘 챙겨 먹은 거여?"

"…."

녀석은 여전히 대꾸가 없다. TV 화면은 어느새 '린자고'가 끝나고 그 역시 일본에서 들여온 '파워레인저'가 방송 중이다.

사내 녀석이기 때문인지 같은 만화라도 액션물, 변장술을 곁들인 격투장면을 좋아한다. 걸핏하면 이 할아비를 상대로 만화에서 본 장난감 총과 칼을 들고 총싸움, 칼싸움을 하자고 덤빈다. 아비가 옆에 있으면 아비하고 해야 하는 전투놀이를, 비실비실 할아비와 할 수밖에 없는 녀석이 측은하기도 하다.

"점심 잘 챙겨 먹었느냐고 묻지 않아. 이 할아비가?"

할아비는 한껏 목청을 돋운다. 그래도 녀석은 정신이 없어 보인다. 눈앞에 전개되는, 괴물과 격투를 벌이는 '파워레인저'에 푹 빠져 있다. 할아비와 말 안 할 거야? 몇 번이고 다그쳐 봤지만 소용이 없다. TV 화면에서 흘러나온 얏! 에잇! 하는 기합 소리에 따라 움직일 뿐, 이 할아비의 염려와 보살핌은 보기 좋게 외면당한다.

녀석은 먹는 게 시원찮은 편이다. 아침도 제대로 먹지 않고 학교 갈 때가 많을 만큼. 점심때 학교급식이라도 잘 챙겨 먹을까, 할아비의 걱정은 한도 끝도 없다.

그래선지 녀석은 또래 아이들에 비해 너무 왜소하다. 좀 듬직한 아이와 나란히 서있을 때는 전봇대에 매미가 붙어있는 듯해 할아비의 마음을 짠하게 할 때가 적잖다. 녀석의 아비는 깡마르고 왜소한 녀석과는 전혀 딴판이다. 아비는 포동포동 살이 오른 게 저 하나만 챙기는 막내 같다. 또릿또릿하고, 친구들 좋아하고 챙기는 녀석과 아비는 달라도 너무 달랐다.

"할아버지! 할아버지!"

학교에서 돌아온 녀석이 할아비를 보자 숨넘어갈 듯 다급하게 묻는다.

"엄마와 아빠, 이혼한 거, 맞아?"

"갑자기 그게 무슨 말이지…?"

영문을 몰라 뒷말을 흐리며 할아비는 녀석의 눈빛을 살핀다. 무엇 때문에 새삼 그런 걸 물어올까, 언뜻 녀석의 속셈이 헤아려지지 않는다. 혹시 애들에게 놀림을 당한 건 아닌가, 조심스럽게 눈치를 보며 녀석의 자초지종에 귀를 기울인다.

"환이가 그랬어. 걔가 엄마하고 단둘이 사는 건 엄마와 아빠가 이혼했기 때문이래. 나도 걔처럼 아빠 없이 엄마하고만 살고 있잖아. 엄마아빠가 이혼해서 그런 거야, 할아버지?"

환이라면 같은 아파트단지에 사는 반 친구다. 그 아이는 그 아이 말마따나 부모가 이혼해 편모슬하에서 살고 있는 게 맞다.

"너도 니네 아빠와 같이 살지 않은 건 니네 엄마와 이혼했기 때문이야."

"아니다. 우리 아빠는 돈 벌러 미국에 가 있다!"

두 녀석은 그렇게 한 치의 양보 없이 다툰 눈치였다.

할아비는 난감했다. 이 기회에 진실을 얘기하나, 아니면 종전대로 적당히 얼버무리나 망설인다. 생각 같아서는 다 털어

놓고 싶다. 하지만 녀석의 충격이 두렵고 무섭다. 아니 녀석의 어미가 문제다. 아빠는 미국에 가 있어, 돈 많이 벌어 돌아올 거야, 그렇게 어미가 말해온 것을 할아비 맘대로 뒤엎을 수 없어서다.

"너, 아빠가 보고 싶은 거구나. 그런 거지?"

할아비는 일단 화제를 바꾼다. 어쩌면 지금껏 적당히 둘러대 온 거짓말에 대한 견제구랄까.

"그렇게 아빠가 보고 싶으냐고?"

"으응…."

심드렁한 반응이다 싶더니 녀석은 갑자기 옥타브를 높인다.

"아빠는 어떻게 생겼어?"

"물론 너와 붕어빵이지."

"정말!"

"그렇다니까."

녀석의 표정은 금세 휘파람이라도 불듯 밝아진다. 이웃의 같은 반 친구처럼 엄마 아빠가 이혼한 거 아니야? 다그쳐 묻던 그 의문투성이의 참담한 얼굴에서 검은 구름이 싹 가셨다. 호기심 많은 어린이로 다시 돌아간 걸까. 녀석은 어느새 닌텐도 게임기에 빠진다. 후유, 그제야 할아비는 안도의 숨을 가만히 내쉰다.

녀석은 제 아빠를 전혀 닮지 않았다. 아까 무심코 한 말, '붕

어빵'은 입에 붙은 말이다. 할아비가 아는 녀석의 아빠는, 바짝 마른 아들과 달리 얼굴, 몸매에 살이 풍선처럼 부풀어 있다. 거기에다 얼마나 골초인지 말할 때마다 담배 냄새가 푸푸 풍겼다. 듬직한 덩치 값도 못 하고 안절부절못하던 녀석의 아빠 모습은 아직도 할아비의 기억에는 생생하다.

녀석은 물 흐르듯 순탄하게 세상에 태어나지 못했다. 어쩌면 태어나지 말았어야 할 생명인지 모른다. 무엇보다 아비가 녀석의 탄생을 거부했고, 외할머니인 할망구의 반대도 만만찮았다. 할아비는 아비나 할망구처럼 극구 녀석의 탄생을 거부, 반대는 안 했지만 마뜩찮게 여긴 건 마찬가지다.

할아비는 녀석의 아비를 두어 번 만난 일이 있다. 처음은 그저 아비의 의중을 넌지시 떠보기 위함이었다. 하지만 만나자 댓바람에 "아이는 낳을 수 없습니다. 지금은 결혼할 형편이 아닙니다." 아비의 완강한 태도에 할아비는 그만, 아비에 대한 정나미가 십 리 밖으로 떨어져 나갔다. 아비의 무책임이 뼛속까지 스며들었다. 할아비는 길게 얘기할 필요가 없다고 생각했다.

"알았네, 그쪽 생각을!"

녀석의 아비를 만나고 돌아온 할아비는 딸애에게 뱃속의 아이를 지우도록 종용한다. 다른 말이 필요 없었다. 아비가 아이를 원하지 않고 있지 않은가.

하지만 딸애는 "아빠. 지금 제 나이가 서른여섯이에요. 이번 기회를 놓치면 전 영영 아이를 가질 수 없을 거예요. 낳고 싶어요. 그 사람이 원하든 안 하든 전 낳을 거예요!" 단호한 결심이었다. 딸애의 그 완강함을 할아비는 어쩌지 못했다. 또 생명의 불씨를 두고 줄다리기를 한다는 건, 사람으로서 할 도리가 아니라는 생각도 들었다.

두 번째 녀석의 아비를 만난 건 그저 딸애의 결심을 전하기 위해서였다. 타협의 여지가 없다고 판단했다. 사춘기도 아니고 30대 중반의 애들이 아닌가. 팽팽한 고집을 꺾기는 물 건너 갔다고 여긴 할아비는 딸애의 결심을 이렇게 전했다. 분명한 어조로.

"이유야 어쨌든 걔는 아이를 낳을 결심이네. 더 할 얘기가 없네."

녀석은 제 아비의 얘기를 그렇게 많이 들먹이진 않는다. 어쩌다 아빠 얘기가 나오면 스스럼없이 얘기하지만 결코 아비 얘기를 먼저 꺼낸 적이 없다. 먼저 말을 꺼낸 적은 없지만 아빠를 그리워하는 마음만은 남다른 것 같았다.

어느 날 저녁, 어미에게 한 통의 국제전화가 걸려왔다. 그러나 어떻게 된 셈인지 걸려온 국제 전화는 금세 끊겼다. 잘 못 걸려온 국제전화인 듯했다. 통화 중 어미의 입에서 "거기가 미국이라고요?" 몇 차례 되풀이되다가 급기야 국제전화는 끊기고 말았다.

바로 그때다.

"엄마, 왜 전화를 끊어? 미국 아빠한테 온 전화인지 모르잖아?"

녀석의 볼멘 소리가 옥타브를 탔다. 아빠인 줄 알면서 전화를 끊어버렸다고 생각했는지, 녀석의 볼멘 목소리에 원망의 빛이 잔뜩 배었다.

"아니야. 잘못 걸려온 전화였어. 저쪽에서 전화를 끊은 거라고."

어미도 제 아들의 원망과 아빠에 대한 그리움을 눈치챘는지, 부드러운 말투로 전혀 상관없는 전화였다는 듯 어깨를 으쓱해 보였다.

녀석도 더 이상 아빠 얘기로 실랑이를 하지 않았다. 언제 그랬냐는 듯 녀석은 금세 게임기에 빠져들었다. 그만큼 녀석은 여느 애들과 달리 제 아비에 관한 한 속이 깊다. 한 번도 본 적 없는 아빠다. 그리움이 오죽할까 만은 그리움을 겉으로 쉽게 드러내지 않을 만큼 녀석은 어른스러운 데도 있다.

하지만 할아비는 안다. 녀석의 아빠에 대한 남다른 그리움을. 단순한 그리움이 아니다. 믿음 같은 것, 어쩌면 존경심 같은 게 어린 녀석의 가슴에 자리 잡고 있으리라.


그날도 녀석은 여느 날과 다름없이 오후 3시께 학교에서 돌아왔다. 방과 후 영어학원에까지 다녀오느라 귀가가 좀 늦었다.

한데 녀석은 왠지 시무룩하다. 딴 때 같으면 집에 들어서기 무섭게 가방을 벗어 던지고 게임기에 몰두하거나 TV를 켜놓고 만화 보기에 바빴다. 하지만 녀석은 소파 한쪽에 파묻힌 채 씩씩대고만 있다.

"왜 그래? 친구들과 다퉜어?"

"아니라고!"

녀석은 버럭 소리를 지른다. 끓어오른 화를 삭이지 못해 잔뜩 표정을 우그러뜨린 채.

달래고 얼러서 겨우 녀석이 부르튼 이유를 알아낸다. 역시 녀석은 철없는 아이였다. 방과 후 아이들과 좋아하는 축구놀이를 못한 게 무척 속상했던 것 같다. 녀석은 유치원에 다녔을 때부터 유소년축구부에 들 만큼 공 차는 것을 좋아했다.

"너도 축구를 하면 될 거 아냐?"

"바보, 할아버지 바보."

"바보? 할아버지가 왜?"

"애들이 축구할 때 나는 영어학원에 간단 말이야."

그건 곧 영어학원에 가기 싫다는 말로도 들렸다. 마음 같아

선 그래, 학원 가는 거 그만 두고 방과 후 네가 하고 싶은 축구나 하렴, 하는 마음이 굴뚝같았다. 하지만 할아비는 입 밖으로 나오려는 말을 꿀꺽 삼킨다. 섣불리 녀석을 부추겼다가 어미에게 무슨 말을 들을지 몰라서다.

"영어 배우는 게 싫은 거구나?"

"아냐, 영어는 싫지 않단 말이야."

"깍쟁이. 영어가 싫지 않은 건 아빠 때문이구나. 미국에 가 있는 아빠….."

"아빠도 영어 잘해?"

"당근이지. 미국에서 영어 못하면 벙어리지 뭐."

"아빠 만날 때 나도 영어로 말해야겠지?"

"당근이지."

"….."

녀석은 뭔가 생각하는 눈빛이다. 갈등하는 빛도 역력하다. 한참 만에 밝은 표정으로 돌아온 녀석은 결심한 듯 이렇게 말했다.

"할아버지, 나 영어학원에 열심히 다닐 거야."

그러나 할아비의 마음은 편치 않다. 진실이 드러났을 때 녀석의 실망과 상심이 눈에 밟혀서다.

그날부터다. 할아비가 마음의 병을 앓기 시작한 건. 자꾸만 녀석의 실망과 상심이 쇠바늘로 가슴을 콕콕 찌르는 것 같았기 때문이다.

시간이 걸리겠지. 어쩌면 그리 오래 걸리지 않을 수도 있어. 사실을 알았을 때 어린 가슴은 찢어질 듯 아파하겠지. 하지만 어찌하겠나. 어차피 한번은 맞닥뜨려야 할 매가 아닌가. 조금 일찍 맞는 매가 덜 아플 수도 있지. 어린 탓으로 고통도 크겠지만 또 쉽게 잊어버릴 수도 있으니까.

어미가 문제다. 녀석의 아비에 대한 미련을 깨끗이 지어버리지 않은 게 걸림돌이다. 언젠가 돌아오겠지, 어미의 그 막연한 기대를 버리지 않은 한, 사실을 아이에게 밝히기 쉽지 않다는 걸 할아비가 모를 리 없다.

그렇다. 어미는 바보다. 그 반반한 얼굴에 뭐가 씌워서 한쪽만 보고 사는지 모른다. 돌아선 남자의 무엇을 믿고 혼자 아이를 키우려는지, 알다가도 모를, 참으로 답답하기 이를 데 없는 어미다. 자라는 애한테 아비의 존재가, 역할이 얼마나 중요한가를 어미는 왜 모르는 척하는 걸까.

언젠가 할아비는 어미에게 슬그머니 재혼할 의사를 타진한 바 있다. 하지만 어미는 그럴 필요 없어요, 싹둑 말뜻을 잘라버렸다. 혼자서 아이를 키울 결심만 다시 한번 확인했을 따름이다.

대학 때부터 사귀어온 녀석의 어미아비다. 30대 중반, 사랑의 씨앗을 잉태하자 왜 서로 냉랭히 돌아섰는지, 그 속사정을 할아비는 쉽게 헤아리지 못한다. 못된 것들. 애는 어쩌라고, 아비 없이 자랄 애는 어쩌라고, 할아비는 아무리 고쳐 생각해도 아비는 물론 어미조차 저희 자존심만 챙기는 못된 심사가 도무지 이해되지 않았다.

왜 그랬을까? 어미아비는 왜 아이를 가진 시기에 결별을 택했을까? 할아비는 녀석 아비의 성격을 잘 모른다. 하지만 녀석 어미의 성격은 뼛속까지 들여다볼 수 있다. 모르면 모를까, 딸애는 죽었다 깨어나도 살갑고 아쉬운 소리를 못 하는 성질머리다. 눈치가 조금만 보여도 쉽게 물러서는, 융통성이라고는 눈곱만치도 없는 성질머리.

아니다. 두어 번 만나본 아비의 성깔도 철딱서니가 없기는 마찬가지인 것 같다. 모르면 모를까, 저만 생각하는 이기심 뭉치일 가능성이 높다.

"나, 아이 가졌다. 어쩌지?"

"아이? 안 돼. 지워버려!"

할아비 생각에는 어미아비가 그런 대화 끝에 토라졌을 게 십중팔구다. 서로가 좀 더 시간을 갖고 사려 깊은 행동을 했더라면 하는 아쉬움도 할아비의 마음에서 지워지지 않고 있다.

할아비가 알기로는 녀석의 어미는 애아범이 첫 남자다. 사귀어온 남자가 아비 말고는 얼씬한 것도 못 보았다. 하지만 아비의 여자 친구는 딸애 말고도 여럿인 것 같은 느낌이었다. 대학 다닐 때부터 사귀다 헤어지고, 다시 만났다 헤어지기를 밥 먹듯 하는 걸 보면 알조다. 반면 어미는 아비와의 관계를 깨끗하게 정리하지 못한 것 같았다.

언젠가 할아비는 어미의 일기를 훔쳐본 일이 있다. 아비와의 사이를 구체적으로 언급한 내용은 물론 없다. 하자만 '네가 내 곁을 떠났지만 나는 언제나 네 곁에서 너를 지켜볼 거야' 등의 구절이 자주 눈에 띄었다. 어렴풋이나마 할아비는 어미아비의 관계, 어미가 아비에 비해 한층 더 순정적인 반면, 제가 무슨 나비라고 이 꽃 저 꽃 옮겨 나는, 아비의 자유 분망한 철딱서니를 지레짐작할만하다.

아비는 한마디로 책임감이라곤 눈곱만치도 없다고 할아비는 생각했다. 사려보다 노는 재미에 치우친 성정. 그렇지 않고야 제 핏줄을 그렇듯 나 몰라라 무심할 수 있을까. 그 인간성에 의심이 갈 만큼.

할아비는 녀석을 낳자 제일 먼저 제 아비의 휴대폰으로 메시지를 보냈다. 자네의 귀여운 아들일세, 갓난아이의 사진까지 찍어 '핏줄의 탄생'을 알렸다. 제 핏줄을 보면 마음이 열리겠지, 기대하면서. 물론 기대는 여지없이 무너졌다. 이렇다 할 반응이 아비로부터 전혀 보내오지 않아서다.

할아비는 처음은 좋게 생각하려고 무진 애썼다. 아비가 전혀 바라지 않은 녀석이 아닌가. 아비는 충분히 갈등을 느낄 수 있다 여겼다. 흔들리는 마음을 다잡고 아비로 나서느냐, 아니면 끝까지 모른체 외면할 거냐를 두고 고민했을 법했다.

하지만 할아비는 녀석의 백일과 돌이 지난 뒤 마음이 바뀐다. 백일과 돌 때도 할아비는 같은 방법으로 아비의 핸드폰에 사진까지 찍어 메시지와 함께 띄웠다. 물론 기대는 여지없이 무너진다. 여전히 녀석의 아비로부터 이렇다 할 반응이 없어서다. 그래, 두 번 다시 네 놈에 대한 기대는 없을 거다, 부르르 떨리는 주먹을 불끈 쥐었던 그때를 할아비는 똑똑히 기억하고 있다.

그 생각만 하면 할아비는 녀석의 아비가 미워진다. 그지없이 밉다. 그 무심함에 심사가 뒤틀릴 만큼. 아무리 바라지 않은 녀석이지만 이미 태어난 제 핏줄이 아닌가. 어찌 그리 무심한지, 괘씸한 나머지 할아비는 잠자리에 들 때마다 녀석의 아비를 얼마나 저주했는지 모른다.

몸살기가 있는지 몸이 찌뿌둥하다. 서녘 하늘에 먹구름 떼가 몰려온다. 소나기라도 퍼부을 모양인가. 비라도 한줄기 시원하게 퍼붓고 나면 찌뿌둥한 몸이 좀 풀릴까.

"왜 그래, 할아버지? 어디 아파?"

할아비는 녀석의 소리에 눈을 번쩍 뜬다. 눈앞에 놀란 녀석의 토끼눈이 확 들어온다. 할아비는 누워있던 소파에서 벌떡 일어났다.

"그새 이 할아비가 깜박 잠이 든 모양이네."

"근데 할아버지, 왜 땀을 그리 많이 흘려?"

"글쎄, 너무 더워서…."

"눈도 뻘게. 감기든 거 아냐, 할아버지?"

녀석의 걱정이 이만저만 아니다.

할아비는 벽에 붙은 시계를 본다. 오후 2시가 훨씬 넘었다. 딴 때 같으면 녀석은 학교에서 돌아오기 무섭게 가방을 팽개치고 밖에 나가 놀 시간이다.

"간식 먹어야지?"

"싫어. 할아버지는 왜 맨날 싫다는 과일을 먹으라고 해."

"과일을 많이 먹어야 할아버지처럼 식은땀 흘리지 않고 눈도 안 뻘게지지."

"싫어. 먹고 싶지 않아."

하지만 할아비는 녀석을 얼리고 달래서 과일 몇 조각이나마 먹이고 밖으로 내보낸다. 안 먹으려는 녀석이나 먹이려는 할아비가 거의 필사적이다.

녀석이 나가자 할아비는 다시 소파에 비실비실 쓰러진다. 긴장이 풀리면서. 그래, 녀석은 이 할아비에게는 긴장이다. 녀석이 눈앞에 있으면 저절로 맘과 몸이 꼿꼿해진다. 조금도 한눈을 팔 수 없을 만큼.

이러면 안 되는데⋯. 할아비는 몸을 일으켜 세우려 안간힘이다. 어미와 녀석, 할아비뿐인 단출한 식구다. 할아버지가 몸져누우면 녀석을 누가 돌보고 챙긴단 말인가. 어떻게든 몸살 감기 기운을 떨쳐내야 한다, 할아비는 입을 앙다물고 몸을 일으켜 소파에 기대어 앉는다.

　조금 전 할아비는 끙끙 앓으면서 꿈을 꾸었다. 녀석이 막 학교에서 돌아와 간식을 먹이고 있는데 초인종이 울렸다. 잡상인인가, 현관문을 연다. 근데, 이게 누군가. 접니다, 눈앞에 서 있는 건 다름 아닌 녀석의 아비였다. 뻔뻔하기 이를 데 없는 아비의 상판대기.

　할아비는 벙벙했다. 생각해 보라. 극구 제 핏줄의 탄생을 거부한 아비다. 뿐인가. 백일 때도, 돌 때도 귀엽게 자란 제 아들의 모습을 사진에 담아 메시지로 보냈지만 무심히 지나쳐버린 녀석의 아비가 아닌가.

　"웬일인가, 자네가?"

　"제 자식을 찾으러 왔습니다!"

　"자식을 찾으러?"

　"뭐가 잘못됐습니까?"

　"뻔뻔한—."

　할아비는 다음에 쏟아질 '놈'자를 꿀컥 삼킨다. 옆에서 이 광경을 지켜보고 있을 녀석을 의식해서다. 다리가 후들후들

떨렸지만 할아비는 단호하게 외쳤다.

"돌아가게. 애에게 자네 같은 비열한 아비는 없네!"

말이 끝나기 무섭게 할아비는 꽝, 현관문을 닫아버렸다.

하지만 녀석의 아비는 현관문을 밀치고 안으로 들어선다. 그리고 이 할아비의 허리를 꼭 붙들고 있는 녀석에게 말을 붙이지 않는가.

"이름이 뭐지? 내가 네 아빠다."

"…."

하지만 녀석은 의외로 냉랭하다. 아비가 손을 뻗쳐 머리를 쓰다듬으려 하자 머리를 뒤로 휙, 젖히며 아비의 손길을 피한다.

녀석의 당돌한 행동에 할아비는 당황했다. 내색은 안 하지만 얼마나 그리워하던 아비인가. 덥석, 안겨도 시원찮은 판에 뒷걸음치다니. 꿈이지만 도저히 상상하기 힘들었다.

그랬다. 꿈속에서 녀석은 분명히 아비를 거부했다. 아니다. 그건 꿈일 뿐이다. 꿈처럼 녀석이 실제로 아비를 거부할지는 의문이다. 얼마나 그리워하던 아비인가. 할아비는 갈등에 휩싸인다. 머리가 복잡해진다. 꿈과 현실이 뒤범벅이 된 할아비의 머리는 다시 소파에 눕고 싶은 충동에 시달린다.

하지만 할아비는 눕지 않고 버틴다. 녀석을 생각하면 저절로 긴장됐다. 녀석은 할아비에게는 곧 긴장이니까.

그랬었다. 녀석은 아비를 똑바로 쏘아보며 소리쳤다.

"난 아빠 없어요!"

"…."

"울 아빠는 죽었단 말예요!"

"…."

비록 꿈속이었지만 할아비는 녀석의 서슬 퍼런 눈빛을 똑똑히 보았다. 마치 원수 대하듯 아비에게 쏘아붙이는 녀석의 독침 목소리가 아직도 할아비 귀에 앵앵하다. 그래, 그랬는가. 할아비는 어쩐지 녀석이 짐작보다 강하다는 생각이 들었다.

밝히자. 할아비는 더 이상 망설일 필요가 없다고 생각했다. 네 아비는 이 세상에 없다, 아비 없이 엄마와 단둘이 살 수밖에 없다고 말해 주자. 그 해답을 꿈에서 암시해주지 않았는가. 어미가 퇴근하면 일단 어미와 상의해보자. 그런 게 녀석을 더 강하게 만들지 모른다는 생각으로 할아비의 몸은 더욱 뜨겁게 달아올랐다.

어미의 퇴근은 그날따라 더 늦었다. 녀석에게 저녁을 먹이고 재능학습을 시키도록 어미는 오지 않았다. 목욕을 시킨 녀석이 스르르 잠이 든 뒤에야 어미는 피곤한 듯 얼굴을 잔뜩 우그러뜨리고 들어선다.

어미가 씻고 옷을 갈아입은 뒤 부녀는 마주 앉았다. 새벽같이 나가고 저녁 늦게 들어오는 어미와 마주 앉는 것도 오랜만이다. 헛기침을 몇 번 한 끝에 할아비는 말문을 연다. 신열 때문인지 말소리는 떨렸다. 하지만 할아비는 분명한 어조로 어미에게 말했다.

"녀석의 아비가 미국에서 교통사고로 죽었다고 하면 어떠냐!"

하지만 어미의 반응은 의외로 심드렁하다. 어미의 무표정한 얼굴에 눈길이 미치자 할아비는 역정이 끓어오른다.

"언제까지 녀석을 아비 없는 애로 키울 거냐?"

"왜 걔가 아비가 없어요?"

뜻밖에 어미도 거세게 나온다. 할아비도 물러서지 않았다.

"아비가 있음 뭘 해? 제구실도 못하는데."

"엄연히 아비가 있는데 없다고 거짓말할 순 없잖아요."

"아홉 살이 되도록 무심한 아비인데?"

"…."

"기다려봤자 너만 바보 되는 거다. 어쩜 녀석의 아비는 그새 장가를 갔는지도 몰라. 그래도 기다릴 작정이냐?"

"이런 문제로 아빠하고 다투고 싶지 않아요."

어미는 벌떡 일어서더니 제 방으로 들어가 버린다.

잔뜩 잡아당긴 활시위가 끊어진 듯 할아비는 허탈하다. 가뜩이나 신열로 몸을 가누기 힘든 할아비는 비틀대며 자기 방으로 들어가면서 중얼댄다. 미련한 거, 제가 무슨 성춘향이라고. 떡 줄 사람은 생각도 않는데 김칫국이나 마시겠다고? 냉랭한 딸의 태도에 할아비의 심기는 몹시 뒤틀린다. 아, 울고 싶기까지 하다.

그날 밤. 할아비는 꿈에서 죽은 할망구를 본다. 할망구가 소복을 하고 머리를 산발한 채 나타났다. 그리고 왜 이리 태평하게 잠만 자는가, 호통이었다. 하지만 할아비는 할망구가 반가웠다. 비록 모습은 으스스했지만 어미의 황소고집에 가슴을 치고 싶도록 답답한 참이었다. 글쎄 어미란 년이…, 하소연이라도 할 양으로 가래 끓은 목청을 가다듬는데 할망구는 어느샌가 홀연히 눈앞에서 사라져버렸다.

할아비는 꿈속에 잠깐 나타난 할망구가 원망스럽다. 할망구가 살아있다면 할아비 혼자서 이 고통을 겪지 않았을 게 아닌가.

할망구가 세상을 뜬 건 녀석이 3살 때. 녀석이 한창 재롱을 떨 무렵, 시름시름 앓던 할망구는 그 길로 그만 세상을 등졌다. 할아비는 누구보다 허탈했고 아득했다. 아내를 잃은 슬픔도 슬픔이지만 녀석의 뒷바라지를 어떻게 감당할지, 눈앞이 캄캄했다.

할망구가 떠난 뒤 집안 살림은 자연 할아비에게 넘어왔다. 집안을 치우고, 녀석을 챙겨줄 뿐 아니라 시장을 보고 밥 짓는 일에 이르기까지 집안의 크고 작은 일을 할아비가 도맡아 할 수밖에 없었다.

그때까지만 해도 할아비는 라면조차 제대로 못 끓였다. 그래서 처음 몇 달은 시행착오도 적잖이 되풀이했다.

밥은 쌀을 씻어 적당히 물을 붓고 밥통에 앉혀 스위치만 누르면 그만이었다. 하지만 반찬은 장난이 아니었다. 게다가 녀석은 편식이 심했다. 아무거나 해준다고 덥석덥석 먹어대는 식성과는 거리가 멀었다.

녀석은 고기류를 그다지 좋아하지 않았다. 그렇다고 생선을 좋아하느냐 하면 그도 아니었다. 매캐한 오징어무침, 심지어 삶은 오징어를 초고치장에 찍어 먹는 것을 무척 즐겼다. 김치는 안 먹는데 깍두기는 먹는 녀석의 식성을 맞추는 데 그처럼 두어 달이 걸린 것이다.

어느새 녀석은 9살, 초등 2년생이 됐다. 샘 많고 호기심 많아진 녀석은 뭐든지 궁금해 죽는다. 무슨 일이건 왜, 왜죠? 의문을 단다. 때론 할아버지, 나도 늙어? 왜 늙는 거지? 뜬금없는 질문도 해서 할아비를 곤혹스럽게 만든다. 아비가 곁에 있었다면 좀 더 명쾌한 대답을 해줄 수 있었을까? 새삼 아비가 또 죽이고 싶도록 미워진다. 죽이고 싶도록 밉다. 죽이고 싶도록, 죽이고 싶도록….

"할아버지, 할아버지. 왜 그래? 어디 아파?"

녀석이 할아비의 몸을 세차게 흔든다. 땀범벅이 된 얼굴로

이를 갈며 뭐라고 중얼대는 할아비의 모습이 녀석에게는 심상치 않게 느껴진 모양이다.

눈을 뜬 할아비는 벌떡 잠자리에서 일어난다. 할아비는 머리맡의 괘종시계를 본다. 시침이 오전 8시를 가리키고 있다. 녀석을 학교에 보내려면 서두를 시간이다. 몸뚱이가 천근만근이다.

"아침 먹고 학교 가야지?"

"먹었어. 엄마가 차려놓고 간 아침은."

"그랬구나."

"엄마가 이거, 할아버지 주면서 병원에 가라고 했어."

녀석이 5만 원짜리 한 장과 어미가 남긴 쪽지를 코앞에 내민다. 새벽에 일어난 어미가 끙끙 앓은 할아비를 못 볼 리 없다. 보나 마나 제 자식을 돌보는 할아비가 몸져눕기라도 하면 큰일이라 싶었을 게다.

할아비는 녀석의 놀란 토끼눈을 본다. 할아비를 바라보는 녀석의 눈빛은 걱정과 놀라움으로 어찌할 바를 모르고 있다.

"왜? 할아비가 어떻게 될까 봐?"

할아비는 차마 '죽을까 봐'라는 말을 입에 담지 못한다. 그런 할아비의 마음을 아는 지 모르는 지 잔뜩 겁먹은 녀석의 목소리는 안달이 날 대로 나 있다.

"나 오늘 학교 안 갈래, 할아버지. 할아버지랑 함께 병원 갈 거야. 빨리 일어나, 할아버지! 병원에 가야 한다니까, 할아버지!"

녀석은 거의 필사적이다. 말끝마다 '할아버지'를 빼놓지 않은 걸 보면 녀석이 얼마나 불안해하는지도 짐작할만하다. 그래. 녀석을 두고 눈을 감을 순 없지. 눈감을 수 없고말고. 할아비는 기를 쓰고 몸을 일으켜 세운다. 녀석의 가냘픈 두 손도 기를 쓰고 할아비를 부추기려든다.

옷을 챙겨 입으면서 할아비는 그제야 손에 미처 읽지 않은 어미의 쪽지를 본다. 깨알같이 박아 쓴 어미의 글씨가 한눈에 들어온다. '병원부터 가서야겠어요. 그리고 아빠, 제발 억지 좀 부리지 마세요. 물은 어차피 낮은 데로 흐르기 마련이에요. 애는 무슨 일이 있어도 제가 키울 거라고요.'

할아비의 입에 묘함 웃음이 번진다. 등신, 애늙은이처럼. 그렇게 속으로 중얼대지만 할아비의 조급한 마음은 좀 갈았은 듯하다. 애가 아홉 살이 되도록 무심한 그 사람을 왜 내가 기다려! 어미의 항변이 들리는 듯 할아비는 떨리는 손에 쥐어진 어미의 쪽지에서 금세 눈을 떼지 못한다.

어지럼증도 어느 정도 갈았어서일까. 할아비는 비로소, 여전히 불안한 눈빛으로 할아비 곁에 서성대는 녀석을 본다. 할아비를 데리고 병원에 간다며 떼 쓰는 녀석을 가까스로 서둘러 등교시키고 할아비도 나갈 채비를 서두른다. 병원에 가기 위해. 할아비의 손에는 쪽지 대신 어미가 병원에 가라고 주고 간 5만 원짜리 한 장이 꼭 쥐어져 있다.

할아비는 조심스럽게 집 밖으로 나온다. 초겨울 햇살이 눈 부시다.

천사의 미소

밤 11시가 조금 지났을까. 설핏, 잠이 들려는데

"환~자~분~."

어느새 커튼 안으로 들어선, 물씬 정감이 묻어난 여자의 목
소리에 나는 후다닥 눈을 떴다. 커튼 밖 취침 등에 가려서 여
자의 얼굴은 뚜렷이 볼 수 없었다. 하지만 감미롭게 느껴진 그
목소리가 예사롭지 않게 다가왔다. 필시, 여자는 예쁠뿐더러
매력 또한 철철 넘칠 것 같은 직감이 온몸을 찌릿하게 휘감았
다.

"방금 교대한 담당간호사예요. 어디 불편한 덴 없나요?"

눈만 번쩍 떴을 뿐 죽은 듯 누워있는 나를, 간호사는 살짝
허리를 굽혀 내려다보며 말했다. 간호사의 두툼한 입술이 확
눈에 들이닥친다. 무 뽑다 들킨 사람처럼 화들짝 놀란 나는 얼

른 시선을 옆으로 비켰다.

간호사는 그따위 환자의 쑥스러운 시선은 관심 밖이었다. 지체 없이 체온계를 내 입에 물리고, 혈압측정기를 오른팔에 두르며 혈압을 체크하기 시작했다.

"불편한 데가 있으면 언제든 이거, 누르는 거 알죠?"

체크를 마친 간호사는 입에 물린 체온계를 꺼내 살펴보며 침상 난간에 매달린 호출기를 가리킨다. 그리곤 그 육감적 체취를 흩뿌리며 빙 둘러친 커튼 밖으로 홀연히 사라졌다.

간호사가 사라지자 내 마음은 이상하게 들썩거렸다. 요즘 따라 좀처럼 느껴보지 못한 훈훈함이다. 냉골 방에 내동댕이쳐진 몸뚱이를 누군가 따뜻하게 어루만져주는 듯 쇄연함이 한껏 기분을 들뜨게 만들었다.


수술을 받은 지 겨우 하루를 넘겼다. 하지만 여전히 나는 삶의 의욕을 놓아버린 채 다시 주워 담을 생각을 하지 않았다. 처음부터 나는 수술은 물론이고, 삶의 의욕을 깡그리 뭉개버린 채 죽기만을 고집부렸다. 아내는 말할 것도 없고, 알만한 지인들조차 어리석은 내 고집에 강력한 의문과 함께 압박을 가하며 수술을 부추기는데 열들을 올렸었다.

수술을 받아도 살 가망이 없다는 게 내 판단이었다. 간에 악성종양이 퍼졌다는 진단을 받은 건 불과 2개월 전. 아내에게마저 나는 떠날 때는 말 없이, 가면 그뿐이라는 가벼운 생각으로 시치밀 떼고 사실을 숨기며 지냈다. 왠지 나는 죽음이 두렵지 않았다. 짧은 생애지만 어렵다는 세상을 별 구애받지 않고 잘 살아왔기 때문이다. 당장이라도 죽어버린들 뭐 그리 아쉬움이 남을까. 애써 죽음을 대수롭지 않게 여기려 들었다.

하지만 죽는 것도 내 마음대로 되지 않았다. 누구보다 뒤늦게 사실을 안 아내가 기를 쓰고 끼어들었다. 미친개 끌 듯 나를 데리고 이 병원 저 병원을 돌아다닌 끝에, 아내는 간암 수술에 손꼽힌다는 Z병원으로 입원시키더니만 덜컥, 수술 날짜까지 잡아버렸다. 아, 죽게 좀 내버려 두지 않고! 나는 소리를 지르고 싶도록 심한 거부감으로 몸부림쳤다.

암세포가 간의 3분의 1을 침식했다지 않는가. 초기를 조금 넘긴 상태라 본인의 노력 여하에 따라 희망적일 수도, 절망적일 수도 있다며 담당 의사는 잔뜩 겁을 먹였다. 수술을 받고도 방사선치료와 항암제 복용 등 투병 생활을 해오며 고통을 호소하던 어느 지인을 떠올린 나는, 산다는 게 얼마나 지겨운가를 다시 한번 깨달았다. 과연 그 구차하고 복잡한 과정을 찍소리 않고 넘길 자신이 있을지 의심스러웠다. 아니, 그렇게밖에 할 수 없는 내가 한심스럽다는 생각도 들었다.

"환자분, 체중 체크했어요?"

아침 일찍. 어제 밤늦게 교대한 간호사가 아직도 침대에 누워있는 나에게 물었다.

"체중은 왜?"

"매일 아침, 체중을 체크하고 기록하는 거, 설명 못 들었나 보군요. 어서 일어나 체크하고 오세요."

간호사는 거의 명령조로 다그친다.

만사가 귀찮았지만 나는 간호사의 재촉에 못 이긴 척 침대에서 몸을 일으켰다. 수술한 지 불과 이틀 뒤라 몸을 움직이긴 그리 수월하지 않았다. 하지만 잔뜩 호기심을 불러일으킨 간호사의 얼굴이었다. 정면에서 볼 수 있다는 호기심은 그까짓 통증쯤 얼마든지 견딜 수 있을 것 같았다. 조심조심 나는 침대에서 내려서고는 비로소 간호사의 얼굴을 정면에서 바라봤다.

너무 기대했던 탓일까. 간호사의 얼굴은 언뜻 예쁘다는 느낌이 오지 않았다. 그렇다고 귀엽다고 보기도 그런, 가느다란 실눈에 두툼한 입술이 너무 안 어울렸다. 마치 사람을 잘 웃기는 희극 여배우를 보는 기분이었다.

아니다. 그 언밸런스의 조합이 오히려 묘한 충동을 불러들였다. 잔뜩 심술에 젖은 육감적 입술, 거기서 흘리는 졸음 먹은 코맹맹이 소리가 잠자는 내 관능을 들쑤시기에 족했다. 피가 하체에 몰리는 듯싶더니 대번에 아랫도리가 얼얼해졌다.

나는 간호사를 향한 채 거의 얼빠진 사람처럼 서 있었다. 배를 째고 수술을 한 환자답지 않게 성충동까지 느낀 이 해괴망측한 현상을 어떻게 받아들여야 할까? 사랑의 묘약이라는 게 그런 건지 나는 꿀꺽, 침 삼키는 소리가 내 귀에 들릴 만큼 보통 목이 타지 않았다.

"왜 그리 빤히, 제 얼굴만 보고 있는 거죠? 빨리 움직이세요. 도와드릴까요?"

그러나 나는 간호사의 친절한 보살핌을 뒤로한 채 수액과 진통제, 영양제 따위가 주렁주렁 매달린 이동식 폴트를 끌고 병실 밖으로 내달았다. 묵직한 아랫도리가 보통 거추장스러운 게 아니었다.


어렸을 때부터 내게는 그럴듯한 꿈이 없었다. 따라서 장차 뭐가 되겠다는, 원대한 포부 같은 것도 있을 리 만무했다. 한 가지 재주가 있긴 있었다. 그 한 가지 재주가 내 삶을 그럴듯 풍요롭게 해주리라곤 전혀 생각하지 못했지만.

오직 한 가지 재주로 한 가지 일에 매달려왔으므로 옆을 돌아보거나 그럴 필요를 느끼지 않았다. 한 가지 재간만 가지고도 직장이라는 공동체에서 융성한 대우를 받고 지내온 터라 굳이 다른 일을 생각하거나, 넘볼 필요가 없었다.

그저 앞만 보고 달렸다. 좋게 말해 한 우물을 파 성공한 사람이다. 한쪽만 보고 살았으니 세상물정에 어둡고 시야가 좁은 우물 안 개구리라 해도 변명의 여지가 없는 나였다.

나는 카피라이터로서 타의 추종을 허락 안 하는 베테랑이었다. 온갖 선전물과 광고물에 확, 눈에 띄는 캐치프레이즈나 슬로건 따위를 나처럼 잘 붙이는 사람이 있으면 나와 봐, 할 정도였으니까. 내가 붙여준 광고 문안으로 대박을 친 상품이 어디 한두 가지인가. 상식 밖의 톡톡 튀는 슬로건을 내건 출판물이 베스트셀러로 날개를 단 게 어디 한두 건인가 말이다. 자연 이 몸이 몸담은 광고·홍보회사는 나를 보배처럼 떠받든 건 두말하면 잔소리였다.

어렸을 때부터 나는 포스터를 잘 그렸다. 그림솜씨는 그다지 뛰어난 편은 아니었지만 배열이랄까, 오리고 붙이는 조합과 구성솜씨는 남다른 재간이 있었다. 특히 내가 구성한 포스터에 표어나 선전 문구, 슬로건을 붙였을 때는 반 아이들 너나 할 것 없이 혀를 내둘렀다. 담임 선생님은 거침없이 넌 미술대에 갈 애야, 침이 마르도록 칭찬을 아끼지 않았다.

하지만 나는 담임 선생님의 예견대로 미술대학에 가지 않았다. 아니, 갈 필요가 없었다는 게 더 맞는 말이다. 고2 땐가, 상업미술 디자인공모전 당선을 계기로 그 복잡한 수학문제를 풀고, 영어단어를 외우는 등의 대입 공부 따위는 신경 쓸 필요가 없어졌기 때문이다.

대학을 가지 않아도, 학력이 없는데도 내 재간은 날개를 달왔다. 나를 필요로 하는 사람들은 오직 내 기발한 카피만 얻어 내면 그만이었다. 내 학력이라야 기껏 고교졸업이 전부였지만 남들처럼 구직의 고통을 겪을 새 없이 여기저기 뽑혀 다녔다. 탄탄대로를 그저 달려갔을 뿐이었다.

　이상하게 내 마음을 들뜨게 한, 실눈에 그 두툼한 입술의 간호사는 하루 내내 보이지 않았다. 아침 7시 교대하고 퇴근했기 때문임을 나는 나중에야 알았다.

　역시 나중에 안 사실이지만 간호사들은 하루 24시간 3교대 하는 것 같았다. 아침 7시와 오후 3시, 그리고 저녁 11시의 야간근무로, 하루 8시간씩 로테이션으로 일하고 있음을 대충 짐작되었다.

　그러니까 그렇게 기다렸던 실눈, 두툼한 입술의 육감적 간호사는 이튿날 아침 7시에야 출근했다. 전날 그 시간, 소리소문없이 사라졌다가 만 하루 만에 개선장군처럼 나타난 것이다. 나오자마자 환자들의 병상을 보살피느라 부산하지만 이상하게 내 침상에는 얼씬도 하지 않았다. 그 바람에 나와는 아직 눈도 맞추지 못했다.

　내가 입원한 병실은 5인실이었다. 화장실이 있는 쪽에 두 개의 침상이, 반대쪽에 세 개의 침상이 나란히 놓여있다. 침상 마다 커튼이 빙 둘러있어 취침할 때의 밤뿐 아니라 낮에도 환자에 따라 더러 커튼을 쳐두는 것을 볼 수 있었다.

　내 침상은 세 개의 침상이 나란히 놓인 쪽으로 출입문과 가까운 거리에 놓여있었다. 때문에 병실을 드나드는 사람들을 싫어도 보게 될 때가 적지 않았다. 자연 불필요한 신경을 써야 하는 번거로움이 따랐다.

　교대한 '천사'(그랬다, 언제부턴가 나는 그 간호사를 그렇게 불렀다)는 뭐가 그리 바쁜지 여전히 내 침상은 거들떠 보려 들지 않았다. 그게 그토록 내 마음을 섭섭하게 할 줄 몰랐다. 기다리다 못해 나는 볼멘소리, 좀 어색하지만 조심스런 어조로 천사를 불렀다.

　"저기, 여기요!"

　"잠깐만 요~."

　천사의 반응은 의외로 즉각 나타났다. 건너편 침상에서 환자를 돌보는 손놀림 중에도 내가 부르는, 어색하지만 조심스런 언행을 알아차린 듯 주저 없이 천사는 경쾌한 리듬의 '웨잇'을 전해온 것이다.

　불편한 내 마음은 금세 갈앉았다. 거역할 수 없는 사랑의 묘약이 통했던 걸까? 천사의 그 두툼한 입술에서 흘리는 코맹맹이 목소리만 들어도 관능적 충동을 일으키다니, 도대체 나는 저 천사를 어쩌자는 속셈일까? 아무리 자문해도 선뜻 자답은 떠오르지 않았다.

"환자분은 떼쟁인가 봐. 어린애처럼 왜 그리 보채는 거죠!"

잠시 눈을 감고 생각에 빠져있던 나는 침상 옆에서 들리는 천사의 코맹맹이 소리에 후닥닥 눈을 뜬다. 순간, 천사의 흘기는 눈과 정면으로 부딪쳤다. 입이 얼어붙은 듯 움쩍달싹 않는다. 아, 거역할 수 없는 천사의 관능적 체취에 나는 그만 현기증으로 핑그르르, 정신을 잃었다.


"아직도 산통 중인가. 분만하려면 더 기다려야 해?"

아까부터 내 눈치만 보던 부장이 드디어 말문을 열었다. 그러나 나는 별 표정 없이 가볍게 고개만 끄덕였다. 여전히 컴컴한 터널을 헤매고 있기 때문이었다.

"벌써 일주일째야. 계속 감감무소식이면 어쩔 셈인데?"

"포기할 겁니다. 도저히 헷갈리는 걸 바로잡을 수 없어요. 아뇨. 아예 책임지고 그만두겠습니다, 회사를!"

단호한 내 태도에 부장은 어처구니없는 듯 선뜻 반응을 보이지 않았다. 전혀 예상 밖의, 회사를 그만두겠다는 말까지 나온 것에 적잖이 당황하고 있는 눈치였다.

예상 밖인 건 나도 마찬가지다. 그때까지 회사를 그만둘 생각은 추호도 해본 적이 없었다. 풀리지 않은 절벽 앞이었다. 초조할 대로 초조해 있던 참이었다. 그때 불쑥, 부장으로부터 몰림을 받자 본능적으로 반발심이 용수철처럼 튀어나왔을 뿐이다.

아니다, 아니었다. 그렇게 말해놓고 보니 진짜 회사를 그만둘 때도 됐다는 생각이 불현 고개를 들었다.

드디어 내게 한계가 찾아왔다는 생각이 들었다. 그건 분명 딜레마인 게 틀림없다는 생각도 들었다. 그렇지 않고야 '진실'과 '진리'를 놓고 그렇듯 몸살을 앓을 리 없다고 생각했다. 아, 죽고 싶다는 투덜거림이 내 입에서 저절로 새나왔다. 지금껏 한 번도 경험하지 못한 방황인 듯싶었다.

어느 출판사의 역사기획물 책자 선전카피를 오더받았다. 처음에 '역사는 진실이다'라는 캐치프레이즈를 갖다 붙였다. 그럴듯해 보인 건 물론이다. 하지만 잠시 뒤 문안을 다시 본 나는 '역사는 진리다'라는 게 훨씬 함축성 있다고 느꼈다.

그때부터다. '진실'과 '진리'를 놓고 샅바싸움을 시작한 건. 엎치락뒤치락, 진흙탕에서 좀처럼 헤어나지 못했다. 거짓이 없는 게 역사라면 당연히 '진실'을 강조하는 게 옳은 듯싶었다. 아니다. 참된 이치까지를 깨우치는 게 역사라면 반드시 '진리'로 몰아갈 필요가 있다는 주장이 고개를 들었다. 이거냐 저거냐, 도대체 어느 장단에 춤을 추어야 할 줄 모른 나는 문득, 바보가 되는 건 한순간이란 생각이 머리에서 번쩍했다.

한참 헤매다 보니 결국 사람만 우습게 돼버렸다. 일찍이 그토록 헷갈려본 적이 없던 나는 적이 당황할 수밖에 없었다. 이

제 나의 센스, 재간도 바닥을 친 걸까, 자책과 회의에 빠지는
건 순식간이었다.

사표는 휴직으로 변경, 처리되었다. 하지만 3개월, 6개월을
넘기도록 헷갈리는 증세는 좀처럼 갈앉지 않았다. 어쩌면 그
건 정신분열증, 조현병調絃病 초기증세일지도 모른다는 짐작이
나를 더욱 자포자기로 내몰았다. 별로 즐기는 않은 술을 홀짝
대기 시작했다. 술을 가까이하면서 사람들이 왜 술을 마시는
지도 좀은 알 것 같았다.

어렸을 때부터 나는 동네 아이들과 어울려 노는 걸 즐기지
않았다. 왠지 아이들과 어울리는 게 유치해 보였기 때문이다.
자연 혼자서 놀 때가 많았다. 땅바닥에 그림을 그리고 그림에
어울리는 구호를 붙이는 게 아이들과 노는 것보다 훨씬 재밌
었다. 한 번도 심심하고, 적적하다고 생각한 적이 없었다.

하지만 회사를 쉬면서 주위가 왜 그리 적적한지, 왜 그리 심
심한지 죽을 지경이었다. 새삼스럽게 사람이 그리웠지만 아무
리 기억을 더듬어도 불러낼 만한 친구 이름이 떠오르지 않았
다. 혼자서 술집을 드나들고 술을 홀짝대게 된 동기라면 동기
였다.


"환자분, 왜 안 먹는 거죠?"
어느 날, 천사는 눈이 휘둥그레져서 내 침상으로 다가온다.

배식 아줌마로부터 무슨 말을 들은 모양인가. 점심뿐이 아니다. 아침도 나는 한 숟갈 입에 대보지 못하고 그대로 식판을 물리고 말았다.

수술을 한 지 벌써 일주일이 다 돼간다. 도무지 식욕이 따라붙지 않아 겨우 물 몇 모금과 수액에 명줄을 지탱하고 있는 편이다. 뒤늦게 천사가 그 사실을 알 게 된 모양인가.

"왜 그러는 거죠? 살고 싶지 않은 사람처럼."

"살고 싶지 않은 건 맞아요. 며칠 전만 해도."

의미 있는 미소를 지으며 나는 천사를 쳐다봤다.

"농담이 진담되면 어쩌려고요."

"진짜 농담 아냐. 정말 살고 싶지 않았었다고!"

천사는 살짝 눈을 흘기는 것으로 말대꾸를 대신한다. 천사뿐이 아닌 것 같았다. 간호사들 대부분이 그랬다. 결코 환자들과 농담을 길게 이어가는 법이 없었다. 천사도 그런 불문율을 철저하게 지키는 눈치였다.

얼마 전까지 살고 싶지 않았던 건 결코 빈말이 아니다. 아내에게 등 떠밀려 입원하고 수술도 받았지만 삶에 대한 의욕은 여전히 떨떠름했었다.

나는 퍼뜩 입원 수속을 밟던 일이 떠올랐다. 굳이 1인실밖에 없다는 접수원의 강경한 태도에 잘됐네, 그러잖아도 수술받고 싶지 않는데, 단호히 발길을 돌리려 했던 그때의 일이.

도대체 입원환자의 의사는 아랑곳하지 않고 무조건 비싼 1인실, 2인실을 배정하는 병원의 일방적 관례가 비위를 뒤틀리게 한 것이다. 옆에 있던 아내가 깜짝 놀라 만류했지만 막무가내로 돌아선 내 발걸음을 멈추게 하지 못했다.

내 발걸음을 되돌려놓은 건 뜻밖에도 원무과 여직원의 친절하고 상냥한 전화 때문이었다. 접수원의 사무적인 냉정함과는 전혀 다른 목소리가 나로 하여금 원무과의 문을 밀치고 들어가게 만든 것이다.

나는 여자의 친절에 선천적으로 약했다. 보통 때는 무관심하다가도 조금만 여자가 상냥하게 접근해오면 금세 달라졌다. 아내를 만나고 결혼까지 하게 된 것도 마찬가지였다. 아내의 그 끈질긴 적극성과 상냥함에 그만 폭삭 무너져버린 것이다. 평소 냉담한 성격도 여자의 손길이 닿기 무섭게 스르르 녹아버린 물렁뼈체질이랄까.

원무과에서 나는 고가의 1인실, 2인실이 아닌 5인실을 배정받았다. 역시 원무과 담당 여자의 친절하고 상냥한 사과와 배려로 오기가 슬그머니 풀려나갔다. 아니다. 무엇보다 병동이 마음에 들었다는 게 더 솔직한 심정이다.

'간호·간병통합서비스병동'이란 이름으로 시범 운영되는 그 병동은 가족 등 별도의 간병인이 필요 없다는 게 특징이다. 환자의 수발 등 온갖 서비스를 간호사와 보조간호사들이 도맡아 한다지 않는가. 아내의 지나친 관여에서도 살짝 벗어날 수 있다는 홀가분한 마음으로, 일반병동보다 다소 비싼 요금임에도 불구하고 입원을 결정해버렸었다.

"난 여자에 좀 약해요. 죽고 싶어도 죽을 수 없는 것도 아내의 그 극성 때문이었지만."

"우와! 아내를 굉장히 사랑하나 보네요."

"사랑? 그래요, 결코 싫진 않았지. 또 여자의 친절에 약한 면도 작용했고—."

"그럼, 먹어야 돼요, 악착같이. 사랑하는 아내 분을 위해서라도!"

"아니, 아내보다 천사를 위해서면 안 될까…."

"천사?"

영문을 알 수 없는 천사가 고개를 갸웃댄다.

웃음이 새나온다. 진짜다. 천사의 환심을 사기 위해서라도 악착같이 입맛을 찾아야 한다! 나는 거듭 다짐, 또 다짐하기를 잊지 않았다.


잃어버린 입맛을 되찾기는 그리 쉽지 않았다. 가뜩이나 나는 입이 짧은 편이었다. 음식을 대하기 무섭게 구역질부터 올라오는 걸 어쩌지 못했다.

그 바람에 아내가 보통 시달린 게 아니다. 깨죽을 사 와라,

육개장이 먹고 싶다, 북엇국이 어떨까, 심지어 인절미까지를 대령했지만 내 입은 여전히 굳게 닫힌 채 열릴 줄을 몰랐다.

두드리면 열릴 것이다, 성격말씀(마태 7.7-8)대로 굳게 닫힌 입이 열린 건 뜻밖에도 짜장면이 길라잡이를 했다. 짜장면을 먹어 보겠다고 생각한 것도 평소 기호식품이기 때문은 아니다. 특별히 싫어하지도 않았지만 그렇다고 결코 즐겨 먹어 온 기호음식이라도 볼 수 없었다.

어느 날 밤, 나는 천사와 데이트를 하는 꿈을 꿨다. 그동안 얼마나 천사를 주사야몽晝思夜夢했으면 꿈속에까지 그녀가 나타났을까. 남산 정상에서 만난 우리는 산책로를 따라 걸어 내려왔다. 무슨 말을 주고받았는지 기억에 없지만 어느새 우리는 퇴계로 대한극장 앞에 와 있었고, 몹시 시장했던 터에 때마침 근처 중국집 간판이 눈에 들어왔다.

"짜장면?"

둘은 동시에 짠 듯 합창하곤 서로를 바라봤다. 그리고 봄볕 아래 화려하게 핀 진달래꽃처럼 다 같이 활짝 웃어 제쳤다.

그뿐, 중국집에 들어가 짜장면을 먹었는지 어쩐지는 도통 기억나지 않았다. 다만 꿈속에서 천사와 짜장면을 합창했던 생각이 떠오르면서 갑자기 입안에 군침이 가득 차올랐다. 수술 뒤에 그렇듯 한 가지 음식에 집착, 구미가 당긴 적이 단 한 번이라도 있었던가. 나는 아내에게 즉각 짜장면을 먹고 싶어,

어른애처럼 안달했다.

희한한 일이었다. 짜장면이 그렇게 맛있을 수 없었다. 무슨 음식이든 입에 가져가기 역겨워 그만 숟갈을 놓아버리기 일쑤인 나 아닌가. 한데 짜장면은 달랐다. 이상할 만큼 입맛을 돋웠다. 중국 된장에 채소, 고기 등을 넣어 볶은 양념으로 비빈 면발을 입에 구겨 넣는 맛이라니, 나는 눈 깜짝할 새 마파람에게 눈 감추듯 짜장면 한 그릇을 거뜬히 비웠다.

짜장면으로 입맛을 되찾자 엄청난 변화가 나타났다. 우선 무지 먹어치웠다. 병원에서 주는 매끼 배식으로는 식욕을 충족하기 힘들었다. 자연 나는 이것저것 아내에게 찾는 간식이 늘었다.

천사와 다른 간호사, 보조간호사가 시키는 운동도 꾀부리지 않고 열심히 했다. 아침 6시 일어나 체중을 재고, 몸에 땀이 흥건히 배도록 병동 내 복도를 걷고 또 걸었다.

어느샌가 나는 천사의 교대시간도 손꼽아 기다렸다. 다음 교대시간까지가 왜 그리 지루한지 몰랐다. 꼬박 24시간 만에야 천사를 볼 수 있다는 게 보통 짜증스럽지 않았다. 나중에는 부화까지 치밀었다. 그 화는 어쩌다 병실에 나타나는 아내가 고스란히 뒤집어쓰기 일쑤였다.

한 번 꿈에 나타난 천사가 이제는 밤마다 찾아들었다. 우리가 언제부터 그처럼 허물이 없는 사이가 되었는지, 만나면 주위의 눈치도 구애받지 않고 부부인 양 껴안고, 뽀뽀하고 한 몸이 되어 뒹굴었다.

40년 가까이 살아오는 동안 한 번도 느껴본 적 없는 감정, 그것을 감히 사랑이랄 수 있을까? 단순한 순간적 성충동은 아닐까? 처음은 분명 사랑이란 낱말이 낯간지러웠다. 하지만 시간이 갈수록 봄 단비에 땅 비집고 돋은 새순처럼 천사를 향한 사랑의 큐비트가 가슴을 달궈놓았다. 아내가 있는 몸으로 언뜻, 망설임이 머리를 스치지 않은 건 아니다. 하지만 내친걸음이었다. 감정이 시키고 끌리는 대로 나는 끝까지 달려가고 싶었다.

아내와의 만남은 그렇듯 아기자기한 사랑으로 이뤄진 건 아니었다. 다분히 아내의 적극적 대시에 무너진 원사이드 게임이랄까. 그렇다고 억지로 끌려간, 마지못한 선택이라고 볼 순 없었다. 만날수록 진국이라는 끌림이 어느 날 밤, 영화를 보고 나오다가 모텔로 끈 게 인연이 되었다. 사는 동안 한 번도 아내가 싫어진 일이 없었다. 아내와의 인연을 후회한 적도 없다는 게 솔직한 고백이다.

근데 이 무슨 변고인지 모르겠다. 한시도 천사를 못 보면 안달하는 이 증세는 도대체 뭐 말라비틀어진 열정인가? 수없이 묻고 또 물었지만 내 대답은 하나였다. 뻔뻔하게도 그건 거역할 수 없는 사랑의 세레나데다! 라고.

미친 게 분명하다. 미치지 않고야 내가 그렇게 돌아버릴 리 만무하다. 떡 줄 사람은 꿈도 안 꾸는데 김칫국부터 마시는 나, 철없는 남편의 늦바람을 아내는 어떻게 받아들일까? 딴청 부리는 남편을 과연 아내가 온전한 정신을 가진 남자로 여길까?

차라리 아내에게 모든 걸 털어놓으면 어떨까? 나를 죽음의 문턱에서 구원해준 게 천사였다, 솔직한 직구를 날릴 경우, 지 금껏 내게 해온 내조의 정으로 미뤄 아내는 충분히 남편의 처 지를 가엾이 여길 수도 있지 않을까?

하지만 나는 지금, 아내의 이해를 고민할 때가 아니다. 당장 은 천사에게 이 거역할 수 없는 사랑의 묘약을 어떻게 얻어내 느냐가 더 급한 발등의 불이다. 오늘이 마지막 밤이 아닌가.

천사는 조금 있으면 나타날 것이다. 야간근무 교대시각은 밤 11시. 그러니까 내게는 오늘 밤이 다시없는 골든타임이다. 천사를 보자마자 아예 직격탄을 날려버릴까? 당신 없이는 죽 은 목숨이다! 고. 오늘 밤은 무슨 일이 있어도 결판을 내야 한 다는 조급함 때문인지, 내 몸뚱이는 불에 덴 것처럼 화끈거리 고 있었다.

드디어 밤 11시가 되자 천사가 얼굴을 내밀었다. 하지만 천 사는 미처 나와 눈을 마주칠 시간 여유가 없어 보였다. 오늘따 라 오후 수술을 끝낸 환자가 두 사람이었다. 더구나 수술환자는 후유증이 심한 듯 시도 때도 없이 간호사를 찾았다. 도무지 천사와 얼굴을 맞대고 이야기할 틈을 주지 않았다.

나는 초조했다. 영영 고백할 기회를 놓치고 말 것만 같았다. 마냥 기다릴 수 없는 나는 조급해진 나머지 신경질적으로 호출기 버튼을 눌렀다. 천사가 득달같이 커튼 안으로 고개를 내밀었다.

"내일 퇴원해요, 나ㅡ."

"알아요. 그것 때문에 절 부르는 건 아니죠?"

"실은, 그 일 때문에ㅡ."

"지금 저, 한가에게 노닥거릴 시간이 없거든요."

천사의 말투가 왜 그리 퉁명스러울까? 천사의 냉담한 반응에 나는 몸 둘 바를 몰랐다. 마음이 무너져 내리는 것을 느꼈다. 허탈감이 밀물처럼 밀려온다. 천사는 어느새 횡, 커튼 밖으로 사라져버렸다.

뜨거운 가슴은 분노로 뛰고 있었다. 천사의 미소가 어느 순간 악녀, 마귀할멈의 혓바닥으로 느껴졌다. 계속 고개를 저었지만 소용없었다. 그렇듯 감미롭던 두툼한 입술도 눈 깜작할 새, 마귀할멈의 흡혈귀로 둔갑해 있잖은가. 떨리는 내 손은 미친 듯 호출기 버튼을 마구 눌러대고 있었다. 정신 나간 사람처럼.

하지만 천사, 아니 마귀할멈은 두 번 다시 얼굴을 내밀지 않았다. 공교롭게도 오늘 수술환자 중 하나가 수술 뒤끝이 안 좋은 모양이었다. 의사가 병실에 들이닥치고, 그렇듯 어수선한 판국에 천사가 내 호출에 응할 틈이 있을 리 없다. 한참 뒤에야 조무간호사가 삐죽 얼굴을 내밀며 어디 불편하세요? 물었다. 하지만 나는 세차게 손사래를 치며 필요 없어! 꽥, 볼멘 목소리를 내질렀다.

약아빠진 내 두뇌는 금세 상황을 알아차렸다. 하늘이 나와 천사의 인연을 마뜩잖게 여기는구나, 하고. 나는 밤새 한숨도 눈을 붙이지 못했다. 하늘의 뜻에 순응하느냐, 거역하느냐를 두고 쉽게 결론이 내려지지 않아서다. '순응이냐 거역이냐', 어느새 내 머리는 '진실이냐 진리냐'를 두고 방황했던 일로 거슬러 올라갔다. 하지만 나는 그때처럼 헷갈리고 있는 것 같진 않았다. 분함도 차츰 갈앉는 듯싶다. 천사를 마귀할멈으로 여겼던 미움도 점점 누그러지는 낌새고. 그렇게 밤새 엎치락뒤치락하다 새벽 4시쯤에야 나는 꼴깍, 잠속에 빨려들었다.

설핏, 눈을 떴다. 벌써 배식 준비를 하는 걸 보면 늦잠을 잔 게 분명하다. 어느새 교대를 했는지 천사가 아닌, 다른 낯익은 간호사가 침상 옆으로 다가오면서 말을 걸었다.

"퇴원하는 날인데도 늦잠이네요. 다른 환자분은 여느 날보다 더 일찍 일어나는 것 같던데."

나는 대답 대신 가만히 웃었다. 대뜸 어젯밤 일이 떠올랐다. 고의든 우연히든 천사의 냉담으로 씩씩댔던 내 모습이 눈에 선하다. 자고 나니 그게 그처럼 싱거울 수 없다. 잠깐이나마 분노와 증오로 붕 뜬 내가 부끄럽기까지 하다.

하지만 나는 지금, 어제의 일을 후회하고 싶지 않았다. 누가 뭐래도 실눈에 두툼한 입술, 천사의 관능적 체취와 미소가 거의 팽개쳐진 내 삶을 되돌려놓은 건 숨길 수 없는 사실이 아닌가. 세상이 뒤집혀도 천사의 미소는 절대로 내 가슴에서 쉽게 떠나보낼 수 없다고 나는 생각했다.

아내는 그 어느 날보다 일찍 병실에 나타났다. 퇴원 수속은 오전 중에 하면 되지만 나보다 아내가 더 퇴원에 대한 해방감을 즐기려는 듯 서둘렀다. 눈 깜작할 사이 아내는 사물함 등 쓰던 물건을 말끔히 챙겼다. 뿐인가. 간호사의 조력을 통해 병실을 들락날락하나 싶더니 10시가 조금 지나지 않아 아내는 수속을 다 마치고 내가 침상을 벗어나기만을 기다리고 있었다.

하지만 나는 아내의 부산한 움직임과 달리 미적거렸다. 천사와의 정감이 묻은 이 병실, 5인 병실을 쉽게 떨치고 일어서지 못했다. 천사의 그 육감적이고 관능적인 체취가 새삼 그리워서였을까?

"뭐 하고 있어요? 퇴원하고 싶지 않은 얼굴인데?"

참다못한 아내가 조심스럽게 채근한다.

"며칠 더 있으면 안 될까?"

"왜, 수술한 데가 안 좋은 거 같아요?"

"그게 아니고 마음이, 마음이 아직….."

"마음이?"

아내가 내 깊은 한숨을 이해할 리 있을까. 그렇다고 마냥 뭉개고 앉아있을 수 없는 나는 무거운 엉덩이를 가까스로 들었다. 그때 아내가 뜻밖의 얘기를 들려준다.

"참, 어제 집으로 전에 당신이 다닌 회사 부장님한테 전화가 왔었어요. 언제 퇴원하느냐고. 수술에 대해선 한마디 묻지 않고 당신 마음이 좀 안정됐느냐, 그 말만 자꾸 되묻던데, 무슨 일 있어요?"

나도 모르게 웃음이 터졌다. 부장은 '진실과 진리'가 헷갈렸던 내 정신 상태를 알고 싶은 게 분명했다. 배를 째고 암세포가 잠식한 간의 일부를 도려내는 대수술임에도 그에 대해선 일언반구 없이, 내 마음의 안정 여부만 알고 싶은 우리 부장님ㅡ.

순간, 나는 갑자기 심한 허기를 느끼며 침상에서 일어났다. 그리고 눈앞에 천사의 미소가 꽃가루처럼 흩뿌려지는 것을 느끼면서, 나는 뒤도 안 돌아보고 조용히 병실을 빠져나갔다.

시인과 전쟁

숨을 거두기 며칠 전부터 시인은 '다부동! 다부동!'을 외치며 무슨 말인가를 하고 싶어 했다. 병상을 지키던 제자가 채 말귀를 알아듣지 못하자, 시인은 답답하다는 듯 허공을 향해 손까지 휘저으며 계속 '다부동! 다부동!'을 되뇌고 몸부림쳤다.

제자는 곧 스승이 뭔가 하고 싶은 말이 있다는 것을 눈치챘다. 득달같이 병상 머리맡으로 달려가 스승의 입에 바짝 귀를 갖다 대고 큰소리로 물었다.

"하실 말씀이 있으세요, 선생님?"

시인은 그제야 잠시 가쁜 숨을 고른 뒤 겨우, 그러나 분명한 어조로 말했다.

"다부동, 다부동에 날 좀 데려다줄 수 없겠나?"

제자는 비로소 스승의 말뜻을 알아차렸다. 스승은 지금 '다부동전투'를 회상하고 있구나, 직감했다. 그곳에 가고 싶어 하는 스승의 심중도 어느 정도 헤아려졌다. 얼마나 그곳이 가고 싶으면 저러실까, 당장 소원을 들어줄 수 없는 스승의 병세가 제자의 마음을 무겁게 짓눌렀다.

스승의 병세는 여간 심각하지 않았다. 만성기관지염으로 시달려온 스승이 병세가 악화되어 급기야 병원에 입원한 게 열흘 전. 만성폐쇄성폐질환이 동반되어 스승이 얼마를 더 견딜 수 있을지, 담당 의사 조차 장담하기를 꺼렸다. 얼마를 더 견딜지 모른다는 건, 곧 스승이 얼마를 더 살지 알 수 없다는 얘기로 제자는 받아들였다.

생사문제에 맞닥친 스승을 모시고 길을 떠날 수 없다는 건 누구보다 제자가 더 잘 알았다. 그렇다고 저토록 간청하는 스승을 몰라라 한다는 것도 쉽지 않았다. 어쩌면 마지막이 될지 모르는 스승의 소원이 아닌가.

무슨 좋은 방법이 없을까, 고민에 빠진 제자의 눈길은 자연 스승이 누워있는 침상으로 향한다. 의외로 병상은 조용하다. 잠깐, 잠이 드신 걸까? 가래 끓는 소리가 거칠었다. 숨이 찬 듯 호흡도 불규칙하다. 저러다 스승이 그길로 떠나시는 건 아닐지, 제자는 더욱 초조하고 불안해 몸 둘 바를 몰랐다.

스승은 평소에도 제자들과 술자리를 가질 때면 곧잘 '다부동전투'를 들먹였다. 북의 남침으로 6·25전쟁이 발발하자 종군작가단의 한 사람으로 전선에 뛰어든 스승은, 특히 다부동 전투에서 산화한 14살 소년병의 최후를 잊지 못했다. 다부동 전투를 말할 때면 어김없이 나오는 게 소년병 얘기였다. 소년병 얘기만 나오면 스승은 갑자기 목소리를 높였던 것도 제자는 생생하게 기억했다. 자유가 뭐길래 그처럼 어린 생명까지 바쳐야 하는가, 절규하며 분통을 터뜨렸던 스승….

스승이 들려준 14살의 소년병은 당시 '다부동전선'에 배치된 학도병 중 한 사람이었다. 어느 날 새벽, 북한군과 벌인 공방전이 얼마나 치열했는지, 20여 명에 가까운 학도병들이 전원 전사하는 불상사가 빚어졌다. 14살 소년병도 예외 없이 최후를 맞았다.

"죽은 소년병의 품속엔 어머니에게 보낼 편지가 들어있었어. 그 사연이 얼마나 가슴을….

스승은 끝내 말을 잇지 못했다. 상기된 스승의 눈에는 어느새 이슬이 맺혔다. 한참 만에야 아픈 마음을 갈앉힌 스승은 차분하지만, 어딘가 분노 서린 목소리로 마치 시낭송을 하듯 14세 소년병이 남긴, 어머니에게 보내는 마지막 편지를 떨리는 목소리로 들려줬다.

"어머니, 저는 사람을 죽였습니다. 돌담 하나를 사이에 두고, 10여 명은 될 겁니다. 팔다리가 찢겨나간 적병을 보면서 누군가에 묻고 싶었습니다. 전쟁은 왜 하는가, 하고요./어제 내복을 빨아 입었습니다. 청결한 내복을 갈아입으면서 문득 저는 이 내복이 수의壽衣가 될지 모르겠다고 생각했습니다./어쩌면 오늘 저는 죽을지도 모릅니다. 하지만 어머니, 저는 살고 싶습니다. 꼭 살아 돌아가겠습니다, 어머니./갑자기 상추쌈이 생각납니다. 이가 시리도록 차가운 옹달샘 물도 생각납니다, 어머니./아, 적들이 다시 몰려오고 있습니다. 또 쓰겠습니다, 어머니. 안녕, 어머니. 아, 안녕은 아닙니다, 어머니. 다시 편지를 쓸 테니까요, 어머니. 아들 올림."

편지 내용을 다 들려준 스승은 아무 말 없이 빈 술잔을 제자에게 디밀었다. 제자는 스승의 빈 술잔에 얼른 술을 따랐다. 단숨에 술잔을 비운 스승은 눈을 감은 채 미동도 하지 않던 그 모습이 새삼 제자의 머리에 선히 떠올랐다.

나중에 6·25전쟁 기록을 통해, 제자는 '다부동전선'이 그 어느 전투보다 격렬했던 곳이라는 것을 알았다. 지금의 74번 고속도로와 5번 국도가 통과하는 지점, 바로 경상북도 칠곡군 가산면 다부동이 나라의 운명을 좌우하는 그 격전장이었다.

1950년 북의 기습남침으로 벌어진 6·25전쟁은 불과 3개월 만에 대구와 부산을 제외한 나머지 지역이 모두 북한군의 수중에 들어갔다. 그러니까 낙동강 방어선은 더 이상 물러설 곳

없는 최후의 보루나 다름없었다. '고수, 아니면 죽음Stand or Die'이란 절체절명의 방어선이었다.

대구와 부산이 지척에 있었다. 낙동강 방어선이 무너지면 대구와 부산이 함락되는 건 시간문제였다. 어떻게든 8·15전까지, 대구와 부산까지 손에 넣으려는 북한군의 야망과 죽기 아니면 까무러치기로 막아내려는 아군의 피아간 공방전은 치열할 수밖에 없었다. 아니, 처절할 수밖에 없었던 것 같았다.

이른바 '다부동전선'은 대구에서 불과 20km 거리. 국군 제1보병사단이 맡고 있는 그곳 전선과 미군 제1기병사단이 지킨 칠곡군 '왜관읍전선'을, 북은 자그마치 5개 사단을 집중 투입, 대공세를 취해왔다. 죽음을 무릅쓰며 고수했고, 그래서 피아간 인명피해와 손실도 그만큼 클 수밖에 없었던 전선이었다.

얼마나 싸움이 격렬했던지 다부동 전투에서 희생된 전사자만도 북한군 5,690명, 국군 2,300명이었다지 않은가. 너무나 널려있는 시체로 인해 전선을 인계받는 미군이, '저 시체들을 파묻기 전에는 다부동지역을 인수할 수 없다'고 버텼다는 뒷얘기를 남겼다.

바로 그 처절한 공방전 속에 스승이 있었다. 종군작가단의 한사람으로, 감수성 많은 시인으로 죽이고 죽는 현장을 지켜본 스승은 과연 처절한 전선에서 무엇을 느꼈을까? 당연히 인간의 허망과 허무를 깨달을 게 분명하다.

하지만 제자는 세차게 고개를 저었다. 제자가 아는 한 스승은 쉽사리 허무나 비애에 빠져드는 그런 심약한 센티멘탈리스트가 아니기 때문이었다. 특히 평소부터 개인의 자유를 속박, 유린하는 북의 공산주의 체제를 스승은 마뜩잖게 여겨온 터였다. 동족상잔同族相殘을 불러들인 북의 기습남침에 분노마저 숨기지 않았던 스승ㅡ. 언뜻 제자는 '다부동전투의 승리는 신의 은총이었다'고 한 스승의 마지막 특강이, 어제 일처럼 눈앞에 펼쳐졌다.

스승이 입원하기 한 달 전이었을까. 오후 2시 스승의 인문학 특강이 있었다. 올곧은 성품인 데다, 입바른 소리도 주위의 눈치 안 보고 거침없이 내뱉기 때문인지 시인의 특강은 언제나 강의실을 꽉 메웠다. 그날도 예외는 아니었다. 스승이 강의실에 들어서기 전 이미 빈자리는 다 채워졌고, 서있는 대학생들도 드문드문 눈에 띄었다.

시간이 되어 강의실에 들어선 스승은 계속 기침을 해댔다. 악화될 대로 악화된 만성기관지염 탓이었다. 기침이 다소 멈추자 스승은 칠판에 큼직한 글씨로 이렇게 휘갈겨 썼다. '다부동전투의 승리는 신의 은총이었다!'고.

당시 제자는 처음 좀 어리둥절했던 일이 생각난다. 스승은 분명 크리스천이 아니었기 때문이다. 무신론자에 가까운 스승이 신을, 하느님을 입에 올린다는 게 도무지 믿기지 않았다. 불교예술에 관심이 많았지만 그렇다고 스승은 불교 신자도 아니었다.

더구나 인문학 특강이었다. 뜬금없이 '다부동전투'가 튀어나온 것부터가 의아스러웠다. 스승의 깊은 뜻을 미처 헤아리지 못한 제자로선 선뜻 이해할 수 없었을 뿐 아니라, 솔직히 스승이 좀 엉뚱하게 느껴졌다. 어쩌면 시인은 그때 이미 자신의 죽음을 예감했던 건 아니었을까.

"사랑하는 제군! 여러분은 6·25전쟁을 어떻게 보고 있습니까?"

하지만 스승의 질문은 대학생들의 의견을 듣기 위해선 아닌 듯했다. 단순히 6·25전쟁을 상기시키려는 의도인 듯 곧 목청을 돋우고 다음 얘기로 넘어갔다.

"이 땅에는 이산가족이 자그마치 천만 명에 달합니다. 목숨을 걸고 북에서 탈출, 자유를 찾아온 사람들까지 우리나라 기독교 신자들은 남북을 합쳐 무려 백만 명에 달한다고 해요. 그들 신자들이야말로, 우리가 도저히 이길 수 없는 이 전쟁을 강 건너 불구경만 하고 있었겠습니까! 기원, 기도 등을 통해 하느님을 못살게 굴었을 게 분명하잖아요. 불쌍한 양들을 정녕 버리시렵니까, 하고 말입니다."

스승은 잠시, 숨이 가쁜지 말을 끊었다. 컵에 물을 따라 입을 추긴 뒤에야 스승은 다시 강연을 이어갔다.

"생각해 봅시다, 여러분. 어떻게 생각해도 6·25전쟁은 우리가 도저히 이길 수 없는 전쟁이었습니다. 당시 종군작가단의 한 사람으로 전선을 지켜봤을 때 우리의 전력은 너무 미약했어요. 한마디로 무력했다는 게 맞는 말일 겁니다. 그런 우리 대한민국이 끝내 공산적화가 되지 않은 건 어떻게 보아도 불가사의하다는 거예요. 하느님의 은총이 아니고서야 도저히 설명하기 힘든 기적이었다, 그거죠."

스승은 하느님의 은총에 따른 기적으로 당시 미국 대통령의 결심을 그 첫 번째 이유로 꼽았다. 당시 의회 등 미국여론은 한국전 참전에 부정적이었다. 그럼에도 불구하고 트루먼 대통령은 한국전 파병을 단행했다지 않는가.

때마침 그 무렵 UN총회가 열리고 있었다. 즉시 미국 요청에 의해 UN안보리가 소집되고, UN군 한국전 참전이 전격적으로 가결된 것도 스승은 불가사의한 기적, 하느님이 내린 은총의 두 번째 이유로 보았다.

"물 좀….."

그때 스승이 누워있는 병상에서 기척이 왔다. 제자가 있는 쪽으로 고개를 돌린 스승이 물을 마시고 싶다는 시늉을 하는 것으로 보아 어지간히 목이 말랐던 모양인가.

제자는 얼른 일어나 컵에 물을 딸아 병상으로 다가갔다. 침상을 조금 세우고 조심스럽게 스승의 입에 물컵을 대줬다.

스승은 마른입을 추긴 뒤 다시 누웠다. 제자가 있는 반대쪽으로 비스듬히 누워있는 채 요동도 하지 않는다. 다부동에 날 데려다줄 수 없겠나, 조르지 않을까 마음을 졸인 제자는 안도의 숨을 가만히 내쉬었다.

무엇보다 스승이 기침을 하지 않은 게 제자는 다행이다 싶었다. 스승은 기침을 시작하면 병실 안이 확 뒤집혔다. 그만큼 스승은 기침 때문에 괴로워했다. 어찌할 줄 모르는 제자는 그런 스승이 안타까웠고, 살을 저민 아픔이 밀려와 소리를 죽여 '선생님! 선생님!' 울부짖은 적이 한두 번이 아니었다.


기침이 나오는 목을 물로 달랜 스승은 다시 신의 은혜일 수밖에 없는 기적을 마저 열거했다.

스승이 강연에서 두 번째로 든 신의 은총은 다른 게 아니었다. 미국, 영국, 프랑스, 소련, 중국 5개국으로 구성된 UN안보리에서, 한 나라도 반대하면 안 되는 한국전쟁의 UN군 파병이 만장일치로 통과됐다는 점이다. 분명 북쪽 편이어야 할 소련과 중국도 참전에 찬성표를 던졌던 것일까?

아니다. 당시 중국은 대만으로 쫓겨 간 장개석 정부가 여전히 UN안보리의 상임이사국이었다. 문제는 소련의 향배. 하지만 소련대표는 그날 안보리에 불참했다. 그 중차대한 안건을 두고 소련이 불참한 그것을 스승은 불가사의한 미스터리라고 본 것이다. 만일 소련대표가 회의장에 나타났다면 어떻게 됐을까? 보나 마나 부결됐을 게 불을 보듯 뻔했기 때문이었다.

스승은 그날 소련대표가 회의에 불참한 뒷얘기를 두 가지로 압축했다. 소련은 그동안 같은 공산국인 모택동 정부를, 대만으로 쫓겨 간 장개석 정부 대신 이사국으로 영입해야 한다는 주장을 굳세게 펴왔다. 하지만 주장이 관철되지 않자 소련대표는 그에 대한 불만 때문인지 통 안보리에 코빼기를 내밀지 않았다. 한국전쟁의 UN군 파병을 의결하는 그날의 긴급회의에도 소련대표는 마찬가지로 나타나지 않았다. 당연히 4개국만으로 안건은 만장일치, 무사통과되고 말았다.

다른 하나의 불참 이유는 그 신빙성이 좀 떨어졌다. 소련대표가 회의에 참석하기 위해 집을 나서려는데 갑자기 복통을 일으켜 화장실에 들락날락했다는 것, 그날따라 승용차까지 말썽을 부려, 소련대표가 회의 장소에 나타났을 때는 이미 4개국만으로 회의가 끝난 뒤라 하지 않은가.

"어찌 됐든 만일 소련대표가 회의에 참석했더라면 우리의 운명은 어떻게 되었을까요? 보나 마나 UN군의 파병은 부결됐을 뿐 아니라, 우리 대한민국이 공산적화가 되었을 게 너무도 분명합니다. 이 어찌 신의 은총이 아니라고 말할 수 있겠습니까, 여러분!"


"누구, 아무도…?"

그때 또 스승의 병상에서 기척이 들렸다. 언뜻 상념에서 깨어난 제자는 스승이 누워있는 침상으로 눈길을 돌렸다. 스승은 제자와 눈이 마주치자 손짓까지 하며 제자를 가까이 오라는 시늉을 한다. 제자는 부리나케 병상으로 다가갔다.

제자가 다가가자 스승은 덥석 제자의 손부터 잡았다.

"고생이 많구먼."

"아 아닙니다, 선생님. 하실 말씀이라도?"

제자는 좀 당황한다. 그토록 기침을 하며 고통스러워하던 스승의 표정이 그렇게 편해 보일 수 없었기 때문이다. 차도가 있다는 증좌일까? 제자는 스승이 잡고 있는 손을 놓지 않은 채 의자를 끌어당겨 앉으며 하실 말씀이 있음, 하시라는 듯 스승의 얼굴을 빤히 쳐다봤다.

"꿈속에서 다부동의 평화를 보았지. 전쟁의 흔적은 거의 다 지워져 가더군. 이곳이 그처럼 처절한 전투가 벌어졌던 덴가 전혀 믿어지지 않았어. 하지만 상처가 어디 그리 쉽게 아물겠나. 다부동전투를 직접 참가한 사람으로서 어찌 됐든 전쟁은 무슨 일이 있어도 두 번 다시 이 땅에서 일어나선 안 된다고 생각했지. 얼마나 많은 사람이 죽었는가. 더구나 같은 핏줄끼리 싸우는 전쟁이었어. 동족상잔의 처절한….”

말을 흐리는 스승의 한숨은 유난히 깊어 보였다. 동족끼리 총부리를 겨눴던 게 스승은 영 목구멍에 걸린 가시처럼 거북했던 것일까?

“전쟁은, 아이들의 전쟁놀이가 아니야. 무자비한 살상행위일 뿐이지. 이데올로기가 다르다는 이유 때문에 어떻게 형제끼리, 동족끼리 서로 죽일 수 있단 말인가. 아암, 그건 민족적 수치, 치욕일 뿐이야!”

스승은 화가 치민 듯 갑자기 목소리를 높였다. 그 바람에 잠잠하던 기침이 불쑥 튀어나왔다. 하지만 기침은 이상하게 전처럼 계속되지 않고 곧 멈췄다. 기침이 쉽게 갈앉자 스승은 눈을 감고 돌부처처럼 깊은 사념思念에 빠졌다. 어쩌면 스승은 전쟁의 처절함을 곱씹고 있는지 모른다. 아니, 전쟁의 비참함을 통렬히 성찰하는 시어詩語를 더듬고 있는 건 아닐까. 제자는 시인의 침묵을 방해하지 않기 위해 숨소리까지 죽이며 조심스럽게 스승을 지켜보고 있었다.

그렇게 얼마가 지났을까. 스승은 혼잣말처럼 중얼거렸다.

“아무래도 난 오늘 밤을 못 넘길 것 같아….”

제자는 소스라치게 놀란다. 그리고

“아니, 그 무슨 말씀을? 지금 얼마나 평온해 보이신대요. 병세가 호전되고 있으신 게 분명해요, 선생님.”

황급히 너스레를 떨었다.

"아냐, 기력이 다 된 것 같아. 갑자기 이렇게 평온한 건 죽기 직전의 빤짝 현상일 게야. 그래서 말인데…"

"네, 선생님?

"내가 죽거들랑 꼭 화장을 해서, 뼛가루 일부를 다부동 골짜기에 뿌려줄 수 있을까?"

"…."

하지만 제자는 선뜻 대답을 못했다. 가족을 제쳐두고 그런 예민한 문제를 혼자서 결정할 수 없을 것 같아서다. 그렇다고 스승의 간곡한 부탁, 어찌 보면 유언이나 다름없는 말을 꿀꺽, 제자는 삼켜버릴 수 없다고 생각했다.

"명심하겠습니다, 선생님. 사모님, 아드님과도 의논해 보겠습니다."

"아냐. 그건 자네 혼자서 은밀히 해줬으면 싶구먼."

"아, 네, 알겠습니다, 선생님…."

제자는 더 이상 군말을 달지 않았다. 얼마나 '다부동전선'을 잊지 못하면 '은밀히'라는 말까지 써가며 그러나 싶었다.

"내가 다부동전선에서 승운을 감지한 건 최초의 전차전을 목격했을 때였었지, 아마."

스승은 갑자기 뭣을 떠올렸는지 뜬금없이 6·25전쟁 최초로 치른 탱크끼리의 충돌을 들먹였다. 그동안은 전선에서 북쪽의 탱크만이 일방적으로 설쳤다던가. 우리에겐 탱크는커녕 맞대응할 변변한 대전차용 로켓포 하나 없다가 그때 처음으로 미군탱크가 전선에 배치되었다고 했다. 여전히 시인은 다부동 골짜기를 떠나지 못하고 있는 게 분명해 보였다.

"우리 국군이 대전차용 3.5인치 로켓포와 57밀리 무반동총을 지급받은 게 8월 초쯤이었을 거야. 소총도 일제가 남기고 간 구구식에서 칼빈과 M1으로 대체된 것도 그때였었지. 그리고 미군의 탱크가 전선에 배치된 것도 그때가 처음이었을 거야."

스승은 숨이 좀 찬 듯 잠시 말을 끊었다가 곧 다시 입을 열었다.

"장관이었지, 다부동 골짜기의 밤하늘을 불꽃으로 수놓았던 그 최초의 탱크전! 그 광경을 뭐라고들 했는지 아나. 모두들 '볼링장 전투bowling alley'라고 불렀지. 피아간 오가는 밤하늘의 철갑탄이, 마치 통로를 따라 굴러간 볼링공이 핀을 쓰러뜨리는 형상으로 보였던 거야. 날이 밝고 보니 그동안 우리 군을 그렇게 괴롭히던 북쪽의 그 무지막지한 탱크가 9대나 파괴되었고, 1,300여 구의 시체가 널브러져 있었어. 우리 쪽 화력에 처음으로 북쪽이 된맛을 본 전투였다고 할까."

스승의 얼굴에 갑자기 화색이 돌았다. 입원한 뒤로 스승은 그처럼 밝은 모습을 보인 적이 없었다. 제자는 그게 다 스승의 병세가 그만큼 호전되고 있다는 징후로 받아들였다.

"여보게, C군."

"네, 선생님?"

"혹, 내가 저번 대학에서 한 특강, 기억하나?"

"물론이죠, 선생님. '다부동전투의 승리는 신의 은총이었다' 는 그 특강−."

"불가사의할 수밖에 없는 세 번째의 기적도?"

"그건….'

하지만 제자는 잠시 더듬거렸다. 기억을 못 해선 아니다. 어 떤 대목을 스승이 세 번째 기적으로 지적했는지, 그 순서가 좀 헷갈렸기 때문이다.

"그건, 맥아더 장군의 인천상륙작전이 아니었습니까, 선생 님!?"

"맞아! 성공률 2%도 안 된다고, 측근 참모들까지 그토록 반 대한 작전이었지. 한데 결과는 어떻게 되었나. 불리한 전선을 확 뒤집어 놓고 말지 않았어! 신의 은총이 아니고선 도저히 기 대하기 어려운 통쾌한 반전이었지!"

제자의 눈에는 다시금 스승의 마지막 특강, 세 번째 기적을 들려준 뒤 마지막으로 한 스승의 끝맺음 말이 봄 아지랑이처 럼 피어올랐다.

"우리는 그렇게 해서 나라의 위기를 벗어났습니다. 남침을 북침이라고 억지 부리는 북이 버티고 있는 한, 그 위기는 언제든 다시 올 수 있습니다. 그래서 더욱, 전쟁 중에 낳고 자라, 이제는 어엿한 지성이 될 여러분의 어깨가 그만큼 무거워졌습니다.

하지만 여러분, 우리가 어떻게 지킨 나라입니까! 무력하기 그지없던 우리도 불가사의한 기적, 신의 은총에 힘입어 위기를 탈출하지 않았습니까. 역사인식이 뚜렷한 여러분은 북침이라고 우기는 그 억지를 결코 그냥 넘기지 않으리라 믿습니다!

사랑스럽고 자랑스러운 제군! 나는 여러분을 믿습니다. 절대로, 동족상잔으로 두 번 다시 피를 흘리게 하지 않을 거라는 것을! 저승에 가서도 나는 결코 여러분의 곁을 떠나지 않고 믿을 겁니다! 참말입니다. 영혼이 돼서도 여러분 곁에서 여러분을 지키며 함께 할 것입니다.

늘 당당할 뿐 아니라, 두 눈을 부릅뜨고 현실을 직시하라, 는 당부와 함께 유대인 학살로 유명한 아우슈비츠수용소 벽에 붙어있는 글귀를 마지막으로 상기, 음미하며 강연을 끝내겠습니다. '기억하지 않은 역사는 되풀이된다'—. 두고두고 음미하기를 다시 한번 당부합니다."

시인의 강연은 그것으로 끝났다. 스승은 그때 이미 죽음을 예감한 듯, 무심결에 '저승에 가서도' '영혼이 돼서도'라는 등의 말을 불쑥불쑥 내비쳐 묘한 여운을 남겼다.

하지만 제자들은 그런 느낌은 아랑곳없이 일제히 일어섰다. 그리고 강의실이 떠나갈 듯 우레와 같은 박수갈채를 터뜨렸다. 깡마른 얼굴에 걸쳐있는 시인의 안경은 뿌연 김이 잔뜩 서려 있었다. 이마와 목에서 흘러내린 땀을 닦고 있는 스승의 그 피로감마저 제자들에게는 감동으로 받아들여졌는지 모른다. 요란한 박수 소리는, 스승이 기우뚱대며 강의실을 빠져나갈 때까지 계속되었다.


"…결국 그게 마지막 강연이 된 셈인가…."

"아, 아닙니다. 선생님의 병세는 몰라보게 호전돼 가고 있습니다, 선생님."

"…."

하지만 스승의 침묵은 깊었다. 아니, 스승의 목소리를 들은 건 그게 마지막이었다. 시인은 그날 밤을 넘기지 못했다. 1968년 5월, 시인의 나이 불과 48세로 6·25전쟁이 일어나고 3년, 38선 대신 휴전선을 사이에 두고 겨우 포성이 멈춘 지 18년 만에, 총탄이 아닌 고질병으로 시인은 그렇게 떠났다.

제자는 스승의 장례를 치른 사흘 뒤, 당시에는 제일 빠른 교통수단인 초고속특급열차 '통일호'를 타고 대구를 가고 있었다. 스승의 유언에 따라 다부동 계곡에 시인의 영혼, 뼛가루를

뿌려주기 위해서다.

당시는 아직 경부고속도로는 물론, 중앙고속도로도 개통되기 전이었다. 서울 시외버스터미널에 가면 그곳까지 가는 시외버스가 있을 법했지만 제자는 일부러 '통일호'를 이용하기로 한 것이다. 대구까지 갔다가 거기서 그리 멀지 않은 현지로 가는 게 당일치기로 다녀올 수 있는 최선의 길이라 생각한 때문이다.

6·25전쟁 중 가장 처절했다는 다부동 계곡. 과연 그곳은 시인이 꿈속에서 본 것처럼 전쟁의 상흔을 말끔히 씻고 평화스런 마을로 되돌아가 있을까? 그 평화로운 마을을 제자도 얼른 가서 보고 싶었다. 시인의 영혼마저 꿈엔들 잊지 못할 그 마을. 제자는 초고속열차라는 '통일호'가 왜 그리 더디게 느껴지는지 알 수 없었다….

*참고 자료 〈국방대학교 김충영 명예교수의 '한국전쟁에서 다부동전투의 승리와 의미', 배영복 전 육군정훈감의 '6·25전쟁의 비밀과 진실', 소설가 채수정의 글 '나의 스승 조지훈' 등〉

# 해설

## 욕망의 현장, 그 생생한 목소리
— 한보영 소설집 『개새끼의 변명』

김성달·소설가

## 1.

한보영 작가의 소설집『개새끼의 변명』은 욕망의 다양한 현장과 그 너머의 진실을 집요하게 파고든다. 그런데 욕망의 현장과 그 너머를 파고는 솜씨가 현란한 문장과 장식을 내세우는 기교 이전의 존재, 그 날것의 생생함으로 보여주는 것이 장점이자 생동감으로 다가온다. 그렇다고 소설의 신비화와 관념화 같은 것에 한사코 거리를 두는 작가의 작품이 거칠고 투박하다는 것이 아니다. 오히려 이런 생생한 목소리를 구현하려면 더욱 정제되고 정련된 시간을 거쳐야 하는데 그 과정에서 현란하고 세련된 장식을 걷어낸 생생한 목소리가 작품의 활기와 활력을 담보하고 있다. 그것은 욕망을 정면에서 직시하는 작가의 정직한 시선이 있기 때문에 가능하다. 에둘러 욕망을 감추거나 미화하지 않고 날것 그대로의 인간 욕망을 가감 없이 드러내면서 그 천태만상의 목소리를 들려주고 있다. 소설 속 인물들의 목소리를 빌려 인간의 원초적인 욕망의 모습을 과장하고 비꼬고 때로는 역설과 반어를 통한 생생한 목소리로 증언하는 작가는 적지 않은 나이에도 우리 소설이 숙명처럼 껴안고 있는 어떤 지향성이나 엄숙주의와 권위주의를 거부하고 있다. 그래서 그의 소설 『개새끼의 변명』은 변명으로 읽히지 않는다.

2.

「개새끼의 변명」은 여자 친구 민아의 자살을 통해 돌아본 나의 욕망과 변명의 심리를 집요하게 추적하고 있다. 민아의 자살을 알린 선화는 민아의 친구이면서도 나와 섹스를 나눈 사이이기도 하다. 선화는 나와 민아의 관계를, 민아도 나와 선화의 관계를 알면서도 셋은 그동안 별일 없이 우정을 지속했다. 민아가 임신한 몸으로 자살하면서 나에게 개새끼라는 말을 남겼다는 말에 나는 충격이다. 내가 두세 살 때 어머니와 헤어진 아버지 때문에 나는 여자와 엮이는 것은 싫고, 그동안 복잡한 치정관계로 얽히는 일을 벌인 적이 없고, 여자가 싫어하는

일을 억지로 밀어붙이는 짓은 하지 않았다고 스스로를 변명한
다. 그런데 민아가 왜? 그러면서도 선화가 자꾸 만나자고 보채
는 바람에 혹시 그녀도 민아처럼 애를 가졌나 하는 의구심을
가지지만, 설령 애를 가졌다고 해도 민아처럼 목숨을 끊는 게
아니라 당당하게 낳아서 기르겠다는 선화의 말에 내 몸은 조
그맣게 움츠러들어 미생물이 돼버리는 것 같다.

　　아아 저절로 탄식이 터져 나왔다. 선화의 집요한 얼굴 위
　에 죽은 민아의 얼굴이 포개진다. 또 그 얼굴을 웬 낯선 여
　자의 얼굴이 덮씌운다. 대번에 그 낯선 얼굴은, 내가 두어
　살 때 사라진 어머니일 거라는 생각이 퍼뜩 떠오른다. 비릿
　한 게 역류하면서 비위가 뒤틀려온다. 왜 하필 이때 어머니
　라는 존재가 밀물처럼 다가오는가.(「개새끼의 변명」)

다른 남자와의 정분으로 아버지와 아들을 떠난 뒤 한 번도
찾아오지 않는 어머니. 나는 그 어머니 품에 안겨봤으면 민아
의 눈빛에서 사랑의 낌새를 감지할 수 있을까 하면서 민아도
선화도 아닌 '어머니' 그 낯선 이름을 불러보는 것은 뜻밖이
다. 그래서 두말할 것 없이 한심한 놈이라는 것을 자각한다.
　이 작품에서 내가 욕망을 직시하는 태도는 상당히 문제적이
다. 그것은 민아의 죽음 앞에서 보인 욕망의 윤리성 때문이다.
나는 욕망이 문제가 아니라 그것을 가지고 있는 사람의 태도

이자 그것을 지키는 철저함이 중요하다고 변명한다. 그런 변명이 나름의 윤리성을 만든다고 믿기 때문에 개새끼의 변명이라도 나는 당당할 수 있다.

서른이 넘도록 마스터베이션밖에 모르는 중학교 교사 육질도 선생의 욕망을 다룬 「에로스의 화살」은 다소 희화적이면서도 시종일관 남자의 욕망을 정면으로 그린다. 엄마와 아빠가 마흔다섯 살을 넘겨 낳은 막내아들 육질도 선생은 8살 때까지 엄마아빠와 한방에서 잤는데, 아빠가 가쁜 숨을 몰아쉬며 위에서 그렇게 찍어 누르는데도 엄마는 이튿날이면 멀쩡한 얼굴로 아빠를 대하는 것을 본 후로 어떤 여자를 보아도 뻔뻔한 엄마 얼굴이 생각나 여자기피증이 생긴다. 영화를 보기 위해 나온 아침 출근길 전철 안에서 어쩔 수 없이 여자와 몸이 부대끼는 바람에 저절로 발기된 페니스 때문에 곤욕을 치른 육질도 선생은 그동안 병원에서 상담도 받았지만 '그것만 좀 조절하라'는 말이 고작이었다. 그러다 초등학생 성폭행 사건이 터진 후 걸핏하면 자신이 제자를 성폭행하고 구속당하는 꿈에 시달리다가 학교를 휴직한다. 휴직을 하고 영화를 보거나 박물관을 찾아다니던 육질도 선생은 서울시티투어버스에서 만난 성불구 남편을 둔 여자가 하룻밤 관계를 이야기해도 대답을 못하고 얼굴만 벌겋게 달아오른다. 하지만 막상 시티투어버스에서 내릴 때가 되자 여자는 얘기를 나눴을 때의 축촉한 분위기는 사라지고 표정이 굳어진다. 따라가나 어쩌나 고민하는 사이 도착한 버스에서 내리는 여자의 손을 덥석 잡기는 했지만 차마 따라 내리지 못한다. 여자가 내린 다음에야 급히 차를 세웠지만 버스 문을 향해 선뜻 내닫지 못한다. 왜 따라나서지 않느냐? 무엇 때문에 망설이느냐 또 다른 목소리가 등을 윽박질렀다. "그는 여전히 엉거주춤 서있는 채, 허리에 잔뜩 들어간 힘을 끝내 풀지 못한다." 차라리 석고상처럼 굳어버리고 싶다.

육질도 선생의 형상을 통해 인간의 성 욕망이 얼마나 그로테스크한 본질을 지니고 있는지를 걸출하게 포착해낸 이 작품은 사실 인간들은 성 욕망의 본질보다 그 이미지나 그를 둘러싼 이야기에 집중한다는 것을 보여준다. 성 욕망이 위험한 것은 자칫 해로우면서도 매력적이기 때문인데, 사람을 유혹하면서도 때로는 치유하기 어려운 외상을 남기는 현장과 심리를 밀도 있게 밀고 나가면서도 욕망이 지니고 있는 우발적이고 어떤 트라우마 적인 속성의 상징에 성공하고 있다.

「그는 살아있었다」는 사랑의 욕망이 진솔하게 담긴 작품이다. 일상이 늘 똑같은 회사원인 나는 어느 날 아침 출근길 버스 차창에 비친 낯익은 얼굴을 발견한다. 아는 사람인 것 같은 그 얼굴은 숙식을 같이하던 친구이다. 하지만 그는 이미 오래 전에 폐결핵으로 죽은 몸이다. 시문학을 전공한 그는 나에게 사랑하는 미대생 여자에게 보내는 편지 전달을 부탁한다. 여자를 직접 만난 일이 없는 그는 "나는 결코 그 여자를 영원히 만나는 일이 없을 거다, 영적 사랑이지, 플라토닉하고는 또 달라" 하는 헛소리를 하면서, 내가 사랑을 모른다고도 했다. 짝사랑이었지만 죽음을 앞두고는 처절한 죽음시를 적어 그녀에게 전해달라고 했다. 가난한 몸으로 겨우 대학에 입학했지만 거처할 곳이 없던 나를 자신의 하숙집에 끌어준 친구의 부탁을 거절할 수 없었다. 나는 그 '영적 연서'를 들고 그녀를 찾아갔지만 몇 번이나 되돌아서다 연서 대신 백지를 넣은 편지를 그녀에게 주었다.

나는 그때 왜 봉투에서 그의 타오르는 연서를 꺼내고 백지를 대신 넣었는지 모른다. 먼발치에서나마 수차례 그녀를 보다 보니까 나도 모르게 뜨거운 불씨가 인 건 분명하다. 엉뚱한 불씨가.(「그는 살아있었다」)

친구는 끝까지 미대생과 나의 관계를 모르고, '열혈연서가 중간에 동숙자의 연정으로 둔갑됐거나 말거나 아랑곳하지 않은 채' 미대생과의 아름다운 사랑을 간직하고 세상을 등지고 말았고, 지금 내 아내가 그 미대생이다. 그런 친구를 출근길에서 본 것 같았다. 자칭 미치광이 시인 친구 덕분에 대학을 나온 은혜를 배신으로 갚은 것 같아 괴로워하던 나는 퇴근길에 버스 차창에서 죽었다고 생각한 친구를 발견하고 내리라고 소리를 지르지만 떠나버린다. 결국 나는 친구의 하숙집을 찾아가서 그가 밤낮없이 피를 토하다가 죽었다는 사실을 확인하지만 의문이 사라지지 않아 결국 그의 친모를 찾아 수원행 버스에 오른다. 버스에서 잠들어 꾼 꿈에 친구와 그의 어머니가 나타나지만, 나는 친구가 묻힌 묘까지 확인하려는 자신을 돌아보며 '그는 살아있다'고 확신한다.

친구가 사랑하는 여자를 아내로 삼은 나의 욕망과 심리를 이야기하면서, 어떤 대상에 대한 욕망은 자기 판단에 대한 강력한 복종이라는 것이 돋보이는 작품이다. 그러면서 요컨대 비합리적이고 몰상식적인 미치광이 친구의 자기 이해관계를 돌보지 않는 무조건적인 사랑은 자기를 죽이는 외상적 욕망이라는 것도 은근 중에 내포하고 있는데, 그렇다고 남의 여자를 가로챈 나의 원죄가 없어지는 게 아니다. 그래서 친구가 살아있다는 확신에 사로잡혀 빠져나오지 못하는 나의 형상을 통해 본성의 측면에서 보자면 오히려 미치광이 친구 시인이 더 본질적이라는 것을 역설적으로 보여주고 있다.

「부나비의 꿈」「친부의 꿈」「아들의 꿈」은 동일한 이야기를 가지고 각자 다른 화자의 시점으로 이야기를 풀어가는 흥미로운 작품들이다. 세계챔피언이 되기 위해 미국 라스베이거스로 건너간 복싱선수(「부나비의 꿈」), 복싱선수의 아들(「친부의 꿈」), 복싱선수의 어머니(「아들의 꿈」)의 이야기가 박진감 넘치면서도 각자의 사연이 물 흐르듯이 자연스럽게 흘러가는 심리묘사와 함께 재미있게 묶여있다.

　아마도 실재 존재하던 선수를 소재한 것 같은 「부나비의 꿈」은 복싱해설을 오랫동안 해온 저자 특유의 입심과 현장감 넘치는 묘사가 압권이다. 미국으로 건너간 동양의 도전자 김동팔은 힘들다는 주위의 우려를 깨고 챔피언 벨트를 가져오기 위해 혼신의 힘을 다한다. 하지만 백인 챔피언의 들소 같은 힘에 라운드가 거듭할수록 지쳐가지만 강원도 산골의 어린 시절, 일자리를 얻은 집 남자와 한방을 쓰던 엄마를 보며 생각하던 재취와 일꾼의 함수관계, 주인 남자의 두 아들에게 당하던 고통, 떠돌이 행상을 하던 청량리역 근처에서 체육관 관장을 만나 세계타이틀 도전자가 되기까지의 험난했던 과정, 약혼녀 뱃속의 아이를 떠올리며 혼신의 힘을 다하지만 14라운드에 들소 같은 챔피언의 주먹에 의식을 잃고 쓰러져 끝내 절명한다. 그의 말이 씨가 된 것이다.


　나는 세계도전을 위해 호텔에서 캠프를 차렸을 때, 모형

관 하나를 만들어 방에 놓고 지냈다. 챔피언이 되지 않고선 결코 살아 돌아오지 않겠다는 각오를 다지기 위함이었다. 트레이너는 물론이고 그것을 본 동료 선후배들도 한결같은 관심으로 나에게 말이 씨가 된다며 관을 치우라고 권유했다. 하지만 나는 고개를 저었다. 뱃속의 핏줄을 생각하며 절대 물러설 수 없는 각오였기 때문이다.(「부나비의 꿈」)

한때 우리 사회에서 배운 것 없고 가진 것 없는 많은 사람들이 단번에 부를 거머쥘 수 있는 복싱 챔피언의 꿈을 안고 샌드백을 두드렸다. 그 시대의 욕망을 사실적이면서도 박진감 넘치게 체현하고 있다. 맨주먹을 쥔 김동팔의 모습은 인상적이면서도 죽음을 향해 날아드는 부나비 같은 그의 욕망을 통해 숭고하고 거룩하게까지도 느껴지는 자본주의 질서를 부끄럽게 만들어 버리는 카운터펀치를 날린다.

「친부의 꿈」은 엄마가 뱃속에 자신을 잉태하고 다른 남자와 결혼한 것을 모른 채 성장한 나는 서른 살이 되어서야 아버지가 계부이고 친아버지가 권투선수였고 라이트급 세계타이틀에 도전했다가 목숨을 잃은 사실을 알게 된다. 금융계에 몸담은 아버지 덕분으로 은행에 근무하면서 행복한 가정에서 아버지를 존경하면서 살아오던 나에게는 크나큰 충격이었다. 그때부터 권투를 배우기 시작한 나는 늦은 나이지만 시합날짜를 잡고 계부에게 그 사실을 알린다. 드디어 시합 날 링사이드를 둘러보던 나는 두 동생과 어머니와 계부가 나란히 앉아있는 것을 발견한다.

어머니는 아들이 앉아있는 코너는 거들떠보지 않고 고개만 깊이 파묻고 있다. 계부는 그런 어머니의 어깨를 감싸 안은 채 계속 뭐라고 위로하고 달래는 듯 보였다. 순간, 꿈속에서 친부가 역정을 냈던 일이 떠오른다. 그렇다. 나는 어머니의 입장을 단 한 번이라도 깊이 헤아려본 적이 있었는가, 가책 같은 게 폐부를 파고들었다.(「친부의 꿈」)

상냥하고 부드러운 계부와 주먹하나만 믿고 살다가 챔피언이 되지도, 약혼자와 뱃속의 아이를 지키지도 못한 친부를 찾으려는 욕망의 함수를 그린 이 작품은 무엇을 위한 희생이냐가 아니라 희생한다는 사실 자체가 중요하다는 것을 보여준다. 자기 목적화된 희생정신은 파시즘 욕망의 상징이지만, 그 누구를 위해서도 희생할 줄 모르는 개인주의의 욕망을 넘어서서 친부의 꿈을 좇아 뒤늦게 권투를 배워 링에 오르고, 그 현장을 가족들이 지켜보는 열린 결말이 따뜻하면서도 인상적이다.

김동팔 선수의 어미가 화자인 「아들의 꿈」은 삶을 마감하려는 순간의 회한이 가을걷이가 끝난 들녘처럼 스산하게 들려온다. 아들의 혼백이 깃든 천금 같은 돈을 몽땅 빼앗긴 어미는 농약을 마시고 목숨을 끊으려 한다. 아들의 씨를 잉태한 며느리와 볼썽사나운 모습을 보이면서 가져온 돈이다. 어미는 그때를 생각하면 얼굴이 화끈거리고 부끄럽다. 며느리에게 모두 주어도 시원찮은데 아들 친구의 말을 듣고 반반씩 나누자고 고집을 부리다가, 결국 성금의 삼분의 일을 가져온 어미는 그 돈을 이곳저곳에 뜯기다 재취로 들어간 집의 전실 자식들이 돈을 내놓지 않으면 쥐도 새도 모르게 죽인다는 말을 엿듣고 무서워 그들에게 돈을 모두 줘버리고 나니 솔직히 홀가분하다. 하지만 그날 밤 모처럼 꿈에 나타난 아들의 아비에게 '그 돈이 어떤 돈 인디 피 한 방울 섞이지 않는 놈들에게' 준 소갈머리 없는 년이라고 타박을 받고 당장 죽고 싶어 농약을 입에 가져가는데 어디선가 아기 울음소리가 들린다. 놀라서 사방을 둘러보지만 가을걷이가 끝난 들녘에는 짚동우리만이 여기저기 널브러져 있는 게 눈에 띌 뿐이다.

어미는 또 머뭇거린다. 아직도 어미의 귀에는 아기 울음소리가 쌩쌩 바람을 일으키는구나, 동팔아. 진짜 환청이라도 좋아, 야. 농약이 목구멍을 넘어갈 때까지, 숨이 끊기는 그 순간까지 계속 아기 울음소리를 들을 수 있으면 얼마나 좋을까….(「아들의 꿈」)

이 작품은 어미가 고향에서 떠나면서 생판 다른 삶을 살아가는 상처를 흙냄새와 어미 냄새가 풀풀 풍겨 나오는 구어체로 스산하면서도 거침없이 풀어내어 내면에 도사리고 있는 욕망의 진면목을 응시하고 있다. 어미의 그 욕망은 삶의 온갖 억압과 결핍에 맞서는 분투의 현장에서 만들어진 피투성이다. 그래서 뱃속에 아기를 가진 며느리와 성금을 나눠 가지려는 모습조차도 살아가려는 욕망이 분출하는 분투의 현장으로 만든다. 인간의 욕망이 어떻게 물질화되는가를 잘 보여주면서도, 자본주의 물신화 현실을 어미의 목소리를 통해 적나라하게 꼬집고 있다.

「당선소감」은 신춘문예 당선소식을 듣고 당선소감을 쓰려고 책상에 앉은 나는 이지영이 떠오른다. 글 쓰는 일이라곤 일기를 쓴 게 고작이던 나의 문학적 잠재력을 부추긴 단발머리 소녀. 해방이 되자 일본에서 귀국한 소녀와 어머니는 이런저런 인연으로 우리 고향에 정착했는데, 인민군 장교가 그 모녀에 빠져 후퇴하지 못하고 목숨을 잃었다는 소문도 돌았다. 나는 그녀가 내민 책을 읽으면서 스포츠로 단련된 정신세계가 많이 부드러워지고 문학적인 소양도 쌓여간다. 예쁜 소녀는 감정이 풍부한 문학소녀에 성격이 남달리 활달했고, 문학서클 활동으로 남자 대학생들까지 스스럼없이 만나고, 나중에 군복

을 걸친 사내들까지 그녀 주변을 얼씬거리는 바람에 나는 입
시준비에 몰두할 수 없다. 그럴수록 그녀에 대해 쌓이는 그리
움은 매일 밤 나로 하여금 일기를 쓰지 않고는 못 견디게 만든
다. 그것이 나중에 내 문학적 원천이 된다. 하지만 여고를 졸
업하고 공군 중위와 동거해 나를 분노와 원망에 빠뜨린 여자
이기도 하다. 증오로 그녀와 결별을 한 후에 나는 술에 의지했
고 취해 쓰러지기 일쑤였다. 그런 나를 전화교환수이던 여자
가 알뜰하게 보살펴주었는데 지금의 아내이다. 갑자기 아내의
얼굴이 소녀의 얼굴 위에 겹쳐진다. 소녀와 달리 순종, 헌신밖
에 모르는 아내의 얼굴이다. 나는 당선소감을 다시 써야 한다
고 생각하면서 정신이 혼란스럽다.

아니다. 아내 이야기를 써야 할 것 같다. 아니다. 소녀와
의 이야기를 담는다고 뭐가 달라지는 거지? 아니다. 아내 이
야기를 써야 한다. 아니다 소녀 이야기를 쓰고 싶다. 아니
다. 아니다⋯.(「당선소감」)

당선소감에 소녀를 아니면 아내 이야기를 써야 할지 몰라
밤새도록 고민하는 이 작품은 근본적으로 따뜻한 욕망의 이야
기이다. 경직된 나의 욕망과 절대적 주체성의 화신인 소녀의
욕망이 맞부딪치면서 내는 파열음은 세속적이고 디테일한 욕

망서사의 뼈대를 정교하게 만들어 역설적으로 따뜻한 인간의 욕망을 기워내고 있어 특별하다.

손주를 키우는 할아비의 심리와 일상을 차분하게 다룬 「너와 나의 끈」은 핏줄을 되돌아보게 만든다. 딸애의 남자는 아이를 원하지 않았지만 딸애가 원해서 낳은 아이를 할아비가 일을 나가는 엄마 대신 키운다. 아이가 미국에 돈 벌러 간 줄 알고 있는 아이의 아빠는 9년이 지나도록 모습을 보이지 않지만 딸애는 미련을 버리지 못한다. 그게 못마땅한 할아비는 아이에게 진실을 알려주고 싶지만 딸애의 반대에 부딪힌다. 9살, 초등학교 2학년 아이는 샘 많고 호기심이 많아져 무슨 일이건 의문을 단다. 그때마다 대답하기 어려운 할아비는 '새삼 아비가 또 죽이도록 미워진다. 죽이고 싶도록 밉다. 죽이고 싶도록, 죽이고 싶도록….' 땀을 흘리며 잠든 할아비를 아이가 깨운다. 몸이 천근인 할아비는 겨우 일어나지만 아이는 잔뜩 겁먹은 목소리로 필사적이다.

"나, 오늘 학교 안 갈래, 할아버지. 할아버지랑 함께 병원 갈 거야. 빨리 일어나, 할아버지! 병원에 가야 한다니까, 할아버지!"(「너와 나의 끈」)

자신을 보호하는 할아비를 지키려는 아이의 욕망 혹은 핏줄의 욕망은 이처럼 절대적이다. 사람이 살아있어서 서로의 존재를 확인하고 교감을 나누고 감흥을 이루는 밑바탕은 서로의 욕망에 예민하게 반응하는 행위가 있다. 그것은 어른이나 아이나 할 것 없지만 특히 어린아이에게는 더 민감하게 반응한다. 그래서 그런지 어린아이에 대한 깊은 애정과 연민 그리고 돌봄과 배려의 할아비 생태적 욕망이 강렬하고도 뜨겁게 빛을 발하고 있다.

　　「천사의 미소」에서 간암수술을 받은 나는 간호사의 얼굴을 보자 수술한 환자답잖게 성충동을 느낀다. 간호사의 가느다란 실눈에 두툼한 입술이 너무 안 어울리는 그 언밸런스 조합이 오히려 묘한 충동을 부른 것이다. "잔뜩 심술에 젖은 입술, 거기서 흘리는 졸음 먹은 코맹맹이 소리가 잠자는 내 관능을 들쑤시기에 족했다." 그러자 피가 하체에 몰리면서 아랫도리가 얼얼해졌다. 그후 나는 그 간호사를 천사로 부른다. 천사가 눈에 보이지 않으면 불안하고 불편하다. 그녀가 나타나면 불편한 마음은 금방 가라앉으며, 거역할 수 없는 천사의 관능적 체취에 그만 현기증을 느끼고 정신을 잃는다. 타의 추종을 불허하는 카피라이터를 만들어 탄탄대로를 달리던 나는 카피를 만들면서 '진실'과 '진리'를 놓고 헤매다 한계를 느끼고 휴직을 하지만 헷갈리는 증세는 좀처럼 사라지지 않는다. 식욕이 없던 나는 꿈속에서 천사와 데이트를 하면서 짜장면을 먹은 후부터 주체할 수 없을 정도로 식욕을 되찾는다. 한 번 꿈에 나타난 천사는 밤마다 찾아와서 주위의 눈치도 구애받지 않고 부부인 양 나와 껴안고 한 몸이 되어 뒹굴었다.

　　40년 가까이 살아오는 동안 한 번도 느껴본 적 없는 감정, 그것을 감히 사랑이랄 수 있을까? 단순한 순간적 성 충동은 아닐까? 처음은 분명 사랑이란 낱말이 낯간지러웠다. 하지만 시간이 갈수록 봄 단비에 땅 비집고 돋는 새순처럼 천사를 향한 사랑의 큐비트가 가슴을 달궈놓았다. 아내가 있는 몸으로 언뜻, 망설임이 머리를 스치지 않는 건 아니다. 하지만 내친걸음이었다. 감정이 끌리는 대로 나는 끝까지 달려가고 싶었다.(「천사의 미소」)

퇴원을 하루 앞두고 나는 천사를 한시도 보지 못하면 안달하는 증세를 고백할 생각으로 천사를 부르지만 어쩐지 말투가 퉁명스럽고 태도가 냉담하더니 곧 밖으로 나가버린다. 그러자 뜨거운 가슴이 분노로 뛰고 천사의 미소가 갑자기 악녀, 마귀할멈의 혓바닥으로 느껴진다. 나는 정신 나간 사람처럼 호출기 버튼을 눌렀지만 천사, 아니 마귀할멈은 두 번 다시 얼굴을 내밀지 않는다. 퇴원하는 날 나는 "어제의 일을 후회하고 싶지 않았다. 누가 뭐래도 실눈에 두툼한 입술, 천사의 관능적 체취와 미소가 거의 팽개쳐진 내 삶을 되돌려놓은 건 숨길 수 없는 사실이 아닌가. 세상이 뒤집혀도 천사의 미소는 절대로 내 가슴에서 쉽게 떠나보낼 수 없다고" 생각한다.

이 소설의 골간은 내가 느닷없이 느끼는 사랑의 욕망이지만 묘한 것은 소설을 읽을수록 사랑이야기는 껍데기처럼 느껴지고 천사를 향한 욕망만 알맹이로 남는다는 것이다. 소설의 재미는 그 두 욕망의 팽팽한 갈등과 대립에서 나오지만 어느 지점을 통과하면 두 욕망이 한 몸을 이루는데 그것은 내 혼돈의 근원지인 진실과 진리가 한 몸을 이루는 것 같은 기시감을 준다. 숨겨진 인간 욕망의 허위의식을 이렇게도 적나라하게 표현할 수 있는 것은 작가가 욕망에 눈치 보지 않고 구축하는 언어가 삶의 실제적인 욕망의 공간을 헤집고 건드리기 때문이다.


「시인과 전쟁」은 숨을 거두기 전에 다부동 전투를 회상하는 스승의 모습을 통해 전쟁과 휴머니티 그리고 신을 생각하게 하는 작품이다. 종군작가단의 한사람으로 전선에 뛰어든 스승은 다부동 전투에서 산화한 14살 소년병의 최후와 편지를 읽던 그의 목소리를 생생하게 전달한다.


"어머니, 저는 사람을 죽였습니다. 돌담 하나를 사이에 두고, 10여 명은 될 겁니다. 팔다리가 찢겨나간 적병을 보면서 누군가에게 묻고 싶었습니다. 전쟁은 왜 하는가, 하고요./어제 내복을 빨아 입었습니다. 청결한 내복을 갈아입으면서 문득 저는 이 내복이 수의壽衣가 될지 모르겠다고 생각했습니다./어쩌면 오늘 저는 죽을지도 모릅니다. 하지만 어머니, 저는 살고 싶습니다. 꼭 살아 돌아가겠습니다, 어머니./갑자기 상추쌈이 생각납니다. 이가 시리도록 차가운 옹달샘 물도 생각납니다, 어머니/아, 적들이 다시 몰려오고 있습니다. 또 쓰겠습니다, 어머니. 안녕, 어머니. 아, 안녕은 아닙니다. 어머니. 다시 편지를 쓸 테니까요, 어머니. 아들 올림."(「시인과 전쟁」)

감수성 많은 시인으로 인간의 허망과 허무를 이야기하던 스승은 만성폐쇄성폐질환으로 죽음을 앞두고 있다. 제자는 특강 시간에 6·25전쟁에서 신의 은총을 말하며 '기억하지 않는 역사는 되풀이된다'는 말을 남기고 죽은 스승의 유언을 좇아 화장한 스승의 뼛가루 일부를 다부동 골짜기에 뿌리기 위해 통일호 열차를 탄다.

전쟁은 사람을 살고 싶은 욕망에 빠뜨리기 마련이다. 이 작품의 공간은 그런 극대화된 욕망의 상징인 소년병의 편지를 읽어주면서도, 결국 스승이 신의 은총을 이야기하는 것은 시사하는 바가 적지 않다. 14살 소년병의 최후를 본 스승은 전쟁의 문제는 윤리의 정당성이 아니라 힘의 강약이라는 것을 절감했을 것이다. 그래서 스승은 삶이 끝나는 지점에서 사람들이 자기구원을 향한 신의 은총을 통해서라도 모두 행복해지기를 바란 것인지도 모른다. 왜냐하면 기억하지 않는 역사는 되풀이되기 때문이다.

3.

위에서 살펴본 것처럼 『개새끼의 변명』에 나오는 인물들은 이런저런 크고 작은 욕망에 시달리며 살아가는 군상이다. 작가는 그들이 지닌 욕망의 다양성과 생생한 목소리를 통해, 그 욕망으로 인해 상처받았던 마음을 다스리고 지혜로운 삶의 무엇까지도 제공해주면서, 이야기하기라는 욕망 자체를 탁월하게 보여준다.

『개새끼의 변명』에서 묘사되고 있는 일상에의 욕망은 그 자체로 강력한 호소력을 지니고 있다. 이런 맥락에서 한보영 작가는 욕망의 풍속화가로서의 면모를 확인할 수 있다. 욕망의 사회적인 의미를 부각하면서도, 모럴리스트의 면모를 가진 작가는 그 두 얼굴을 가진 욕망의 풍속화가로 다양한 서사적 육체를 제공한다. 그의 소설이 강력한 욕망의 외양성을 가지고 있으면서도 특정한 권위주의나 엄숙주의 같은 경직성을 앞

세우지 않으면서 폐쇄성까지도 극복하는 것은 욕망에 관한 풍부한 육체성 때문이다. 한보영 작가가 보여주는 다채로운 욕망의 세계는 작가가 지니고 있는 현실에 대한 탁월한 서사성과 포착력의 소산이다. 그 결과 욕망의 간절한 매듭이나 순간의 절실함이 아무렇지도 않듯이 놓여있고, 그곳에서 서서히 발견되는 밀도 있는 욕망의 심리 공간이 공감과 감동의 수준으로 육박해오는 것이다.

『개새끼의 변명』에서 나타나는 욕망에 대한 다채로운 묘사는 현실에서 우러나오는 서사적 절실함과 얼핏 서로 상충되는 것 같으면서도, 하나의 견고한 이야기로 촘촘하게 직조해내고 있다. 그것은 정면으로 바라본 욕망의 생생한 목소리를 가감 없이 들려주어 독자들로 하여금 매우 특별한 욕망의 정서로 이르게 하는 작가의 능력 때문이다.

첫 소설집의 출간을 축하드리며, 더 큰 기대를 가지고 향후 행보를 기다려본다.

# 개새끼의 변명

초판 1쇄인쇄  2019년 10월 5일
초판 1쇄발행  2019년 10월 7일
저   자  한보영
발행인  박지연
발행처  도서출판 도화
등   록  2013년 11월 19일 제2013−000124호
주   소  서울시 송파구 중대로34길 9−3
전   화  02) 3012−1030
팩   스  02) 3012−1031
전자우편  dohwa1030@daum.net
인   쇄  (주)현문
ISBN | 979−11−86644−93−5*03810

정가  13,000원

도화道化, fool는

고정적인 질서에 대한 익살맞은 비판자,
고정화된 사고의 틀을 해체한다는 뜻입니다.